相逢如初见，回首已一生

纳兰容若词传（下）

王臣\著

中国出版集团 现代出版社

目 录

Contents

词话二　知君此际情萧索

词话三　天上人间一样愁

词话四　一片幽情冷处浓

词话五　说不尽离人话

词话六　黄昏无限思量

词话七　一生一代一双人

词话八　人到情多情转薄

序言
纳兰心事有谁知

成容若君度过了一季比诗歌更诗意的生命，所有人都被甩在了他橹声的后面，以标准的凡夫俗子的姿态张望并艳羡着他。但谁知道，天才的悲情却反而羡慕每一个凡夫俗子的幸福，尽管他信手的一阕词就波澜过你我的一个世界，可以催漫天的焰火盛开，可以催漫山的荼蘼谢尽。

——徐志摩

每个人的生命里都会潜伏着一些经年不衰的哀与恸。它们会像不能根治的病症，时不时提醒你它们的存在。是不能舔舐的伤口，是无法触摸的曾经。遇见纳兰容若，遇见纳兰词，才得以有一处免你无依、免你流离之地，和一双予你温柔、予你美好之手。

纳兰容若，大清第一词人，一个至情至性的男子。他生于富贵温柔，却落笔清新隽永、哀感顽艳；他身处花柳繁华，却心系江湖、闲云野鹤；他身前是天潢贵胄，身后是玉阶云衢；他心外有岁月山河，心中有幽兰空谷。天地之大，他于夹缝之中渴望自由，他在自由之外渴望永久。

他既有俊雅之貌，亦有逸群之才。他既有豪放之风骨，又有内敛之精魂。他一世历经的女子不多，却终生为情所困。结发之妻，他永生不忘；结发之情，他至死不渝。深情即是一桩悲剧，仿佛只能以死来句读。可是，即便生死永隔，也不能阻碍他与她之间的旷世之爱流芳不朽。

三年。他与她比翼连枝，却只携手共享了短之又短的三年时光。故剑情深而情深不寿，成了他命中谶语，令人哀绝。也是因这一回的命运波折，纳兰词悼亡之音破空而起，成为纳兰词至为迥绝之处。从一句“人生若只如初见”惊艳四方世人始，纳兰词被后世人推崇至今。

因为纳兰容若，我们依然相信世间还有一生一世、海枯石烂。纳兰词中的唯美与凄婉、温柔与惆怅，成为纳兰容若拥趸之文学信仰和精神皈依的根源。讲述纳兰容若和纳兰词，总觉世间词语皆是乏力的。但是无碍，钟情于纳兰词的人，本应明净纯粹，持一颗纯真浪漫又清定如风的心，恋慕着他和他的词。

犹记得曹雪芹祖父曹寅在《楝亭夜话图》上题的那首悼念纳兰容若的诗。彼时，是康熙三十四年秋，容若已离世十年。曹寅时在江宁织造任上，庐江郡守张纯修来访，曹寅又邀江宁知府施世纶，三人秉烛夜话于楝亭。悼念容若。

曹寅写：

紫雪冥蒙楝花老，蛙鸣厅事多青草。

庐江太守访故人，建康并驾能倾倒。

两家门第皆列戟，中年领郡稍迟早。

文采风流政有余，相逢甚欲抒怀抱。

…………

多闻直谅复奚疑，此乐不殊鱼在藻。

始觉诗书是坦途，未防车毂当行潦。

家家争唱饮水词，纳兰心事几曾知？

斑丝廓落谁同在？岑寂名场尔许时。

曹寅与容若是故识。曹雪芹是曹寅之孙，想必他对纳兰一族的家史也知之不浅，因此，后来流传《红楼梦》乃明珠家事一说，世人猜疑纳兰容若便是贾宝玉的原型。清人俞樾所撰《小浮梅闲话》中亦说："《红楼梦》一书脍炙人口，世传为明珠之子作，明珠之子何人也？余曰，明珠之子，名成德，字容若。"

可惜，此说无证，真伪难辨。

家家争唱饮水词，纳兰心事有谁知？而今，我所做的，亦不过只是将住在自己心中那个青衫磊落的男子写下来，描说与你听。但那亦只是我眼中的，不能代表任何人。因我知道，或许避居在这个庸扰尘世某个静谧角落的你，知道的比我多，懂得的亦比我深刻。

一切事情的发生、进展或是变化都有各自的因循和缘分。着笔写作国学笔记伊始，便已为当中的纳兰词品读系列做着准备。时至今日，方觉一切稳妥，才敢落笔写作。今次，以张草纫先生主持编纂的《纳兰词集》和《纳兰词笺注》为底本，并依据其出版体例，将现存的全部 348 首纳兰词分定为五卷书来写。

在纳兰词现存众多版本当中，以张草纫先生的《纳兰词笺注》（下称《笺注》）和赵秀亭、冯统一先生的《饮水词笺校》（下称《笺校》）价值最高。《笺注》采用的是清许增编纂的《纳兰词》（俗称"榆园本"）为底本，增补校勘；《笺校》采用的是清徐乾学编纂的《通志堂集》中的纳兰词为底本（俗称"通本"），增补校勘。

值得注意的是，“通本”纳兰词作并不完整，只有 300 首。直至光绪六年（公元 1880 年）“榆园本”纳兰词问世，才出现比较完整的纳兰词集，并定名为《纳兰词》。它是在包括《通志堂集》在内的诸多纳兰词版本的基础之上校勘辑得的“纳兰词”集大成者。单就容若词作部分来说，主观上更爱重“榆园本”纳兰词。

如今，我执笔默写下一首一首纳兰词。铺开一卷一卷纸，借容若之眼看穿人世，写下最深沉的哀凉之诗。以耽于美之心来诵念，以耽于爱之心来低吟，以耽于容若之心来淡写。是我在这些暖春消逝、盛夏将至的日子当中可以做得最好的事。

此生唯愿，能与你携得半日悠闲光阴，月下依坐。听曲，读书，写作。饮一壶岁月之酒，吟两首时光之词。有白雪红梅，有青山绿水；有莲出清波，有兰生幽谷；有比翼鸟飞，有连理枝翠；有你，有我；有心，有情。然后，欢喜，静默。

王　臣

二〇一六年二月

引子
纳兰容若·小传

人生若只如初见，何事秋风悲画扇。

等闲变却故人心，却道故人心易变。

一、出生

纳兰容若，于顺治十一年农历腊月十二日（公元 1655 年 1 月 19 日）出生。原名成德，以避废太子嫌名而改性德，字容若，号楞伽山人。满洲正黄旗人。太傅纳兰明珠长子。康熙十二年

（公元 1673 年）举人，康熙十五年（公元 1676 年）进士，官至一等侍卫。

著有《通志堂诗集》五卷、《文集》五卷、《渌水亭杂识》四卷、《侧帽词》《饮水词》共五卷并称《纳兰词》。又有《全唐诗选》《词韵正略》，与顾贞观合辑《今词初集》。

二、家世

纳兰容若的先祖是蒙古人，姓土默特，后灭纳兰部，占领其地，改姓纳兰，居叶赫之地。称海西女真。

明代初期，满族分为三大部：建州女真、海西女真和野人女真。各部之间经常发生征战和兼并，其中建州女真势力最强。到明代末期，建州女真首领爱新觉罗家族的努尔哈赤与海西女真首领叶赫那拉家族的金台什（此人即是纳兰容若的曾祖父）成为满族两大势力。

为对抗明朝，满族两大家族联姻。努尔哈赤迎娶了金台什之妹孟古格格为妻。后又因为部族冲突，两大家族发生流血战争，金台什战死。海西女真最终为势力强大的建州女真所吞并。建州女真首领努尔哈赤统一了满族。而努尔哈赤与孟古格格之子皇太极，成为建立大清帝国的清太宗。

彼时，纳兰容若祖父倪迓韩归顺努尔哈赤之后，因在对抗明朝的战争中屡建战功，叶赫那拉家族也在爱新觉罗王朝中重新获得重要地位。纳兰容若之父纳兰明珠又迎娶努尔哈赤小儿子阿济格之女赫舍里氏为妻，是为两大家族间的第二次通婚。

那拉是满文音译，通纳兰。纳兰家族与爱新觉罗皇室之间的姻戚关联之密切显而易见。清军入关之后，容若之父纳兰明珠也官至武英殿大学士、累加太子太师，为康熙朝权倾一时的首辅之臣。容若之母罗氏，也被封为一品夫人。

因此，纳兰容若，一出世就被命运布置到了一个天潢贵胄的家庭当中，出身高贵，注定一生繁花着锦。

三、仕途

顺治十一年腊月十二日（公元 1655 年 1 月 19 日），纳兰容若出生。因生于腊月，幼时被唤作“冬郎”。他天资聪颖，好学不倦，博通经史，过目不忘。工书法，又精于书画评鉴。数岁时，即习骑射。是文武全才之人。

康熙十年（公元 1671 年），纳兰容若十六岁，入太学读书，为国子监祭酒徐文元赏识，推荐给其兄内阁学士、礼部侍郎徐乾学。次年，十七岁的容若参加顺天府乡试，一举考中举人。十八岁参加会试之后，却因身患“寒疾”未能参加殿试。

而后，容若发奋苦读，拜徐乾学为师。并在恩师指导之下，两年中，主持编纂了一部 1792 卷编的儒学汇编《通志堂经解》，受到皇上的赏识。后他又把熟读经史过程中的见闻和学友传述记录整理成文，用三四年时间，编成四卷《渌水亭杂识》，其中包含历史、地理、天文、历算、佛学、音乐、文学、考证等方面知识。可见容若学识之广博。

二十一岁时，容若再次参加进士考试，考中二甲第七名。被康熙皇帝破格授予三等侍卫的官职，寻晋一等，从此步入仕宦之途。侍卫是皇帝贴身随从，虽官职不高，却极为重要。多次随皇帝南巡北狩，游历四方，奉命参与重要的战略侦察，容若多次出巡京畿、塞外、辽东、山西、江南等地。

因容若心有壮志，初时对侍卫生涯颇有微词，绝少开怀。也是因无力改变生活轨迹，且心有广阔天地，后便沉迷汉文艺术，广交文友，成为心性恬淡之人。“虽履盛处丰，抑然不自多。于世无所芬华，若戚戚于贫贱而以贫贱为可安者。身在高门广厦，常有山泽鱼鸟之思。”

二十三岁时，容若把自己的词作编选成集，名为《侧帽集》，又著《饮水词》，再后有人将两部词集增遗补缺，共 348 首，编辑一处，合为《纳兰词》传世。

四、爱情

关于容若妻室问题，素来有异议。

据考证，在容若娶正妻之前，在家养病期间，家中曾为他纳颜氏为妾，照料容若生活，以慰寂寥。康熙十三年（公元 1674 年），容若十九岁，迎娶两广总督、兵部尚书、都察院右副都御史卢兴祖之女为妻。彼时，卢氏十八岁，两人十分恩爱。是旁人眼中极为相衬的一双人。

只可惜，成婚三年，卢氏产下一子之后，便撒手人寰。这对容若来说，是他生命中极为重大的一次打击，令他伤情彻骨，终生不愈。也因此，容若之后词风为之一变。所谓“悼亡之吟不少，知己之恨尤深”。几乎可以说是无词不伤、无词不泪。

卢氏去世之后，容若续娶官氏为继室，赠淑人。但因与官氏内心相隔，容若实觉孤寥。康熙二十三年（公元 1684 年）冬，容若扈驾南巡归京之后，纳江南艺伎女词人沈宛为侍妾，并为沈宛置一曲房，请友人严绳孙书额曰“鸳鸯社”。

只是沈宛身份低微，招人非议。因其社会身份复杂，纳兰明珠强迫容若与沈宛分手。康熙二十四年（公元 1685 年），沈宛返回江南。两人相处不过百日，一切便尽化乌有。纳兰容若，也是才子风流，感情生活亦总为人津津乐道，市井流言也常有捕风捉影之说。

且有容若表妹入宫一事，可备做一谈。

五、交际

学者张任政在《纳兰容若年谱·自序》当中记道："生平挚友如严绳孙、顾贞观、朱彝尊、姜宸英辈，初皆不过布衣，而先生固已早登科第，虚己纳交，竭至诚，倾肺腑。又凡十之走京师，咤傺而失路者，必亲访慰藉；及邀寓其家，每不忍辞去，间有经时之别，书札、诗、词之寄甚频。……惟时朝野满汉种族之见甚深，而先生友俱江南人，且皆坎坷失意之士，惟先生能知之，复同情之，而交谊益以笃。"

容若虽是生长于高门华阀的贵介公子，却成为一个心性单薄的磊落男子。是深情幽婉，亦是落拓不羁，全无八旗子弟之浮靡。他所热衷交往的人，如严绳孙、顾贞观、朱彝尊、姜宸英辈，皆是"一时俊异，于世所称落落难合者"。

他们多是江南布衣文人，与世无争。容若待人又极真挚，用情极深。朋友落难，不论险阻，必定相助。友人吴兆骞曾深陷科场案，被流放在外，容若百般努力，终将吴兆骞救回。此一事更是一时传成美谈。

他与他们之间，是真正的君子之交。平淡如水，不尚虚华。要做的，不过是在那“渌水亭”聚一聚，读书、写字、填词、作诗。感风吟月，叹念年华。

六、纳兰词

纳兰容若以词闻名，早年容若曾把自己的部分词作结集，取名《侧帽词》。容若去世之后，挚友顾贞观、张纯修为他整理过生前的词作，取名《饮水词》。后来，容若的老师徐乾学也为他整编过一部《通志堂集》，其中包括他的四卷词作。

后人又不断搜集、整理、增补，再编排刊印之时，定名为《纳兰词》。纳兰词今存 348 首，内容哀艳感伤，有南唐后主遗风，悼亡词情真意切，痛彻肺腑。

纳兰容若这一世，最受世人瞩目的，便是他留存的那 300 余首词作。极是清新隽秀，又极是哀感顽艳。纳兰词是词坛无可争议的一座丰碑。在词坛中兴的彼时，他与阳羡派代表陈维崧、浙西派掌门朱彝尊鼎足而立，并称“清词三大家”。

纳兰词内容涉及爱情友谊、边塞江南、咏物咏史及杂感等诸多方面。虽以其身份经历，词作数量不能算多，眼界亦不算开阔，但因了那旖旎词情，尽出佳品，为后世人大力推崇。

王国维赞容若道："纳兰容若以自然之眼观物，以自然之舌言情。此由初入中原未染汉人风气，故能真切如此。北宋以来，一人而已。"况周颐更在《蕙风词话》中誉其为"国初第一词手"。

纳兰容若一生，恰如三月春花。生，之于容若，只是一趟短途旅程。生无完满，来去无涯。康熙二十四年，暮春，容若抱病。五月，与好友一聚，一醉，一咏，三叹，然后便一病不起。七日后，溘然而逝。是年，三十岁。

他是人间惆怅客。

不知何事泪纵横。

断肠声里忆平生。

词话一 问君何事轻离别

轻离别（菩萨蛮）

问君何事轻离别，一年能几团圆月。
杨柳乍如丝，故园春尽时。

春归归不得，两桨松花隔。
旧事逐寒潮，啼鹃恨未消。

——纳兰容若《菩萨蛮》

生活，时常让人觉得紧迫、不安。忙碌时候，仿佛暗无天日。以至于有时，会令人觉得这穹顶之下的漫漫人间，我们是孤身一人，无可依傍。但其实，不是。只是一颗心被日常庸碌塞得满满当当，几乎无暇顾及也许那些触手可及的亲密存在。

比如，父母。

比如，兄弟姐妹。

比如，远方的故土。

也不过就是一通电话的事情。可一拖再拖仿佛就真的无法践行一般，眼睁睁看着自己距离他们越来越远。实在令人伤心。“思乡”一事，而今几乎成为一种落难时候，方才会生发的一种仪式一般的情愫。平常时候，无知无觉，倦极了的时候，它才会在身体里流转冲撞。提醒、警示你什么。

反倒是前人，要比今人活得酣畅淋漓，活得真切可人。纳兰容若这阕《菩萨蛮》写的便是一种思乡怀旧的情意。直接、不含蓄。表达得很是明确。身在异乡，见山见水，皆有距离。仿佛是真的格格不入似的，一颗心总是水土不服。是，那时候，容若想家了。

这首词约作于康熙二十一年（公元 1682 年）。是年，二月十一日，康熙从京城出发，去往盛京告祭祖陵，并巡视吉林乌拉（今吉林市）等地。彼时，容若是康熙的御前侍卫，因此便以一等侍卫扈从的身份伴随康熙前行。旧时交通不似今日便捷，远行之事多是舟车劳顿，一个月后，三月二十八日，一行人方才抵达吉林乌拉。

松花江畔，正值天寒。

虽也是自幼长在北方的男子，天性磊落，但容若较之旁人，心思总要细腻几分。也因此，他看山水，皆有情意。只是，这情意当中又难免有些寂寥。到底是异乡的天与地，他见着，便总有几许生分。御前做事的容若，不比旁人，他不能长日与亲人相依。虽出身贵胄，却别有一番生之哀苦。

自然，途中容若落笔填词，避免不了怅叹离情。“问君何事轻离别，一年能几团圆月？”与亲人离多会少的日子，对容若来讲，不是不哀伤的。故人记日，多以阴历为准。抵达吉林乌拉，虽然史载三月底，但其实已到了阳历四五月份的时候了。此时，柳树如丝，春已将尽，他却未归。

上阕末两句“杨柳乍如丝，故园春尽时”是化用温庭筠的“杨柳又如丝，驿桥春雨时”，但二者意境实是迥异。纳兰词，有时候也的确颇有温庭筠词一般凄婉闲丽之美。不过，在情境方面纳兰词要比花间词深阔得多。这阕《菩萨蛮》便是如此。

在松花江畔，看江水浩荡，容若思家，心头不免会往事如潮。扈驾从巡，不能归家，是身不由己。那时候，纵是鱼雁往返，花去的又何止一朝一夕，待家书在手之时，怕是一颗心也早已是百孔千疮了。“春归归不得，两桨松花隔”，世人爱容若，痴迷《饮水词》，大抵也是与他这一份纯真分不开的吧。今人还有谁，会这样少年一般，讲述思家的事呢？

词之末句“啼鹃恨未消”更是隐隐能读出纳兰容若的几分厌世之心。他天性暖腻，对官场、仕途无甚贪图。温柔的人，总是活得要比别人苦一些、倦一些。因为相对地，他会对生活，对岁月，对爱，有太重的眷恋之心。说是要与时光温柔相拥，与岁月握手言和。

可是，谈何容易？

无那情（菩萨蛮）

乌丝曲倩红儿谱，萧然半壁惊秋雨。
曲罢髻鬟偏，风姿真可怜。

须髯浑似戟，时作簪花剧。
背立讶卿卿，知卿无那情。

——纳兰容若《菩萨蛮·为陈其年题照》

陈其年是纳兰容若的好友。其年是他的字。本名陈维崧，号迦陵，江苏宜兴人。陈其年工诗词文赋，为清初阳羡词派之首，当时与朱彝尊齐名。有词 1629 首，辑为《湖海楼词》，著有《湖海楼全集》50 卷。他年长容若 30 岁，彼此欣赏，结忘年交。

康熙十七年（公元 1678 年），陈维崧在扬州。是年，戊午闰三月二十四日，广东僧人大汕（大汕，又号石濂，亦作石莲、石湖、石蓬，亦号石头陀。俗姓徐，本籍江西九江）为他画了一幅小像。同年，年过五十的陈维崧被康熙帝召入京城，应博学鸿词科试，授检讨，修《明史》。秋日入京的时候，陈维崧带上了那幅小像。

是以，陈维崧得以携小像会见了纳兰容若等人。当时，包括容若在内，为陈维崧的这幅小像题咏之人多达三十几位。容若这阕《菩萨蛮·为陈其年题照》也算是当中之上品。

作此词时，容若不过24岁，但字句之间已见笔力。词写得很是轻松、别致。仿佛午后闲谈，玩笑家常，纯真俏皮。这阕词起初读来看似在写陈维崧“不乏风流旖旎，声华裙屐之好”，其实容若在赞赏其品格与才情。

词之开篇“乌丝曲倩红儿谱，萧然半壁惊秋雨”两句的意思是说，陈维崧的词作灵巧动人，最令歌姬爱喜，人人争相谱唱，虽然家境清贫，但才情震惊世人，侧艳柔媚之至。乌丝，取自陈维崧早年的词集《乌丝词》。虽然陈维崧早年词风旖旎，但也算雅丽闲静，颇受歌姬欢迎，知名度甚高。

红儿，说的是唐代名伎杜红儿，后泛指歌伎。相传，唐僖宗时期鄜州歌伎杜红儿姿容俏丽、歌舞俱佳。当时，因诗才卓尔被誉为“三罗”之一的文人罗虬在某席宴之上对杜红儿一见倾心，可惜鄜州长官李孝恭因知副帅早已中意杜红儿，便从中作梗，遂二人未结良缘。后来，罗虬竟写下绝句百首纪念她。题为《比红儿诗》，流传甚广。

容若说歌姬也爱陈维崧的词，既是赞赏，亦是打趣。一方面，能为歌姬所演、传唱坊间之词必定是知名度很高的上品之作。“曲罢髻鬟偏，风姿真可怜”，一曲唱罢，且不论听者情意之霶霈，就连歌者也已沉醉当中，不知朝夕。髻鬟偏垂，眉黛含情，楚楚风姿，惹人爱怜。

另一方面，陈维崧本人也是风流，不仅曾蓄冒辟疆之侍婢紫云，还有断袖之癖，与伶人徐紫云之间的一段往事也为众人所知。清人蒋永修所作《陈检讨迦陵先生传》曰：“（陈维崧）尝嬖歌童云郎，云亡，睹物辄悲，若不自胜者。”

往事香艳。

岁月阑珊。

陈维崧其人，身形清瘦，却有满脸络腮。人称“陈髯”。外表粗犷，极富江湖豪气。而他恰又能写得一笔绮艳之词。容若“须髯浑似戟，时作簪花剧”二句将陈维崧刚柔并济之性情写得十分到位。虬髯半叟，尚能戴花与人戏耍，实在是个心气开阔的磊落之人。彼时，陈维崧已是天命之年。大抵，人到了这岁数，总会活得浩荡无畏一些。

容若题词的这幅画像内容，据清人谢章铤《赌棋山庄词话》记：“（陈维崧）掀髯露顶，旁坐丽人拈洞箫而吹。”严绳孙的《金缕曲序》也有“题陈其年小照填词图，有姬人吹玉箫倚曲”的句子。容若这阕词的末两句“背立讶卿卿，知卿无那情”有点题之意。说女子曲罢转身，背立而语。嗔怪那人风流多情。也是俏皮。

在近代藏书家缪荃孙的抄本当中，此词作《陈其年填词图卷》。词曰："乌丝词付红儿谱，洞箫按出霓裳舞。舞罢髻鬟偏，风姿最可怜。倾城与名士，千古风流事。低语属卿卿，卿卿无那情。"两词并读，又另有风致。但说到底，无论哪一个版本，此词最要紧的意义在于，它是纳兰容若和陈维崧的一个友谊凭证。

有时，人与人之间最珍贵的是：

曾有一段时光，我们一起度过。

附：

陈维崧（清）/ 词选

醉落魄·咏鹰

寒山几堵，风低削碎中原路。秋空一碧无今古。醉袒貂裘，略记寻呼处。

男儿身手和谁赌？老来猛气还轩举。人间多少闲狐兔。月黑沙黄，此际偏思汝。

望江南·岁暮杂忆（四首）

江南忆，少小住长洲。夜火千家红杏幙，春衫十里绿杨楼。头白想重游。

江南忆，白下最堪怜。东冶壁人新诀绝，南朝玉树旧因缘。秋雨蒋山前。

江南忆，懊恼十西湖。秋月春花钱又赵，青山绿水越连吴。往事只模糊。

江南忆，罨画最风流。白屋山腰烟内市，红兰水面雨中楼。楼上漾帘钩。

南乡子·江南杂咏（三首）

户派门摊，官催后保督前团。毁屋得缗上州府，归去，独宿牛车滴秋雨。

鸡狗骚然，朝惊北陌暮南阡。印响西风猩作记，如鬼，老券排家验钤尾。

万艘千船，今年米价减常年。乍可宣房填蚁穴，愁绝，不愿官家言改折。

醉太平·江口醉后作

钟山后湖，长干夜乌。齐台宋苑模糊，剩连天绿芜。估船运租，江楼醉呼。西风流落丹徒，想刘家寄奴。

夜游宫·秋怀（四首）

耿耿秋情欲动，早喷入、霜桥笛孔。快倚西风作三弄。短狐悲，瘦猿愁，啼破冢。碧落银盘冻，照不了、秦关楚陇。无数蛩吟古砖缝。料今宵，靠屏风，无好梦。

秋气横排万马，尽屯在、长城墙下。每到三更素商泻。湿龙楼，晕鸳机，迷爵瓦。谁复怜卿者？酒醒后、椎床悲诧。使气筵前舞甘蔗。我思兮，古之人，桓子野。

箭与饥鸱竞快，侧秋脑、角鹰愁态。骏马妖姬秣燕代。笑吴儿，困雕虫，矜细欬。龌龊谁能耐？总一笑、浮云睚眦。独去为佣学无赖。圯桥边，有猿公，期我在。

一派明云荐爽，秋不住、碧空中响。如此江山徒莽苍。伯符耶？寄奴耶？嗟已往。十载羞厮养，孤负煞、长头大颡。思与骑奴游上党。趁秋晴，蹠莲花，西岳掌。

今夜凉（菩萨蛮）

玉绳斜转疑清晓，凄凄白月渔阳道。
星影漾寒沙，微茫织浪花。

金笳鸣故垒，唤起人难睡。
无数紫鸳鸯，共嫌今夜凉。

——纳兰容若《菩萨蛮·宿滦河》

旅途，是隐藏孤独最深的地方。

还好，有文字。

于是，纳兰容若在路上写下了这阕《菩萨蛮》。好纯粹的一阕词。上阕写物与景，下阕写人与心。滦河在河北，尚未有幸游历。可看容若笔下写得那样美，不禁心向往之。滦河，包括第二句当中写到的渔阳，都是从北京至山海关的途经之地。有时候，人事已非的景色里，最好的就在不起眼的小地方。

这阕词，大概作于康熙二十一年（公元 1682 年）。是年八月，容若奉命前往梭龙侦察。容若是个心事好重的人，远行之事对于他来讲，总显得寂寥些。这一回的梭龙之行也不例外。旧时不比今日，行走在外舟车劳顿，并不方便。走得久了，身体会累，心会倦。

孤枕难眠，也是必然。

开篇“玉绳”二句写了时间地点，是夜景。玉绳，星名，指北斗七星（古代分别称作天枢、天璇、天玑、天权、玉衡、开阳、摇光）当中第五颗玉衡的北方二星。《金瓶梅词话》当中便有“只见玉绳低度，朱户无声，此景堪羡”之句，读来甚美。

玉绳斜转，意味着将要天明。他起身披衣，月下闲走。还能做些什么呢？也不过就是看几眼周身景致，或月下饮酒，拈花填词。临近清晓时分，月华虽好，却分明知道已不是长久之景了。渔阳道长，凄白月光之下，显得越发沧桑。令人伤感。

写景的好句很多，容若“星影漾寒沙，微茫织浪花”二句亦是清丽娴雅，十分动人。星光微茫，覆照于寒沙之上，熠熠有光，如同潮汐更迭，层织如浪。走着走着，仿佛那光，都是会齐踝而过的。此景，纵未能亲见，但就读着容若这两句词，便已仿佛身在景中，景在眼里。

有些路，只能一个人走。有些寂静深夜，如同一册私藏的书，亦只能一个人读。容若平日里便是多思之人，在这样寥落又开阔的时刻，他如何能够把持好一颗心，在岁月的潮汐里安然无恙呢？倒不如，就随着一颗心在往事之水里浮荡，铭记每一个珍贵刹那。

要怎样才能将心中寂寥写至淋漓呢？除了眼见之凄然，更有耳闻之孤单。“金笳”二句是一笔上佳的渲染。金笳，是胡笳的美称，一种北方民族的管乐器。自古便有“胡笳声悲”的说法。唐诗人武元衡的《汴和闻笳》诗中有“何处金笳月里悲，悠悠边客梦先知”之句。金笳声响，令人思家。闻声而起的人，怕也是难以复寐了吧。

最后，容若化用唐人诗句，说连水中小鱼也觉夜色迷茫，再衬心中孤独。紫鸳鸯是一种鱼。全身呈紫色，从头部到腹部为橘黄色，尾鳍分开，样貌好看。唐诗人徐延寿《南州行》诗曰：“河头浣衣处，无处紫鸳鸯。”

说完这一句，仿佛可见那年那月那夜，容若独立夜色一宵哀冷之情状。孤独，从来都是讲述不尽的一件事。时时刻刻，无处不在。因为它的缘故，纳兰词当中总有着缱绻无休的伤感。

孤独，是暗夜一点星芒。

孤独，是清晓一缕晨光。

孤独，是旅途中的一刻彷徨。

秋将老（菩萨蛮）

荒鸡再咽天难晓，星榆落尽秋将老。
毡幕绕牛羊，敲冰饮酪浆。

山程兼水宿，漏点清钲续。
正是梦回时，拥衾无限思。

——纳兰容若《菩萨蛮》

昔日听母亲讲过一些往事。

关于她祖父的一些事情。据说，外曾祖父当年是被日本兵无故沉塘溺死的。那时候，他也不过是而立之岁。母亲不曾亲历，但讲的时候依然心有余悸。倒是一旁听着的我，因为当时年少无知，也不谙世情，只觉惊心动魄，听得甚有趣味。

有生之年，不经乱世，算是大幸。虽然，所见之太平很可能是眼界有限所致，但说到底，不征杀，不挞伐，能够平安度日，已很不容易。旧时改朝换代，更迭频繁，战事自然不绝不断。容若与康熙年纪相仿，康熙仅年长容若一岁，康熙登位之后，朝政并不太平。诛鳌拜、定三番，祸事不少。

而容若生之时年又并不漫长。康乾盛世，始于康熙二十年（公元 1681 年），可四年之后，容若便溘然而逝，所享之安乐时光并不丰厚。入仕之后，又是御前的人。自然，行役远走、颠沛侦察之事不在话下。

这一首《菩萨蛮》便是边塞行役之词，在纳兰全词当中虽不见是最为高妙，却也是容若生平旅程的一刻观照。通常，边塞诗词多是笔力豪迈，语词当中尽显天地之遒劲和文人胸襟之开阔，但容若此词写得婉约、含蓄，曲径通幽。依然是他的绵邈之心事。

康熙十六年（公元 1677 年），九月，容若扈驾随行，巡视沿边内外。北方天气酷冷，行军在外，境况不佳。他不是一心从戎之人，无法做到“男儿作健向沙场，自爱登台不望乡”（清黄景仁《少年行》）。夜深人静时候，难免多思。

“荒鸡再咽天难晓，星榆落尽秋将老。”荒鸡，是指三更之前鸣叫的鸡。鸣声被认为是不祥之兆，预示会有战事发生。鸡鸣再三却不见天明，仿佛遥遥无期。分秒似流年，十分难熬。榆树如星，却叶叶落尽。叶落知秋，秋老叶尽。身处如斯颓败时令，更添心上一层愁。内心隐痛。

“毡幕绕牛羊，敲冰饮酪浆。”晚秋天寒，连乳浆都被冻结成冰。好在牲畜无知，牛羊绕毡而行，顾自觅食，仿佛天地无恙。世间，也唯有人族终日忧患，不得安生。不把流年掷碎，便把岁月摧毁。

“山程兼水宿，漏点清钲续。”一程山水，一程疲累。钲鼓声未断，漏壶声又起。走了也不知多远的距离，一颗心却终日惴惴，殚精竭虑。将士们，大抵都已身心俱疲了吧。此情此景，恰如那句“浊酒一杯家万里，燕然未勒归无计”（宋范仲淹《渔家傲》）。

“正是梦回时，拥衾无限思。”终于，容若宕开一笔，写到自己的心。最远的路途，是从自己的身体到自己的心。最深的孤寂，是午夜梦回时，拥衾半卧，窗外月朗星稀，内心无靠无依。

此词，通篇下来，皆是白描。在读至最后一句之前，一切情绪都被隐藏得恰到好处，情感表达十分隐蔽。如同一部克里斯托弗·诺兰的逻辑电影。不喧哗，不吵嚷，仿佛只是远远看他，安安静静坐在园林深处，捧一册书，一页一页翻读。

私以为，但凡隐忍的人情物事，总是备具美感的。

一片愁（菩萨蛮）

白日惊飚冬已半，解鞍正值昏鸦乱。
冰合大河流，茫茫一片愁。

烧痕空极望，鼓角高城上。
明日近长安，客心愁未阑。

——纳兰容若《菩萨蛮》

将士还乡，衣锦荣归。

这本是至幸之事。只是功成之日，看客们热闹围观，不知那从战场返家、死里逃生之人的心中是否果真似看上去那般，就只是欢喜、欣悦呢？大抵，寂静无人的时候，还是会有辛酸、沉痛袭上心头的吧。往事那样喧嚣，又怎能做到视而不见，如同不曾发生。

容若这阕词的写作时间，一说是写于当年梭龙之行的返程之中，一说是康熙二十三年（公元 1684 年）十一月扈驾东巡的归途之上。不论写于何时，归心之酸楚、之惶惑，皆尽显容若笔下。

长久跋涉之后即将归家的日子里，人心之所思、所念总是极复杂的。当然欣喜。可欣喜之余呢？总会有一些不切实际、似真还虚的情绪。是又高兴，又惶恐。既有迫不及待，又有战战兢兢。归心似箭，自然也会伤人。

世事总是两面的。从来没有绝对的好与不好。就连旅人久别回家这样的事，也有伤感的成分在。游客尚且如此，又何况是沙场征杀的人呢？当时，容若的景况虽谈不上死里逃生，但行役之苦一定是少不了的。

容若这阕《菩萨蛮》写的正是他的冬日归程。寒风凛冽，最是冻人。车马慢慢，只为归家。“惊飚”是狂风之意。狂风拂野，身心俱寒。此时，容若才知隆冬业已过半。又是一日颠沛，又是一身疲惫，又是一个黄昏，鸦雀漫飞。他解鞍下马，见四下凄惶，心中惊起无限思量。

眼观的，是冰封的漫漫大河。

心见的，是苍茫的寥寥天地。

目下寂寥，心上潦倒。

旷野无垠，他看上去是那样弱小伶仃。一人一马，举目天涯。本应丛密的草，也不知被哪日的野火恣肆烧过，一片颓败，只见尘埃。眼见明日就到了京城，可远处的城楼之上，战鼓号角阵阵，鸣声入耳，竟叫人如此伤感。也不知为何，策马归乡，一颗心却未减丝毫惆怅。

唐诗人贺知章有一组名诗《回乡偶书》。

曰：

少小离家老大回，
乡音无改鬓毛衰。
儿童相见不相识，
笑问客从何处来。

当然，容若离家不过一年半载，远未深及“少小离家老大回”的程度。可是，读容若的这阕《菩萨蛮》，却觉其中哀欢滋味，与《回乡偶书》的诗意有一脉相承的意思。近乡生愁，最是恼人。容若是也有这样的顾虑和担忧么，怕自己形神憔悴，家中伊人不相识？

还是对告别本身，从来不能适应呢？

习惯一段生活，如同习惯一个人。有时候，明知早晚要告别，所有的预留和准备，到果真告别的那一日，心里依然有无法预料的难舍。所有的久别重逢，分明隐藏着又一次不为人知的告别。念及自己已是孤身游荡在外八九年的人，每每返程归家，心中所感亦恰如此词之意：热望之中，夹杂伤感。

人生。

一直在告别。

一直在离开。

心欲碎（菩萨蛮）

榛荆满眼山城路，征鸿不为愁人住。
何处是长安，湿云吹雨寒。

丝丝心欲碎，应是悲秋泪。
泪向客中多，归时又奈何。

——纳兰容若《菩萨蛮》

这阕词可与前一首并读。

从创作时间来讲，根据词意，它应当写于上一阕词之前。具体时间，各家说法不一。写的，仍是“客途秋恨”。客途秋恨，语词动人。简洁素净的字面之下，意蕴无限。有惆怅，有宽容，更有沧桑。用来诠释容若的这阕词，再恰当不过。

读纳兰词，讲究心境。浮躁时候，不适宜。情浓时候，亦不佳。最好有一小段平静时光，心无波澜，以一种倾听的态度。就像，与他是故人，他一旁顾自讲着，你一旁寂静听着。他动情时候，你能懂，哀伤时候，你也知道，但不妄言去劝说、去宽慰，或是假装感同身受。点点头，就好。

开篇二句“榛荆满眼山城路，征鸿不为愁人住”简洁易懂，却落笔感伤。说这行途之上，放眼望去，山路荒芜，遍布荆棘。恍然一抬头，又见南飞的大雁，成群结队从天上齐云而过，匆忙又浩荡。一群归心似箭的飞禽，断不会为地上行客异乡之人的愁心哀念俯首驻留。

雁雀已在归途。

行客，家在何处？

也不知“何处是长安”。不知几时才能结束行旅，不知几刻才能看见故乡。“湿云吹雨寒”，只有寒雨湿云笼罩行人顶上，人间广漠如谜，凄冷又哀伤。阴雨如丝，“丝丝心欲碎”，仿佛是愁人悲秋，怜悯自己一颗落寞的心，落下的泪。

作这阕词的时候，大抵妻子卢氏已经过世。也是基于这样的缘故，此行途中，容若之苦闷，虽因念家而起，却不确定能够因归家而终。于是，不禁发出“泪向客中多，归时又奈何”之喟叹。是，若是伊人不在，纵使回家了，又能怎样呢？

一句“归时又奈何”，最是意蕴无限。

如伶人演歌，有一唱三叹之美。

岁月无常，有心爱之人，才有眷恋之家。一如，因为某个人，爱上某座城。兜兜转转、流离颠沛的人生，日子坏的时候，随处是坎坷，转眼是挫折，唯心中有信念，唯爱中有挂牵，方有勇气翻山越岭，度过怅惘的一年又一年。

伤感，仿佛是饮水词的基调，是品读之时避不开的一种情绪。而伤感本身，却不是一件容若描摹入心的事。用力稍过，显得造作。用力不足，又仿佛诚挚不够。纳兰容若将“伤感”一事写得好，除了天性当中的文学禀赋之外，必定与他一生情途爱路跌宕不安有关。

爱之圆满的情状，大抵都是相似的。但当中的迷惘、惆怅、悲伤、哀痛，甚至是黑暗，却有一百种、一千种、一万种。容若如同在阴天漫步经年之人，因侵染岁时长久，浑身上下便皆有一种晦暗的基调。也因此，他对“伤感”这样的事情，要比旁人把握得更通透，拿捏得更准确。

几个字，一句话，就能写进心里去。

不归家（菩萨蛮）

黄云紫塞三千里，女墙西畔啼乌起。
落日万山寒，萧萧猎马还。

笳声听不得，入夜空城黑。
秋梦不归家，残灯落碎花。

——纳兰容若《菩萨蛮》

这凄芜的人间，离人好多。

走的路越漫长，便越知道，路上风景再瑰丽奇绝，也抵不过暗夜来袭的一颗念家的心。“何处合成愁？离人心上秋。”世上最令人无措的，大约就是思念了。念一个人，念那人枕边的鬓发；念一个家，念家中温热的清茶。还有，那些曾习以为常又满不在意的关切的话。

那年，容若侦巡在外，亦是心中孤孑。沉沉心事令人无奈，只能孤自吞咽消化。好在尚有纸墨在侧，他可填词以寄情。当时，容若写下不少思归之词。纳兰之词，多清丽哀婉，一支笔下尽是潸然。这阕《菩萨蛮》的佳妙之处，较之其他思归之作，伤感之余，又见英迈之气。

上阕写天地之豪阔。

下阕写身心之寥落。

相形之下，天地之间，一颗心显得尤为孤零。

一句“黄云紫塞三千里”，视野开阔，视界恢宏。一字一句读下来，如同身在塞外旷漠，仿佛可见黄沙漫眼，天地浑然一片。黄云、紫塞，皆是边塞的代称。紫塞，得名于秦始皇所筑长城，因城墙土壤颜色发紫，故称“紫塞”。黄云，则是唐时的戍名。唐诗人李白曾便有“白雪关山远，黄云海戍迷”之句，出自《紫骝马》。

紫骝行且嘶，双翻碧玉蹄。
临流不肯渡，似惜锦障泥。
白雪关山远，黄云海戍迷。
挥鞭万里去，安得念春闺。

其实，李白这首诗写的也是征人远戍、思念家妻。不过，他写情不见情，喑哑沉默之中饱含爱意。紫骝马是一种枣红色的马，英勇矫健。障泥是指披于马鞍两旁的防护织物。显然，此诗中，马被拟人化，代指征人。“临流不肯渡，似惜锦障泥”，李白写它临河而止，不肯横渡，仿佛是怕弄脏了背上的织锦障泥。

思念家妻之意初显，但也就是这样了。李白点到为止，不肯再说。转念写的便是远渡之后关山肃杀、边塞辽远之景。末两句最有意思，从逻辑上讲，应当置于“白雪”二句之前，乃“倒卷之句”。征途漫漫，不能踌躇，将士们要的就是一种挥鞭万里、不念春闺的态度。

话是如此说，但正是这一点决心的表露，反倒让人读到了征人心中的那一层情意和眼底不能溢出的泪水。是需要痛下决心，才有勇气一往无前的。不是不想思念，是不敢，是不能。出征远塞，生死难料，此行之险心中有数，最怕的便是，身后有个家，你却不放下。

李白落笔刚劲有力，琐细情绪甚少，即便有儿女情长，也隐忍克制，不似容若一颗心总被离愁别恨所牵束。从这个角度来讲，容若这阕《菩萨蛮》在纳兰全词当中反倒别具一格，较之于大多数作品，要显得风骨遒劲一些。

尤其是“落日万山寒，萧萧猎马还”，写得颇为雄浑。其实，不单此词，容若也写过“王事兼程促，休磋客鬓斑”（《塞外示同行者》）和“还将妙写替花手，却向雕鞍试臂鹰”（《塞垣却寄》之一）一类较为豪迈的句子。

戍边广漠，萧索怅惘，无尽枯寂。有时候，静得只有风之呼啸、鸦之鸣啼。空洞得令人心悸。城墙西畔，一声乌啼，叫醒了人心里的无限伤感。天地广阔，人间浩瀚，区区人族渺小如尘。有时候，我们一颗心跌宕流离，见山见水皆是辛苦，但岁月依然是静默无言，时光始终是安然无恙。

我们再喧嚣，也惊动不了世界分毫。

读“落日万山寒，萧萧猎马还”，不知为何，总觉得当中有一种英雄白头、美人迟暮的苍凉。那苍凉，是昏黄的、喑哑的、遒劲的。仿佛是，独立风中的纳兰容若，不经意的一声叹息。这叹息里，尽是无言的寂寥。

词之上阕豪劲。也正是荒迈之景映衬得人心更是孤寂。到底是容若，词之下阕终还是脱不开他一贯藏匿于心的幽恨和孤独。所以，他写道：“笳声听不得，入夜空城黑。”夜深阒寂之时，人心亦静，是一点不能惊动。一声胡笳，足以毁掉白日里积蓄的全部铿锵和心力。

到底是念家了。伊人又何尝不是如他一般心中挂念难熬。入秋了，他依然未归。孤灯伴清影，灯花残碎如心。世间人，能陪你走上一程的已是不多，能与你秉烛夜谈的更是寥寥，能和你共度一生的实在难寻。很多时候，终其一生，我们便是希望：

无论何时，一回眸那人会在。

无论何地，有个家让你归来。

词话二

知君此际情萧索

孤舟泊（菩萨蛮）

知君此际情萧索，黄芦苦竹孤舟泊。
烟白酒旗青，水村鱼市晴。

柁楼今夕梦，脉脉春寒送。
直过画眉桥，钱塘江上潮。

——纳兰容若《菩萨蛮·寄顾梁汾苕中》

运命无常，总有坎坷。每每这样的时刻，抽一支烟、饮一杯酒，皆是尚好的慰藉。但也总有那么几个关头，郁结难舒，连烟酒亦不足够，这样的时候才最是寂寞。因而，我们需要朋友。希望能有个人在紧要的关头，听你讲上几句话。仅此而已。

只是，如今世道不似往日，人与人之间的信任度极低，能有一二知己实在不易。虽说文人相轻，但容若也真的幸运，身边总有几个人，愿与之肝胆相照。顾贞观，便是其中一个。

容若感性，《饮水词》避不开一个“情”字。世间最美也不过一个“情”字。情，又有很多种。血脉之亲，连理之欢，云天之谊，都是情。容若与顾贞观自然是第三种。有趣的是，两人年纪相差 18 岁，能相识、相知又成莫逆，实属不易。

容若此词便是写给顾贞观的。

梁汾，是顾贞观的别号。

顾贞观，江苏无锡人，出生于明末崇祯十年（公元 1637 年），去世时 77 岁，明末东林党人顾宪成四世孙。康熙五年举人，擢秘书院典籍。康熙二十三年致仕，读书终老。其人工诗文，词名尤著，著有《弹指词》《积书岩集》等。顾贞观与陈维崧、朱彝尊并称明末清初“词家三绝”，同时又与纳兰性德、曹贞吉共享“京华三绝”之誉。

顾贞观一生仕途不顺。无论怎样的时年，仕途顺利与否，从来不是直接取决于才华。性情狷介之人大多也并不适合官道生存。顾贞观便是如此，好在他的运气不算特别坏。年轻时候，曾辞亲远游，一路走一路看，交识不少文人。25 岁那年，抵达京师，一句“落叶满天声似雨，关卿何事不成眠”惊艳世人，因之受知于大学士龚鼎孳。

清康熙三年（公元 1664 年），顾贞观任秘书院中书舍人。康熙五年中举，改任国史院典籍，官至内阁中书。次年，顾贞观伴康熙南巡，扈从左右。康熙十年（公元 1671 年），因受同僚排挤，落职归里，自称“第一飘零词客”。康熙十五年（公元 1676 年）经国子监祭酒徐元文推荐，入内阁大学士纳兰明珠府中任塾师。遂，与容若相识。

容若风雅好友，与顾贞观虽年岁相差甚大，但两人脾性相契，来往甚欢。有一种相见恨晚的惆怅。康熙二十年（公元 1681 年），顾贞观为母丁忧，归返无锡。康熙二十四年（公元 1685 年），容若病故，顾贞观悲痛不已。容若离世第二年，顾贞观便彻底离开京城，回到江苏老家。从此，在无锡的惠山脚下，避世隐逸。

容若此词大约作于康熙二十一年（公元 1682 年）。苕中，说的就是今浙江北部的苕溪，分东西两源，是浙江的八大水系之一，也是太湖流域的重要支流。彼时，顾贞观为母丁忧，身在苕中。某些时候，在这世上最懂得容若之人便是顾贞观。同样，对顾贞观而言，在他心中，世人皆不如容若。

写这阕词时，顾贞观已不在容若身边。不过，整阕词字字句句真切动人，如若亲见。最妙的是，虽然寄情别离，但却非通篇伤感，容若一改往日万物同愁的忧思，反倒对顾贞观有一种深沉的安慰和诙谐的豁达。

他说，孤舟远泊，无限惆怅。你归乡途中必定心绪萧索，备觉伤感。可是，一路上，山青水绿，烟霭绵绵，又有水村渔市，酒香深深。也算惬意。“烟白酒旗青，水村鱼市晴”二句颇有唐诗人杜牧“千里莺啼绿映红，水村山郭酒旗风”之清淡疏朗的风致。

到了下阕，容若甚至揶揄顾贞观道，你归去心切，怕是为了早见家妻，得享团圆之美吧。其实，他想说的，人，要保有一颗天真烂漫的心，才能在浊浊人世自由逡巡。人生无常，聚散不定。理应：来时欢喜，去时安宁。

灯花落（菩萨蛮）

萧萧几叶风兼雨，离人偏识长更苦。
欹枕数秋天，蟾蜍下早弦。

夜寒惊被薄，泪与灯花落。
无处不伤心，轻尘在玉琴。

——纳兰容若《菩萨蛮》

我是不爱雨天的。

阴暗、潮湿、黏腻、肮脏，这是雨天给我留下的一贯印象。一切都是那样不磊落、不爽利、不干脆、不洁净。最要紧的一点是，阴雨时候，人心愁倦。就像庄子说的，天人合一。这其中，大概也有这样的道理。在容若的这阕词作当中，这雨，更是素在旧时文人心中为愁中愁、苦中苦意象之秋雨。

本来秋日多哀思，又是雨天。这当中情绪之萧索可以想见。

秋叶萧萧，人心疏淡。长夜漫漫，孤枕难眠，离人凄苦。相离的日子是数着过的，秋光漫漫，仿佛暗夜无边，永不能过去。有时候，我们要的不过就是一点光，一个寂静温柔的黎明。

容若这阕《菩萨蛮》词意疏浅，不难懂。愁人苦夜长，无处不伤心。“蟾蜍下早弦”一句中“蟾蜍”代指月亮。古人长把“月宫”称作“蟾宫”，《淮南子》当中也有“月中有蟾蜍”之句。

“早弦”即是月之上弦，时逢每月初七初八，月面朝西，谓之“上弦”。“下早弦”自然说的便是上弦已过，月圆将近。中国人素有月圆人团圆的愿念。秋之圆月，寓意更浓。如此时分，一处相思，两地闲愁，自是伤感更甚。

秋寒瑟瑟，夜半梦回，最是伤心。是以，有了容若“泪与灯花落”一伤感之语。人不在，琴寂寥。是有多久，不曾煮酒弹琴，倚树闲吟。事到如今，轻尘覆琴，秋雨蒙心，还有什么能比这更令人伤心？一把琴已旧，一颗心已老，一段往事已伶仃。

容若作词擅于化句用典。此词当中“泪与灯花落”便是化用南宋词人花仲胤之妻“泪珠与灯花共落”一句。这句词虽也不算出众，但其背后却有一个情深故事值得一讲。

当年，花仲胤在异地为官，长期不归，据说是在河南安阳。他与妻子情深，聚少离多的日子恰如容若这阕《菩萨蛮》所写，令人思念成疾。花妻有才，情不自禁之时便寄情于纸，填词赋诗。一日，花仲胤收到妻子寄来的家书，当中附有一阕词，词牌叫《伊川令》(亦叫《伊州令》)。

西风昨夜穿帘幕，闺院添消索。
最是梧桐零落，迤逦秋光过却。
人情音信难托，鱼雁成耽阁。
叫奴独自守空房，泪珠与灯花共落。

这个词牌，花仲胤自然知道。只是细细看去，竟发现妻子将《伊川令》中“伊”字写作“尹”。在他看来，妻子聪颖敏慧，不应有如此疏漏。因而，去信一封，并回赠了妻子一阕《南乡子》，委婉地指正了妻子的“笔误”。

顿首起情人，即日恭维问好音。
接得彩笺词一首，堪惊。
提起词名恨转生。

辗转意多情，寄与音书不志诚。
不写伊川题尹字，无心。
料想伊家不要人。

不料，花妻回道：

奴启情人勿见罪，
闲将小书作尹字。
情人不解其中意，
问伊间别几多时？
身边少个人儿。

花仲胤阅毕，会心一笑。只是这笑，是笑中有酸楚、笑中有惆怅，笑中有凄然。中国人的情之大美在于含蓄。兜兜转转，不肯说破。仿佛不历经千山万水，诸事便流于疏浅。其实，道理是有的。恣肆不羁的表达自有其磊落之好，但隐忍克制的，终究更逼近于“美”。

三月情（菩萨蛮）

为春憔悴留春住，那禁半霎催归雨。
深巷卖樱桃，雨余红更娇。

黄昏清泪阁，忍便花飘泊。
消得一声莺，东风三月情。

——纳兰容若《菩萨蛮》

昨日春光尚好，今日寒意料峭。

昨日两人一马，今日转身天涯。

昨日你正摘花，今日你已白发。

读纳兰词，常常读出一种末世之感。萧索、苍凉、荒蛮，仿佛身在万花世间，转眼却又蔓草荒烟。有些词，旨意高远，动辄政局、动辄江山、动辄人间。可是，能令人入心的词，往往写的只是耳鬓厮磨的情话和难舍难分的牵挂。

虽然纳兰词不少篇章在老学究的眼中显得格局狭小，但是文学创作的意义从来不是只有一种标杆。谁人敢说李清照的花前月下一定就不如辛弃疾的金戈铁马呢？私以为，文学作品能令阅者欢喜，心有涟漪，已然很好。纳兰词如是。

这阕《菩萨蛮》，写的即是惜春，也是怀人。因为你不在，所以怀念你。人生最难的事情大概就是：留住。能留住的人、事、物，越来越少，少到你几乎会常常以为自己一无所有。是以，容若写下了这阕很是苍秀的词。

就像博尔赫斯写的：“我用什么才能留住你？我给你瘦落的街道、绝望的落日、荒郊的月亮；我给你一个久久望着孤月的人的悲哀；我给你早在你出生前多年一个傍晚看到的一朵黄玫瑰的记忆……我给你我的寂寞、我的黑暗、我心的饥渴。我试图用困惑、危险、失败来打动你。”

恋春欲留春，留春却不得。

这阕词细节充盈，画面感很强。说这薄薄之春意，仿佛都禁不住突如其来的一场雨。可是，巷中小贩摊前的樱桃，却分明雨后显得娇红更胜从前。告别并不可怕，伤人的是分离之前互诉的情话。一如，惜春之心禁不住眼前的红樱绿树、热闹人家。至此处，似乎春也就是那春，并未影射什么往事与故人。

词之下阕似终有表心之意。日暮黄昏，春花零落，是以心中伤感，眼中含泪。一声莺啼最是凄清，令人心惊。仿佛是唤醒了人隐藏心底最深的往事之禁忌——花凋零，雨迷离，而我想到了你。

有时候，孤独就是红樱绿树围绕的时候想到了你。若是能够默默无语又毫无指望地爱着你，倒也两相无事，天涯各自。只是，世人皆有欲望，爱之欲望最是浓烈而不能自已。如何才能做到，思念一个人而不露痕迹。这大概是最难解的爱情谜题。

昔年写过朱淑真，读到容若这阕词，忍不住想到朱淑真那一首《问春古律》当中的两句诗："东君负我春三月，我负东君三月春。"读起来，似乎断肠词宗朱淑真反倒显得比容若洒然。只是，纳兰容若不是博尔赫斯，也不是朱淑真，他天性便是遇爱柔软的人。因为柔软，所以迷人。

有时，失去不一定是真的失去，得到也未必是真的得到。最怕的是，相爱又分离，得到又失去。如果你没有那样来过，我就不会这样生活。因为爱过，才会懂得，爱上你可能是一分一秒的事，忘记你却一定是一生一世的事。

想要忘记，谈何容易？

去年秋（菩萨蛮）

晶帘一片伤心白，云鬟香雾成遥隔。

无语问添衣，桐阴月已西。

西风鸣络纬，不许愁人睡。

只是去年秋，如何泪欲流。

——纳兰容若《菩萨蛮》

思念很难，最难的却是无人思念。

其实，还能有什么能比生与死相聚更遥远的事情呢。没有了。张小娴在小说《荷包里的单人床》中说，“世界上最遥远的距离，不是生与死的距离，不是天各一方，而是，我就站在你面前，你却不知道我爱你”。私以为仍不准确，应当是——最遥远的距离，是明明知道你爱我的时候我也爱你，却隔着生死与天地。

容若这阕词是纳兰词当中典型的“悼亡”之作。怀念的，是他的发妻卢氏。此词大约作于康熙十六年（公元 1677 年）秋。那时候，卢氏已离世三个月。容若身在关外，离开故园，他远离的不只是一个家，还有昔年与她之间那些郑重又深沉的往事。

学者盛冬铃在《纳兰性德词选》当中写道：“容若与卢氏伉俪情笃，卢氏死后，容若‘悼亡之吟不少，知己之恨尤深’（叶舒崇《皇清纳腊室卢氏墓志铭》）。这些‘悼亡之吟’出自肺腑，其心愈苦，其情愈真，是纳兰词集中十分引人注目的部分。”

每每读到容若的悼亡词，总能一眼辨认出当中的孤绝与哀伤。词之上阕，他说，月色落入帘上泛出的白，叫“伤心白”。那白，大约纯粹得几近惨然，令人有一种毫无指望的悲痛。即便如此，他却依然记得，那年她长发如云，寸步相伴，迷人气味令他如沐香霭。

能忘掉与你有关的一切，却忘不了你与我朝夕不离留下的气味。对于亡妻，容若也是如此。如今，孤身在外，山静似太古，日长如小年，却早已无人问津他的孤独。梧桐树下，夜已静寂，月已西沉，却再听不到她关切地问他一句“你是否添衣”。

词之下阕，容若写得最是伤心。“络纬”一词可见于西晋崔豹的《古今注·鱼虫》，文曰：“莎鸡，一名络纬，一名蟋蟀，谓其名如纺纬也。”西风冷冽，蟋蟀哀鸣，不许愁人入睡。只是，这么多年不都是这么过来的吗？去年秋日亦是如此，为何事到如今依然有泪盈满眸中，漫过心底。

民国才子邵洵美写过一首诗——《季候》，用来注解容若的这阕词再恰当不过——“初见你时你给我你的心，里面是一个春天的早晨。再见你时你给我你的话，说不出的是炽烈的火夏。三次见你你给我你的手，里面藏着个叶落的深秋。最后见你是我做的短梦，梦里有你还有一群冬风。”

还好，你们还能梦里相见，梦里相依。学者钱仲联在《清词三百首》中说此词“短幅而语多曲折，能透过一层写”。的确，容若寥寥几句，便写尽了一颗心。一颗漫漶荒芜的心，一颗千疮百孔的心；一颗沧海桑田的心，一颗哀思成疾的心。

一颗，伊人不在无人能懂的心。

休相忆（菩萨蛮）

乌丝画作回文纸，香煤暗蚀藏头字。
筝雁十三双，输他作一行。

相看仍似客，但道休相忆。
索性不还家，落残红杏花。

——纳兰容若《菩萨蛮》

据说这首词是容若写给沈宛的。

沈宛何人？

关于纳兰性德的妻妾，正史可考的共有四位。包括发妻卢氏，出身名门，乃两广总督卢兴祖之女，成婚三年后亡故。续弦官氏，一等公瓜尔佳·颇尔喷之女。侧室颜氏，为纳兰性德长子纳兰富格生母。另外，便是沈宛。只不过，沈宛在纳兰府上的身份争议颇大。一说为妾，一说无名无分，仅于府中居养。

沈宛，字御蝉，浙江乌程人。关于她的身世，如今普遍的说法倾向于沈宛出身青楼，不过也无确凿铁证。想来，出身低微大抵是事实，至于妓女身份是否属实不得而知。如此一来，出身权贵之家的纳兰容若与沈宛之间，从最初便注定有万重沟壑。

康熙二十三年（公元 1684 年），沈宛适于容若，入居纳兰府。次年，沈宛欲回江南，容若试图挽留。这阕词大约写于这个时期。容若与沈宛的故事，若是按照小说来写，那当中的曲折怕是几个章节也不能言尽。最伤人的是，康熙二十四年（公元 1685 年），容若便英年早逝。

这一段情，从来不曾安稳过。

是至死也未能留下一点圆满的余地，恰如容若此词，写得低回婉转，令人伤感。“乌丝”说的是旧时一种有墨线格子的纸，“香煤”则是指有香气的墨。容若说，读沈宛的来信，见信中藏头诗，首字被墨盖住，便知，是这小女子在与自己纸间嬉闹，聊表相思。

前两句当中提到的“回文”“藏头”二词值得一提。说的便是回文体诗词与藏头诗。回文，是说把相同的词汇或句子，在下文当中调换位置或颠倒过来，产生首尾回环之情趣的写作手法，也叫回环。比较知名的回文诗有清代才女吴绛雪的《四时山水诗》。容若自己也填过回文词，例如《菩萨蛮·回文》。

雾窗寒对遥天暮，暮天遥对寒窗雾。
花落正啼鸦，鸦啼正落花。

袖罗垂影瘦，瘦影垂罗袖。
风翦一丝红，红丝一翦风。

藏头诗，又名“藏头格”，是杂体诗中的一种，主要有三种形式：第一种，首联与中二联六句皆言所寓之景，不点破题意，直到结联才点出主题；第二种，将诗头句一字暗藏于末一字中；三是将所说之事分藏于诗句之首。另外，也有一种离合藏头诗。

“筝雁”二句当中也有两个知识点。古筝有十三根弦，每根弦下都有一个筝柱，筝柱斜向排列，犹似大雁飞翔之队列。这两句是说，沈宛来信，文字工整，井然有序，而最要紧的则是诗中藏头之句。自然，上阕当中，容若写的都是昔日旧景。如今，伊人不在，只剩伤心。

下阕词意明显。那日相别，佯装一颗心坚如磐石无懈可击。甚至，与你说，与君一别，两不相忆。所有的坚强皆不能刨根究底，撕开伪装，都只有无法迎对的悲伤和不能承受的惆怅。不诉离殇，也是殇。送你离开的渡口，今日已落红满地，杏花败残。

回头看看，家在那里。

却不知你，归去何方？

假如你曾奋不顾身地爱过一个人。

假如你曾赴汤蹈火地寻过一个人。

假如你曾焚心如煮地等过一个人。

你就知道，所有的遗憾都不能弥补，所有的错过都无法重来。

附：

沈宛（清）/ 词选

长命女

黄昏后。打窗风雨停还骤。不寐乃眠久。渐渐寒侵锦被，细细香消金兽。添段新愁和感旧，拚却红颜瘦。

一痕沙·望远

白玉帐寒夜静。帘幙月明微冷。两地看冰盘。路漫漫。恼杀天边飞雁。不寄慰愁书柬。谁料是归程。

临江仙·春去

难驻青皇归去驾，飘零粉白脂红。今朝不比锦香丛。画梁双燕子，应也恨匆匆。迟日纱窗人自静，檐前铁马丁冬。无情芳草唤愁浓，闲吟佳句，怪杀雨兼风。

菩萨蛮·忆旧

雁书蝶梦皆成杳。月户云窗人悄悄。记得画楼东。归骢系月中。醒来灯未灭。心事和谁说。只有旧罗裳。偷沾泪两行。

朝玉阶·秋月有感

惆怅凄凄秋暮天。萧条离别后，已经年。乌丝旧咏细生怜。梦魂飞故国、不能前。无穷幽怨类啼鹃。总教多血泪，亦徒然。枝分连理绝姻缘。独窥天上月、几回圆。

吴绛雪（清）/四时山水诗

春景诗

莺啼岸柳弄春晴，

柳弄春晴夜月明。

明月夜晴春弄柳，

晴春弄柳岸啼莺。

夏景诗

香莲碧水动风凉，

水动风凉夏日长。

长日夏凉风动水，

凉风动水碧莲香。

秋景诗

秋江楚雁宿沙洲，
雁宿沙洲浅水流。
流水浅洲沙宿雁，
洲沙宿雁楚江秋。

冬景诗

红炉透炭炙寒风，
炭炙寒风御隆冬。
冬隆御风寒炙炭，
风寒炙炭透炉红。

流莺唤（菩萨蛮）

阑风伏雨催寒食，樱桃一夜花狼藉。
刚与病相宜，琐窗薰绣衣。

画眉烦女伴，央及流莺唤。
半晌试开奁，娇多直自嫌。

——纳兰容若《菩萨蛮》

一首词，可能就是一个故事。

爱是什么？爱可以是朝夕相伴的欢喜，也可以是生离死别的剧痛。爱可以是“愿得一人心，白首不相离”，也可以是“君生我未生，我生君已老”；爱可以是毕加索的画，也可以是普希金的诗；爱可能是一种牺牲，也可能变成一场阴谋。在容若的这阕词里，爱是：娇羞。

故事应该是这样的。

寒食将近，风雨不歇。窗外，樱桃花遍地狼藉，满目惨红。天气坏极了，一如你不安的心。你身子尚乏力，小病初愈，原该是要好好修养的，你却偏不。岁月待你温柔，许你这般执拗。说到底，也还是因为年少，你似有用不尽的力气，和如春花一般绚烂的活跃。

你在想，该做点什么，来安抚自己一颗蠢蠢欲动的心。忽然，你见那绣绘着孔雀南飞的竹绢屏风前搁置着几件前两日绣娘送来府上的缠枝牡丹花纹的衣裳，便取来香料，薰衣慰寂寥。时不时，你会抬头看看窗外，总期许着会有雨后天晴的日光，一点一点漫散身旁。

长日漫漫，令你难熬。

幸有女伴寻你，与你说说私房话，倒也算是自娱的好方法。只是心中有事，仍觉寡趣。你便央求女伴为你画眉，梳妆打扮。小女子的闺阁之趣终是有限。不是女红，便是妆台。若能有几卷诗书，也算殷实，无奈书中自有颜如玉，也有妙书生。有时，读书竟也是一种负担。好比，今时今日。

屋外流莺声声，啁啾婉转。说是画眉，却迟迟不见你打开妆奁。旁人看你，眸中深深，总有哀怨。有心之人，才有心事。有了心事，却又盼着不如无心。人生总会有这样的时刻，如同新芽萌发，仿佛是石火电光之间，你便领悟了什么。于是，你学会了盼望、浮想。

拨来镜面看看自己，竟是越发觉得自己令人不那么喜欢。可是，此时此刻，你最想要的，恰是一张令人愉悦的脸庞。你忽然那样热烈地嫉妒书卷里写着的西施之容与貂蝉之姿。昔年你不以为然的东西，霎时竟在你心中变得如此郑重其事。

是何缘故呢？

你不明白？还是你不愿细想。

私以为，容若这阕《菩萨蛮》写的理应是情窦初开的少女心事。那样迂回婉转，又那样令人沉醉。对爱懵懂，又有期望。容若写得克制，却散发出一种难以抑制的情怀。行文清浅，心意深厚。就像海子在《太阳和野花》里写的那句诗："答应我，忍住你的痛苦。不发一言，穿过这整座城市。"

人的一生都避不开"情爱"二字。人生若只如初见，最美好的，总是最初的少年和最初的情，最初的光阴和最初的心。没有不能面对的曾经，只有稍纵即逝的年轻。每一日都永不再回，每一刻都不复重来。还好，你还年轻。你还愿意相信爱情，你还愿意等待爱情，你还有能力为爱情忧心、彷徨、不安和惆怅。

你在诗句里等。

心在花树下冷。

愿所有的少女之心明媚不倦、安然无恙。

无限山（菩萨蛮）

春云吹散湘帘雨，絮黏蝴蝶飞还住。
人在玉楼中，楼高四面风。

柳烟丝一把，暝色笼鸳瓦。
休近小阑干，夕阳无限山。

——纳兰容若《菩萨蛮》

这一首《菩萨蛮》，甫一诵读，便觉一种孤寂之清凉、相思之幽艳的意味袭来。纳兰词当中似乎有几个永不更迭的主题。孤独、悲伤、相思、怀念。每一样都令人深知其美，却又为之肝肠寸断。但凡容若之倾谈，势必使人生发与之交心的欲念。因为他的词，常如几句私房话。

伤春悲秋，在历代文人的笔下，从未断绝。有一颗敏感的心，才有一支生花的笔。纵是高迈磊落如李白，也有“举杯邀明月，对影成三人”的孤寂时候。又何况是天性温柔细软的纳兰容若呢。这阕词写的便是，闺中思人。

学者黄天骥在《纳兰性德和他的词》中说："这是楼头思妇怀念远方游子的词。云收雨散，春意阑珊，她登上高楼，遥望远方。在苍茫的暮色中，她只见杨柳如烟，看不清楚。于是，她叮嘱自己，不要凭栏纵目了。因为，那夕阳落在无限山之中，而行人更在无限山之外，怎么也望不见。"

时已春盛，原该是百花争艳、姹紫嫣红的时候，却突兀来了一场雨。令你睹物伤神。日暮时候，云收雨散，帘动心伤。帘又是湘妃竹的质地，你不禁遥想上古时候娥皇、女英与舜的生死往事。竹帘上的褐色云纹紫斑，传说正是舜之二妃投江自尽时的血泪所染就。一阵一阵，窸窣摇曳。

仿佛提醒你莫忘远方离人。

还有帘外的蝶。雨中来去，飞高伏低，艰难困顿。你看着，又另有怀想。仿佛它们是在迂回徘徊，一如离人之回首。你竟觉得，微小如蝶，也知不舍。是目见之景、目见之物皆能令你喟然。环顾四下，更是觉得寂寞。玉楼香榭，纵是华美，终敌不过楼高空阔，四下无人。

只有你，孤自一人。

倚窗望去。远处——暮色苍茫，笼罩远山。光色暧霭，呈现出一种末世凄壮之美。仿佛洪荒初明，天地初分，极是高远，极是辽阔。自然，也无可避免地令你觉得空寂。近处——如烟柳丝，伶俜摇曳。日光昏默，笼罩成双成对的鸳瓦之上。暮光赤金，草木无心，处处伤情。

是连一株柳树、一对鸳瓦也似某种暗示或是映衬。如此这般，你不得不叹“休近小阑干，夕阳无限山”。早知倚窗凭栏，目及之处皆是美而令人伤感，不如不观，不如不望，不如不近栏杆。夕阳之下，峰峦连绵，山色无边。纵是望眼欲穿，也是看不到山之尽头。

远方更在远方之外。

哪见离人？

朝夕不离之时，日日皆是寻常。过去，共饮共食，同行同憩，不知其美。如今，各自天涯，不知归期，方知当初一双人、两相依的岁月之好。有时候，思念是一种跋涉千山万水之后的领悟，是一种跨越日月红尘之后的懂得，是一种历尽聚散生死之后的铭刻。不过，你要相信，岁月童叟无欺。

所有久别，必将重逢。

词话三

天上人间一样愁

一样愁（减字木兰花）

晚妆欲罢，更把纤眉临镜画。
准待分明，和雨和烟两不胜。

莫教星替，守取团圆终必遂。
此夜红楼，天上人间一样愁。

——纳兰容若《减字木兰花·新月》

减字木兰花，原是唐教坊曲，后用为词牌，《张子野词》入“林钟商”，《乐章集》入“仙吕调”。简称《减兰》，又称木兰香、天下乐令、玉楼春、偷声木兰花、木兰花慢。该词牌为双调，上下阕各四句，共四十四字。

人世间，许多物、事，都是文人笔下的情思所托之常客。比如春花与情动，比如晚风与别离，比如日照与希冀，比如落霞与伤心，又比如，新月与回忆。容若这一首《减字木兰花·新月》是写给亡妻卢氏的，题是新月，意在旧情。

词之上阕写月，寓意婉转。说那新月，似伊人眉弯。昔年，她对镜梳妆，总是最后描眉。如今，她那眉黛眉蹙春山之美态依然历历在目，铭刻于心。不似今夜，月色不明，与那烟雨氤氲一色，朦胧难辨。至词之下阕，容若思人怀旧之意，情不自禁，点滴尽现。

其中，“莫教星替”一句，是化用唐代诗人李商隐诗《杂歌谣辞·李夫人歌》中“惭愧白茅人，月没教星替”之句。李商隐曾在东川节度使柳仲郢府上做幕僚。当时，李商隐之妻王氏亡故，柳仲郢欲为之作伐，李商隐作《杂歌谣辞·李夫人歌》辞谢。

原诗曰：

一带不结心，两股方安髻。
惭愧白茅人，月没教星替。
剩结茱萸枝，多擘秋莲的。
独自有波光，彩囊盛不得。
蛮丝系条脱，妍眼和香屑。

寿宫不惜铸南人，柔肠早被秋波割。
清澄有余幽素香，鳏鱼渴凤真珠房。
不知瘦骨类冰井，更许夜帘通晓霜。

土花漠碧云茫茫，黄河欲尽天苍黄。

容若此二句“莫教星替，守取团圆终必遂”意思是讲，此夜良辰，他有皎月相伴，便无须星光来陪。其实，容若是在自剖心迹。话外之音是欲与亡妻说，希望彼此坚守承诺，因为你笃信来日方长，终有一日会相聚团圆，哪怕是在另一边。

李商隐诗中情伤难测，与容若之心未必没有相通之处。世间难解的，唯有情字。情始情终，人聚人散，每一桩都是蚀心销骨的事。化用李商隐诗句，自是有一份伤心之共鸣。容若也可能借此句表达自己当下不愿再娶的意愿。

词末二句“此夜红楼，天上人间一样愁”流传最广。“红楼”指女子闺房，此处说的应是亡妻卢氏去世之后所在的地方。比如“天上”。举头可见朦胧之月。天上，月色茫茫。人间，公子凄凉。你说，或许，她在天上，与你在人间，一样地满怀惆怅。一句“天上人间一样愁”，听起来哀婉、凄美，实则令人绝望。

容若此词当中的“愁”，是一种生死两隔、天地相悬、无法依守之愁。她在时，你没有机会与之长相厮守。她走了，你只盼着来生重逢，下世再遇。世事无常，人死了，所有的过往都是伤痕，所有的誓言都是碑文，所有的怀念都是悼亡。

都说纳兰词缠绵缱绻、爱深情痴。其实，他平生最大的爱情理想，不过是能够和她，在一段日渐苍老的时光里，静坐于一扇绿苔滋长的木窗下，煮一壶天长地久的茶，看一朵海枯石烂的花。或是，和她在记忆深处荒无人烟的渡口旁，依偎并坐，一起静观日落烟霞。

如此，清素淡静地，过完一辈子。

情一诺（减字木兰花）

烛花摇影，冷透疏衾刚欲醒。
待不思量，不许孤眠不断肠。

茫茫碧落，天上人间情一诺。
银汉难通，稳耐风波愿始从。

——纳兰容若《减字木兰花》

生死绝恋。

仿佛是遥远的传奇，是泣血的小说，是今生不再有的哀怨。世间情爱总散荡如浮萍。来来去去，合合离离。伤悲有时，喜乐有时。欲念之下，爱无安宁。因果循环，是有一日会在林下相遇，亦将有一日会曲终人散，各自离场。甚或，以生死来告别。

生死之诺，重于千金。是梁山伯与祝英台的情比金坚，生死亦不能阻碍。是《牡丹亭》里柳梦梅与杜丽娘“情不知所起，一往而深，生者可以死，死可以生”的万丈凄凉。是苏轼一句“十年生死两茫茫，不思量，自难忘”的无尽断肠。

而容若写了一句“茫茫碧落，天上人间情一诺”，又仿佛成就了另一段哀伤无垠却又充满信仰的传说。《饮水词》里悼亡词最佳，其余次之。容若的悼亡词，清简真切，深挚自然。伤心，却不哀怨。凄凉，却有信仰。

这首《减字木兰花》是容若悼念亡妻卢氏的作品。词境简白明了，情意感人至深。写的是诺言，是怀念，是曾经，也是未知之将来。是昔年的花前月下，是当下的蚀骨相思，是以后的生死茫茫。

夜色亮亮。小梦阑珊。烛花摇影。身心俱颤。他孤自睡倒在无尽寒夜，凉风道道，唤他辗转醒来。是没有片刻的安宁，可以不去思虑，不去挂怀，不去想念。爱是一剪流云，一溪弯月。爱之于他，是若能再与那人得一夕会面，也足以视之永恒。没有一种思念，比天人相隔来得更惨烈。

不许孤眠不断肠，此生最凄凉。

词之下阕笔触极痛。“茫茫碧落，天上人间情一诺。”碧落，是天空的意思。白居易《长恨歌》当中有“上穷碧落下黄泉，两处茫茫皆不见”之诗句。茫茫青空之上，她魂去何处，却是不知。他只愿，纵使生死相隔，彼此也能坚守承诺。爱不淡，情不渝。“一诺”二字最是伤心。

“一诺”，语出《史记》。

《史记·季布传》记：“楚人谚云：‘得黄金百斤，不如季布一诺。’”说的是，秦末汉初楚国人季布，楚汉之争中做过项羽的大将，后来归顺西汉高祖刘邦，担任河东太守，一生特别讲信用，只要答应办的事情就一定要办到，从没有失信于人。他以侠义闻名，重守诺言，因此人们常说：“得黄金百斤，不如得季布一诺。”所谓“一诺千金”便是这样来的。

世间相遇，都是久别重逢。结句，容若说：“银汉难通，稳耐风波愿始从。”虽银河难度，但他甘愿共赴，忍耐银河风波，与伊人从头来过。虽生死异度，却仍是不能阻碍他与之重逢再聚之心念。字字皆是他的心。悱恻低回，缠绵凄绝，情痴彻骨。

昔年，容若与卢氏的举案齐眉、朝夕相对，一错过，便再没有。他的爱，来得不匆不忙，而她又走得实在匆忙。数数过往，只有三载。他与她，是注定只能指望来世的。若有来生，他与她，三生三世，大约亦不足够。

有一种爱，叫作，至死不渝。

有一种爱，叫作，抱憾终生。

诉幽怀（减字木兰花）

相逢不语，一朵芙蓉著秋雨。
小晕红潮，斜溜鬟心只凤翘。

待将低唤，直为凝情恐人见。
欲诉幽怀，转过回阑叩玉钗。

——纳兰容若《减字木兰花》

记忆当中最静好的一幕。

是那一年，隔街将你唤住，疾走过去，站在你的身后，待你回头，递给你一道温柔。然后，羞涩地牵起你的手，与你执手走过漫漫长路。并以为这样下去，便是一生一世，便会终成眷属。竟不知道，前途荆棘密布。一不小心，就会失去你，孤自一人站在回忆当中，看电闪雷鸣，待风吹雨淋。

那些忧伤的、甜腻的、幻觉似的过往。实在令人迷恋。世人皆有一颗温柔恬静的心，因此，势必会有一些人、会有几帧画面，长居记忆，深刻入骨，难以忘却。因循这道理，容若方才会在念起她时，作下这阕《减字木兰花》词。

她也曾是住在他心上的人。

且看他笔下，她丽若桃花，清丽可人。一低眉，一颔首，皆是佳美至极。是久别多年的再相逢。只是，两相顾看，却是无言。“相逢不语，一朵芙蓉著秋雨。”他见她，美似雨后芙蓉，娇艳欲滴。“小晕红潮，斜溜鬟心只凤翘。”再看她，但见她面有潮晕，如若胭红。鬟心之上斜插的一支凤翘，更是生姿摇曳。

小令多抒情，少写人。容若此阕《减字木兰花》却能用极精练之笔触，将恋慕之少女形象写得入木三分，活泼灵动。词之上阕写作者观见之女子静态，下阕则写与他传情之女子动态。全词品格出众，清新却不甜腻，柔情又无造作。字句更是佳妙。

素来有容若表妹入宫一事之说。依照词境与容若生平，这一阕词极有可能是容若写与其表妹的。虽然关于其表妹的传言各异，但大体内容差别不大，故事相似。

清代《赁庑笔记》（著者不详）中有一段记载：“纳兰容若眷一女，绝色也。有婚姻之约。旋以女入宫，顿成陌路。容若愁思郁结……”词学大家胡云翼亦认为：“也许他（指‘容若’）在宫禁如云的宫女皇妃里面，有可望而不可即的意中人。”

前人评说此词时，说：“一个少女，与恋人蓦然相逢，既不肯轻易放过这一难得的倾诉衷肠的机会，又怕被人撞见，欲语不语，娇羞之态可掬。这是作者亲身经历的情事。他记下了这动人的一幕，心中充满了柔情。”

再说下阕。彼时，他与她皆是心有小鹿的一双人。听他忽将自己轻声唤住，她竟不自觉便羞涩失措。唯恐旁人知晓了自己的春心情思。也是情不自禁，想要与他说话，最终却“欲诉幽怀，转过回阑叩玉钗”。到底是深闺里有好教养的小女子，始终是有所端持地迎对他。纵是艰难。

容若用字造句，皆写得细腻。将小女子一刹那娇羞复杂的心理表现得淋漓尽致，惟妙惟肖。写的是，情景俱到，形神俱佳。只是，这所有，都是过去了。都是往事了。

是她与他，无可替代亦无法复返的曾经。是她与他，在旧时光里雕刻下的一张画。是她与他，在青石巷里种植下的一株花。是她与他，在废弃的渡口边许诺下的一句话。是她与他，在白墙黑瓦的老宅里共饮的一盏茶。

是属于记忆的，是无法再有的。

月下时（减字木兰花）

从教铁石，每见花开成惜惜。
泪点难消，滴损苍烟玉一条。

怜伊太冷，添个纸窗疏竹影。
记取相思，环佩归来月下时。

——纳兰容若《减字木兰花》

唐代玄宗时候，有位名相叫宋璟。年少读书时，历史书上便曾说到姚崇、宋璟是唐玄宗时期“开元盛世”的股肱之臣。宋璟，字广平，唐玄宗开元十七年，拜为尚书右丞相，全力辅佐玄宗。此人，性情狷介，正直亦孤傲。在旁人眼里，为人处世，铁面无私。想来，大约是个无心风月之人。

鲜有人知道宋璟爱花，尤爱梅花。他的那篇《梅花赋》写得可谓是灵俏动人。也正是这篇《梅花赋》，让世人知道，冷血丞相宋璟也有这柔细的一面。因此，晚唐诗人皮日休这么说道：“余尝慕宋广平之为相，贞姿劲质，刚态毅状，疑其铁肠石心，不解吐婉媚辞。然观其作《梅花赋》，清便富艳，得南朝徐庾体，殊不类其为人。”

皮日休说得不错。

宋璟的《梅花赋》，格调清艳，婀娜漂亮，远不似他为人处世时那般“铁肠石心”。他写梅花“或憔悴若灵均，或歆傲若曼倩，或妩媚若文君，或轻盈若飞燕”，单单几句便可见毓秀之文风。而今平日里所用的“铁石心肠”这个词语也正是源自皮日休的那段话。

纳兰容若的这阕《减字木兰花》开篇之句“从教铁石，每见花开成惜惜”的意蕴与此典故一脉相承。任凭是如何铁石心肠之人，见到花开，怕也是要按捺不住惜爱一番的吧。这花，自然说的也是梅花。

某年冬日，去采石矶游逛。园中景致如画，山、水、石、树、花、草相映成趣，令人目不暇接。信步走了许久，忽见梅园，心中便顿生一番慨叹。是有多久没见过梅花了呢？久到有些难以细说从前了。梅花之风姿，能留存在记忆当中的，也多半是从书里、画中得来的。那日相见，竟有种恍如隔世的感觉。这么近，又那么远。

满园的梅。

红的、白的、黄的、粉的。琳琅各异，却不觉杂乱。每一株立在前头，都仿佛别有风骨。瘦的枝干，小的花朵，不娇羞，亦不媚俗。恰也有绿竹环绕。远远看去，当真如容若所写“泪点难消，滴损苍烟玉一条”，竹上斑纹如同泪痕，望过去似是苍烟一片。彼时，地上又有深浅恰当的一层积雪覆没，一步一步走过去，当真有一种“踏雪寻梅”的妙意。

忆念当日景况，再读容若这阕词，心中体味自然便有些不同。容若写梅花，是当人来写。一株、一簇、一朵，皆是有情意、有内蕴的。他甚至怕它冷，说“怜伊太冷，添个纸窗疏竹影”，嵌种一旁的斑竹像是特地围护起来令它取暖一般。

纳兰容若填词，擅于用典。典故用得好，是一气呵成，入骨三分。用得不好，便有生搬硬凑之嫌。因此，词之难解，有时候，便在于典故之生僻。饮水词之所以美妙，典故熨帖也是其中功劳。从“铁石”里的宋璟到“泪点”中的湘妃，无一不是容若细微心思之观照。映衬出来的，不单有他对伊人的相思，更有层层往事背后，他的一片心痴。

墙角数枝梅，凌寒独自开。

盯着那梅花看着久了，自然容易心生恻隐。更有那暗香浮动，撩拨往事，仿佛心下少了几许惆怅，都是辜负。草木有情花有意，见花如见人。他看花，能看到花之魂，花之魄。仿佛，一朵花就是一个人。大抵用心太深，他甚至也觉得那花也是怜它一心相思，环佩月夜，待他归来。

为他花开。

而那人，是否安好？

附：

宋璟（唐）/ 梅花赋

垂拱三年，余春秋二十有五。战艺再北，随从父之东川授馆舍。时病连月，顾瞻危垣，有梅花一本，敷葩于榛莽中。喟然叹曰："呜呼斯梅！托非其所出群之姿，何以别乎？若其贞心不改，是则足取也已！"感而乘兴，遂作赋曰：

高斋寥阒，岁晏山深，景翳翳以斜度，风悄悄而乱吟。坐穷檐而后无朋，进一觞以孤斟。步前除以彳亍，荷藜杖于墙阴。蔚有寒梅，谁其封植？未绿叶而先葩，发青枝于宿枿，擢秀敷荣，冰玉一色。胡杂遝乎众草，又芜没于丛棘，匪王孙之见知，羌洁白其何极？

若夫琼英缀雪，绛萼著霜，俨如傅粉，是谓何郎；清馨潜袭，疏蕊暗臭，又如窃香，是谓韩寿；冻雨晚湿，宿露朝滋，又如英皇泣于九嶷；爱日烘晴，明蟾照夜，又如神人来自姑射；烟晦晨昏，阴霾昼闭，又如通德掩袖拥髻；狂飙卷沙，飘素摧柔，又如绿珠轻身坠楼。半开半合，非默非言，温伯雪子，目击道存；或俯或仰，匪笑匪怒，东郭顺子，正容物悟。或憔悴若灵均，或歆傲若曼倩，妩媚若文君，或轻盈若飞燕，口吻雌黄，拟议殆遍。

彼其艺兰兮九畹，采蕙兮五柞，缉之以芙蓉，赠之以芍药，玩小山之丛桂，掇芳洲之杜若，是皆出于地产之奇，名著于风人之托。然而艳于春者，望秋先零；盛于夏者，未冬已萎。或朝开而速谢，或夕秀而遄衰。曷若兹卉，岁寒特妍，冰凝霜冱，擅美专权？相彼百花，孰敢争先！莺语方蛰，蜂房未喧，独步早春，自全其天。

至若托迹隐深，寓形幽绝，耻邻市廛，甘遁岩穴。江仆射之孤灯，向寂不怨栖迟；陶彭泽之三径，投闲曾无悁结。贵不移于本性，方有俪于君子之节。聊染翰以寄怀，用垂示于来哲。

从父见而曷之曰：“万木僵仆，梅英载吐；玉立冰洁，不易厥素；子善体物，永保贞固！”

何处去（减字木兰花）

断魂无据，万水千山何处去？
没个音书，尽日东风上绿除。

故园春好，寄语落花须自扫。
莫更伤春，同是恹恹多病人。

——纳兰容若《减字木兰花》

最好的情书，应当是两心相映。

最美的时光，必定是永不忘怀。

一句你好，一句打扰。一个微笑，一个拥抱。抑或是，她一句“没个音书”，他一句“故园春好”。如此，情来情往，两两安好，最是美妙。但，众生有爱，世事无常。生者可以死，死者却不可再生。思念很美，却在天人两隔时，会显得尤为凄然。

思念。有时候，是一种欢喜，才下眉头，又上心头，想着念着便是欣悦。有时候，是一种伤心，不能相见，不能相拥，只能长相思不能长相守。有时候，更是一种绝望，是生与死的隔绝，日日提醒你绝了念头，断了想头，放下所有，重新来过。

思念，是深海孤鱼。

万水之中，皆是皈依。

容若此词似以伉俪对答的口吻来写。词之型格极妙。仿佛是一帧灵动的画，画上是红线两头，一人相思一人念。亦仿佛是一盏淡远的茶，茶里是断桥两端，两人三步一回头，天上人间，情深不休。也或者，是一个憔悴的梦，梦中是与伊人天地隔绝，一见不舍二见不弃的耳鬓厮磨。或者，只是一封再也无法寄达的情书。

词之上阕开篇以女子视角写“断魂无据，万水千山何处去”。是身后单薄一缕魂，无所依，无所靠，无所凭借。不是世间千山与万水仿佛皆不能纳容她，是她心系一人，心念一地，处处皆是与她无关的。

下两句亦是好，“没个音书，尽日东风上绿除”。绿除，意为长满绿草之台阶。春风虽好，吹绿满阶绿草，却未能替他递来书信一封。本是春光温柔的好事，此时却只能令人觉得幽凉难耐，满是心伤。春光再好，春风再妙，亦不过只是徒增伤感罢了。

下阕是以男子口吻来回应嘱托，往来之间，便是情意。只是素来的相思之词都难免沦于绵缈无力，但容若这阕词别出心裁，别具一格，不但格局清奇，更是有一种开阔慷慨之力道在。

“故园春好，寄语落花须自扫。”自扫落花，实在寂寥。两地相思，一种闲愁。她眷顾的亦是他所无法躲避的。他所怀念的也是她日夜辗转思虑的。所以，他说“莫更伤春，同是恹恹多病人”。断魂无据，相思无极，他与她的心意处境并无二致。同是相思人，共有玲珑心。

纳兰词之好，好在易入心。写情，写爱，写相思，写悼亡，皆有一种亲近的情意在。好读，易记，如同与人倾谈，诉说家常。说一些过去的风月，说一些未来的山水，说一些伤心难忘的孤寂之夜，说一些欢喜深刻的圆融佳节。

仿佛，你我齐肩，相对而坐。

伴着，一壶暖酒，一盏烛花。

解相思（减字木兰花）

花丛冷眼，自惜寻春来较晚。
知道今生，知道今生那见卿。

天然绝代，不信相思浑不解。
若解相思，定与韩凭共一枝。

——纳兰容若《减字木兰花》

你是那么美，我却这么憔悴。

容若这阕《减字木兰花》写得暗恨幽愁。这千万种愁，只因错过。一错过，便是一生一世，再不能得。在旧时代里，所嫁非偶、所娶非爱，是好寻常的事。欲寻一缕朱红，却抹一生苍绿。回头才发现，日影如飞，说老就老了。这一生，便也只能这样了。

你写，“花丛冷眼，自惜寻春来较晚”。你有意，她有情，但为时已晚，白白辜负了两片痴心。“知道今生，知道今生那见卿。”谁能知，今生今世会遇见你。一见倾心，二见欲定情，三见却只能是座上宾。所以，人说，这世间，最遥远之距离，不是我在你面前你却不知道我爱你，而是两相痴情，却不能在一起。

一代才女苏雪林评说容若的几阕《减字木兰花》词时，认为几首词均是容若为入宫的恋人（亦即容若表妹一说）所写。读至这阕词，倒觉得不无道理。容若在词里所抒之愁，是愁而无怨，恨而不怒。

是怎样的一种境况之下，方有如此必要敛收内心之憾。贵为君王贴身侍卫，想必亦只有这一国之君方能有如此能耐，令他痛失所爱，亦无力挽留，更无法弥补。所心念的，唯有落笔，写在纸上，填进词中。且只能不愠不怒，清淡写过。

是满心的无奈。憾恨如水，流经而过，只剩荼蘼。词的下阕写得低冷无奈。“天然绝代，不信相思浑不解。若解相思，定与韩凭共一枝。”这一份情意，生发在他心，又遇如此变故。各种滋味，犹似旧书当中的传说，是苦楚不能言，唯能以生死来度量。

晋干宝《搜神记》卷十一载，战国时宋康王舍人韩凭，娶妻何氏。何氏貌美，康王夺之，并囚韩凭。后，韩凭自杀。何氏殉情，从高台自投而死。遗书于衣带，请求与韩凭合葬。康王未允，命人埋之，与韩凭坟茔相对而视。却不料，宿昔之间，便有大梓木生于两家之端，旬日而大盈抱，屈体相就，根交于下，枝错于上。又有鸳鸯，雌雄各一，长栖树上，晨夕不去，交颈悲鸣，音声感人。

后宋人哀之，遂名其木曰“相思树”。

用此典故，实是熨帖。用此典故比喻男女相爱生死不渝之情事，最是贴切。而今，容若之境遇与韩凭当日之景况，仿若前世今生，别无二致。只是，容若尚有一颗明亮之心，知道寄语文章，排遣忧思与难忘。不至于，寂寞至死，却未留一言。

张爱玲说：“于千万人之中，遇见你要遇见的人。于千万年之中，时间无涯的荒野里，没有早一步，也没有迟一步，遇上了也只能轻轻地说一句：‘你也在这里吗？’”如此相见，便是最好。但容若只是遗憾，今生来晚。倒也得冀盼。

盼你们有来生，来生能再见。

愿你们有相逢，相逢能相守。

有时候，孤独叫作，相见恨晚。

二月风（卜算子）

娇软不胜垂，瘦怯那禁舞。
多事年年二月风，翦出鹅黄缕。

一种可怜生，落日和烟雨。
苏小门前长短条，即渐迷行处。

——纳兰容若《卜算子·新柳》

少时对柳的记忆，仿佛总是依水而生，傍水而垂，婀娜轻盈，别有风致。后来知道，柳之种类繁多，垂柳，旱柳，白柳，爆竹柳，圆头柳，白皮柳，紫柳，腺柳，杞柳，细柱柳，棉花柳……不一而足。想来，记忆中的柳应是垂柳无疑。

容若这阕咏物词，虽然写的是柳，但是仍旧饱含惜爱之情怀。词不难懂。柳之依依，如若无骨，似是娇柔不胜而垂。柳之细瘦，令其摇曳之姿，仿佛有一种不堪阑风浮动的脆弱。二月春风来袭，一日一日，翠绿之枝，终成鹅黄之丝，年年应如是。

碧玉妆成一树高，
万条垂下绿丝绦。
不知细叶谁裁出，
二月春风似剪刀。

唐代诗人贺知章所作之《咏柳》，应是人们耳熟能详的一首咏柳诗。尚记得少时记诵过的译文：柳树绿影婆娑，有如碧玉妆成。柳条轻柔婀娜，垂下万条丝带。谁有慧心妙手，裁出片片细叶？原来二月春风，恰似一把剪刀。

这首诗，与容若此词之上阕，遥相呼应，几成一体。可见，容若对唐诗研习之功力。元末明初诗人杨维桢的《杨柳词》一诗中也有“杨柳董家桥，鹅黄万万条”之句，与之相映成趣，可一起吟读。

下阕，容若写到一代名伎苏小小。是以，有人深究此词背后之深意。只是，今人读古词，多有附会之嫌。动辄认定某字、某句另有暗示，甚至觉得要继而拉扯出一段秘事才好。因此，不少人觉得容若这阕词是以柳寓人，写给一名年方及笄的歌伎。

虽可备一说，但难以苟同。

纵是以物托人，词意优雅婉转，含蓄清丽，也未必就是暗藏与歌伎之艳情。学者张秉戍评说此词道：“这首小词用笔空灵清丽，虽刻画，但不伤其神理，诚所谓‘不著一字，尽得风流’，斯是妙绝。”上阕写柳之形容，用字款款深情，下阕写柳之神韵，用典幽婉迷离。

容若说，落日熔金，烟雨朦胧，同是柔弱无骨之柳，苏小小门前的柳却长长短短，尽得风流。远处的人欲走近观凝，走近的人会忘了来处，不知去路。其实，他是想说，柳之娉婷，有苏小小容颜之好。绿柳之柔与佳人之美，实有异曲同工之妙。

昔年也曾为苏小小写过一篇文章，题为《西泠》。而今重读，竟有未尽之意。总觉得，心中仍残有几句话。曾在杭州小住，亲观西泠桥畔苏小小墓。此墓在“慕才亭”下，花树笼罩，孤凉且美。又有楹联对对，皆是后人追思，古意盎然。

苏小小的故事，历历难以细说。流传至今的细节，大约也是五分真五分假。关于苏小小生平，可收集的人生琐细在随笔《西泠》一文中多已提及，不再赘述。她一生孤寂多舛，遇过几个男子，皆曾真心迎对，终是未能善终，以致抑郁早逝。

命运待她并不宽宏。

唐代诗人李贺写过一首题为《苏小小墓》的诗，曰：“幽兰露，如啼眼。无物结同心，烟花不堪剪。草如茵，松如盖。风为裳，水为佩。油壁车，夕相待。冷翠烛，劳光彩。西陵下，风吹雨。”至爱“无物结同心，烟花不堪剪”二句，也是苏小小一生的最好注解。

苏小小在流传至今的所有故事版本当中，无一例外，都是至为坚贞、从不妥协的那一个。所有的传说必有真切的来头。因此，她被无数后人追思怀想，不绝于文章。民国才子曹聚仁说她是一个茶花女式的唯美主义者。此话公允。十载青衫频吊古，一抔黄土永埋香。

爱情那么短，遗忘那么长。没有什么东西能让她用来编织一个同心结，一如烟花绚烂无法触碰不能修剪。从来没有一种爱，是两心清风就能持守的。所有的山盟海誓与天长地久的爱情背后，从来不缺委曲求全和金刚怒目。

如有来世，愿你安好。

唯珍重（卜算子）

塞草晚才青，日落箫笳动。
慽慽凄凄入夜分，催度星前梦。

小语绿杨烟，怯踏银河冻。
行尽关山到白狼，相见唯珍重。

——纳兰容若《卜算子·塞梦》

上一首词写的是伊人闺中思远人。

这一首词写的是远人塞外思伊人。

两阕词可并读。

根据容若“行尽关山到白狼”一句，可推断这首词大约写于康熙二十一年三至四月，容若扈从康熙圣驾东出山海关去往盛京途中。白狼，即白狼河，今辽宁大凌河。彼时，容若发妻卢氏已亡故，家中继室官氏与侍妾颜氏，皆算不得容若心上之人，想来这阕词当中的幽思怀念仍是一种悼亡之吟。

卢家少妇郁金堂，海燕双栖玳瑁梁。
九月寒砧催木叶，十年征戍忆辽阳。
白狼河北音书断，丹凤城南秋夜长。
谁知含愁独不见，更教明月照流黄。

说到白狼河，唐代诗人沈佺期在他这一首题为《杂曲歌辞·独不见》的旧体乐府诗当中亦可见。这首诗，写的也是对心上人思而不见之哀感，与容若这阕词也算得上是有异曲同工之妙。所谓"独不见"，不就是伤思而不得见么，正是容若要说的话。

日暮时候，天光渐晚，塞外青草连绵，很是辽阔。又有箫笳阵阵，入耳声声。箫笳之声极具哀感，唐诗人张籍便有"箫笳远更悲"之句，一如羌人之觱篥，皆是可发哀声之乐器。空寂之景与悲戚之音杂糅一片，扑面袭来。令容若一颗敏感的心猝不及防。

于是，他不禁开始想你。

想与想起，是不一样的。你恒存于他灵魂深处，从不曾遗忘，无所谓想起。但凡身外有一丝惊动，心里必定波澜四起。他立在旷野冷风之中，除了你，无心他念。唯一的想法，就是盼着时间快些过去，等待入夜。入了夜，你便在。从他心底，幻入梦里。

梦中，你美如神，踏破山水来寻。不畏烈冻严寒，只为到他的身旁，与他耳鬓厮磨。你说故乡门前绿杨如烟，一如与他之初见，令你流连难忘。能有幸在此与你遇见，对他来讲，已是很不可思议。白狼河水，冰冻三尺，你却令他如沐春风，只凭相拥。

当代诗人流沙河写过一段话："我只想有你和我在一起，劳碌终日，自食其力，谢繁华，绝交游，乐淡泊，甘寂寞，学那拙枝的鹪鹩，营巢蓬蒿之间，寄迹桑榆之上，栖不过一枝，飞不过半里，啾啾唧唧，唱完我们的一生。"这大概也是许多人的爱情理想，包括容若。只是，谈何容易？

一别难相逢，再见唯珍重。

我们再喧嚣，也惊动不了世界分毫。在爱情当中犹是如此。那是两个人的事，很多时候，甚至连向旁人倾诉的理由也没有。好在，容若有一支笔，能够将心之纹路一一记录、描摹，沉潜于岁月长河中，无宠无惊过一生。他大约也不知道，这一首首词，会被时光酿成一坛坛酒。如今更是，埋藏了三百年悠然不尽的绝世好酒。

初饮，无眠。

二饮，惜念。

再饮，不忘。

黄花九（卜算子）

村静午鸡啼，绿暗新阴覆。
一展轻帘出画墙，道是端阳酒。

早晚夕阳蝉，又噪长堤柳。
青鬓长青自古谁，弹指黄花九。

——纳兰容若《卜算子·五日》

幼年时候，每年端午节，母亲总要在我的手腕上系上端午线，说戴上了可以辟邪，是传统风俗。端午线，也叫五色丝、五彩线，古代称作五彩长命缕。用红、绿、黄、白、黑五色丝线搓成彩色线绳，系在孩童身上。至今，仍在沿袭。

去年又见母亲替外甥系上端午线，外甥很是欢喜，拨弄了许久。或许，因这端午线的缘故，当时的他也像多年以前的我，心里觉着，端午是个色彩斑斓的节日。汉代文人应劭在《风俗通》中便有“五月五日，以五色丝系臂，名长命缕”之句，可见此风俗历史悠久。

容若这阕的《卜算子·五日》，以端午入题，写得清新别致，悠然隽雅。写的既有端午也有重阳，写的既是岁月也是惆怅。每一句词，皆是一道景致。读来令人身临其境，画面感极强。犹如一幅古画，画的是村落，讲的是流年。

午夏时分，村落寂静，忽有鸡鸣声起。又见佳木葱茏，繁阴织锦。不知谁家窗开帘启，浓香四溢。问人何来此馥郁之香，那人说正是端阳酒之芳醇。山河总静好，人事亦从容。容若笔下的村落便有这样一种世外之气，清静无争。

可惜，旅人多惆怅。走在河畔长堤，虽有柳之苍绿层叠交映，但蝉鸣四起，从日出到日暮，聒噪不停。他不禁心中喟然，岁月匆急，纵是眼下暑夏灿烂，亦抵不过斗转星移，弹指之间，时光过去，便是重阳黄花遍地。一如两鬓青丝，岁月长，总难留。

北宋黄庭坚曾说过："古之能为文章者，真能陶冶万物，虽取故人之陈言入于翰墨，如灵丹一粒，点铁成金也。"黄庭坚此处说的便是诗词创作当中的"化用"。化用包括"明化""暗化""正化""反化"等。化用前人之句，在纳兰词当中较为常见。

这阕词《卜算子·五日》算是典型。上阕"午鸡啼"，即是午时鸡鸣的意思，唐代诗人张继的《山家》一诗当中便有"板桥人渡泉声，茅檐日午鸡鸣”之句，唐代文豪刘禹锡在《秋日送客至潜水驿》一诗当中也有“枫林社日鼓，茅屋午时鸡”的句子。

词之下阕当中“青鬓长青自古谁”则是化用唐代诗人韩琮《春愁》当中“青鬓长青古无有”一句。原诗如下：

金乌长飞玉兔走，青鬓长青古无有。
秦娥十六语如弦，未解贪花惜杨柳。
吴鱼岭雁无消息，水誓兰情别来久。
劝君年少莫游春，暖风迟日浓于酒。

这首诗甚美，写的是两人分离，两地相思。古代传说日中有三足乌，月中有玉兔，故金乌说的是太阳，玉兔指代月亮。成语“乌飞兔走”便是源自韩琮的这首诗，形容时光飞逝，流年难守。用在注解容若这阕《卜算子·五日》也是再恰当不过。

岁月匆急，青丝不在。美人怕迟暮，英雄惧白头。昔年一别，不知归期。春日美好，伊人不爱百花，独惜杨柳。别后相思空如水，往来又无消息。山盟海誓犹在心头，却到底分别已久。只愿离人心有挂牵，不恋远途山水，不慕异乡苍翠。一种相思万种愁，尽在一杯春日酒。我干杯，你随意。

最好的时光，不过有你、有我。

词话四

一片幽情冷处浓

残灯灭（采桑子）

彤云久绝飞琼字，人在谁边？
人在谁边？今夜玉清眠不眠？

香销被冷残灯灭，静数秋天，
静数秋天，又误心期到下弦。

——纳兰容若《采桑子》

是仙境，还是人间。

他的心，世人难解。

容若这阕词虚实交映，写得别致空灵。上阕当中“彤云”“飞琼”“玉清”三语，入词巧妙，意蕴深沉，皆是道家用语。道人居处有丹霞，谓之“彤云”。道家修仙升天有三境界，从低到高，谓之“玉清”“太清”“上清”。词中，“彤云”与“玉清”应当皆是暗喻宫殿。“飞琼”则是道家传说中的一名仙女。

唐代诗人白居易的名篇《霓裳羽衣舞歌和微之》当中亦曾提及许飞琼，诗曰“元点鬟招萼绿华，王母挥袂别飞琼”。白居易自注，“许飞琼，萼绿华，皆女仙也”。相传，许飞琼是西王母身旁的一名侍女。

关于许飞琼，倒是有两个有趣的典故。分别见于西汉《列仙传》和宋代《太平广记》。自然，容若词中“飞琼”另有所指，指代思念之人，一说写的就是容若入宫的表妹，虽不能确证，但可备一说。若是果真如此，词意倒是更显流畅通透。

第一个典故，《列仙传》当中说，许飞琼曾与女伴下凡，遇书生郑交甫于汉江。二仙女华服美裳，胸佩明珠。许飞琼与之言语二三，相见有情，故取珠而赠。郑交甫心中狂喜，怀珠趋行，不料行数十步，俯看怀中，珠佩已无。再看四周，二女子忽也不见。倒是远处江波艳逸，有二仙女仙姿妙丽，流徙而去。徒剩书生，江边怅叹。

第二个典故，《太平广记》当中说，大唐开成初年，有进士名曰许瀍。一日，许瀍河中游弋，后得大病，不知人事。亲友数人，环坐守。至第三日，许瀍突然醒来，起身在墙壁之上写下“晓入瑶台露气清，坐中唯有许飞琼。尘心未尽俗缘在，十里下山空月明”几句诗。写完，又猝然睡去。次日，再次惊醒，取笔又写。这一回，他单单只是将先前的第二句改为“天风飞下步虚声”。

书毕，他如梦如醉，不知所以。倒也不再睡去。许久之后，他方才清醒，说，昨日梦至瑶台，见三百仙女，其中有女唤“许飞琼”，令他赋诗。诗罢，又命其改写，不愿世人知晓有她。改写之后，许飞琼甚是欢喜，诸仙和诗。直到许飞琼说，“君终至此，且归”，许瀍方才像被人引导一般，魂归肉身，真正醒来。

容若这首词上阕写“彤云”“飞琼”“玉清”，看似写仙境，实则写佳人。当中“今夜玉清眠不眠”化用唐诗人徐凝《和嵩阳客月夜忆上清人》中“人在玉清眠不眠”一句。上阕说的可以理解为，许久不曾有情人之书信，不知今时今日，她是否安好，是否也在深宫之中如他一般，寂夜无眠。

下阕容易理解。熏香渐消，被盖渐冷，残灯渐灭。一句下来，已然可见容若心之伶仃。静数秋天，一数再数，是要怎样的孤绝无望，才会如此热望时光流过，才会如此备觉岁月难熬。细数光阴，也是无用。它依然会悄然无声地，让你错过满月之圆，抬头再看，已是月至下弦。其实，他想要说的或许只是，自己与佳人团圆相见的期望，从来无法如愿。

缘是什么？

缘是，隔山隔海，转身相逢。

缘是，咫尺相距，错身不见。

缘是仙境，你在人间。

凄凉曲（采桑子）

谁翻乐府凄凉曲？风也萧萧，
雨也萧萧，瘦尽灯花又一宵。

不知何事萦怀抱，醒也无聊，
醉也无聊，梦也何曾到谢桥。

——纳兰容若《采桑子》

世上有些东西是与灵魂相通的。

比如，孩童的微笑。比如，父母的背影。比如，流浪狗、流浪猫求生的眼神。比如，一朵枯萎的花凋落的刹那。比如，佛寺的一盏青灯。比如，蓝净的海面缭绕的鸥鸣。比如，清晨雾霭无法遮蔽的曦光。比如，毕加索的画。比如，纳兰容若的一首词，或是乐府的凄凉之音。

音律与文字是相通的。音之悠远与文之深邃都令人沉醉。一个人，因曼妙的旋律而生发情愫，是常有的事情。就好像，你在KTV点唱的歌曲一样，总有那么一首歌会让你想到一个人，甚至跌入一段往事，把时间变慢，把心变缓，把忆念变长。

不知是谁人翻开了凄凉老旧的乐府诗，入律低吟，哀婉之音绵绵不绝于耳，令你触动。窗外阑风伏雨，淅沥萧疏。有些离散，或可重聚，有些告别，却是永诀。回首往事，向来萧瑟。不是谁都可能在寂寞当中俯首称臣。日短花落，旧影重重。明明灭灭之间，一盏烛火燃尽，一线灯花垂落，一如你，为伊消得人憔悴，伶仃枯瘦。

其中，“瘦尽灯花又一宵”是化用明人曹溶《采桑子》中“落尽灯花又一宵”一句。原词如下：“春曳歇马行山道，重见凉飙，雁字相挑，回首钱塘北上潮。颓阳漠漠黄沙苦，鬓影初凋，忆弄诗瓢，落尽灯花又一宵。”曹溶的词，某种程度上来讲，与纳兰词皆同有李煜之风致。

若是这首词的上阕有怀人相思之意，下阕容若的笔便放开甚多。他甚至说，自己也不大清楚自己心中所思所念到底是何事。相思？怕是不止。把岁月酿成酒，一饮而尽。有时候，酒才是至死不渝的情人。可是，醒时欲醉，醉时欲醒。一颗心，越是想要明白，越是无法清晰。

连梦，对失落的人也不怜惜。

当中，“谢桥”一词有趣。通常来讲，此处可理解为借用

“谢娘”之典故暗喻心仪女子。脱胎于才女谢道韫的这个词语，历经岁月变迁，寓意愈加复杂饱满。后来，唐诗人李贺在《恼公》一诗中写“春迟王子态，莺啭谢娘慵”，谢娘变成了歌伎谢秋娘。此处所言之“谢桥”甚至也可以理解为六朝时候确有其事的桥名，都说得通。

大多数的纳兰词纵是字句曲婉，也总是有迹可循，能读出拨云见日的表达。这阕词不同，它的意蕴宽广，有孤独，有深情，有伤感，也有百无聊赖的无奈。至多觉着容若写的大约是与思念有关的事。若是想要从中找出一条清晰明朗的情感主线，怕是不易。

这首词一如纪伯伦的散文诗。隐约能察觉出什么，可是转念又发现或许是在表达别的。说到底，仍是破碎的灵魂在作祟，令你无法佯装洒脱地过一生。怎样的一个人，才能心无旁骛地把日子过成一首诗。

什么时候你才能像她一样。

说走就走？

说忘就忘？

附：

曹溶（明）/ 词选

曹溶（公元 1613—1685 年），字秋岳，一字洁躬，亦作鉴躬，号倦圃、钼菜翁，秀水（今浙江嘉兴）人。明崇祯十年（公元 1637 年）进士，官御史。尝劾辅臣谢升，又熊开元参周延儒遭廷杖，溶疏白其冤。清顺治元年（公元 1644 年），清兵入北京后仕清，初授原官，起用河南道御史，任顺天学政督学顺天，为清王朝献策，疏陈定官制，定屯田、盐法、钱法规制，禁兵丁将马践食田禾，巡缉土贼，平粜以裕仓储，设兵循徼等事，使无劫掠。

采桑子（六首）

隔墙弦索无心听，挑灭银灯。暗忆平生，白发萧萧酒易醒。月华风定芭蕉冷，楼上三更，不住鸡声，一枕江南梦未成。

春曳歇马行山道，重见凉飙。雁字相挑，回首钱塘北上潮。颓阳漠漠黄沙苦，鬓影初凋，忆弄诗瓢，落尽灯花又一宵。

解曳贪着吴宫锦，花族双靴。山画长蛾，待诉衷情隔绛河。新词填就勤分付，众里惊波，道字偏讹，惹得周郎顾转多。

踏歌未晓歌中意，豆蔻初含。豆蔻初含，飞到杨花便不堪。罗巾欲乞题红句，眉语相探。眉语相探，懊恼檀郎梦已酣。

芭蕉几阵檐前雨，瘦尽多情。小小溪亭，一种离愁画不成。梅花断碣江天远，枯泪犹零。莫听瑶筝，恐有何戡旧日声。

古藤花下银缸满，紫凤斜飞。贾涕沾曳，吹徹秦箫事已非。图书只似蓬蒿冷，碧甃双扉。宫漏霏微，说剑青灯客未稀。

似梦中（采桑子）

严宵拥絮频惊起，扑面霜空。
斜汉朦胧，冷逼毡帷火不红。

香篝翠被浑闲事，回首西风。
数尽残钟，一穟灯花似梦中。

——纳兰容若《采桑子》

暖春，暑夏，凉秋，寒冬。

一年四季当中，暑夏与寒冬两个时令最不舒适。盛夏时候，尚有挥汗如雨的淋漓尽致，尚有热情似火的意气风发，尚有冲动的爱与转瞬的情。较之于夏，冬之冷冽仿佛更要严酷一些。是，天地之间还有红梅白雪与篝火皓月，可是渺弱的人呢，除了瑟瑟慵懒之中更见清醒，也说不上旁的好处了。

若谁比谁更清醒，谁比谁就更残酷。容若这首词，依照词意来讲应当写于边塞。目前，尚无确切的考证推断出此词创作的时间。一说，是容若扈驾巡幸途中；另一说，是容若之妻卢氏去世之后。此词写得虚实交映，有当下，有过去；有现实，有虚境。无论如何，词中所述之孤寂、寒苦显而易见。

上阕容若写景。

苍茫穹宇之下，尽是白雪之皑皑。边塞的冷，独有一种切肤蚀骨的意味。风呼啸，雪狂扫，连一个安稳的睡眠也是一种贪图。烈烈寒夜，他被频频冻醒，辗转反侧，无法入睡。彼时，取暖的火，显得那样微不足道，一如他心之式微。

词中，“冷逼毡帷火不红”是化用南宋诗人杨万里《霰》中“冷气侵人火失红”一句。原诗曰：“雪花遣霰作前锋，势破张皇欲暗空。筛瓦巧寻疏处漏，跳阶误到暖边融。寒声带雨山难白，冷气侵人火失红。方讶一冬暄较甚，今宵敢叹卧如弓。”其实，这首诗写得寻常。容若的化用反倒更具蕴致。

下阕容若写心。

容若一笔荡开，写的不是往事，便是幻念。“香篝”与“翠被”都不是眼下边塞可见的物件。“香篝”就是熏笼，放在炭盆上的竹罩笼，是古代一种烘烤和取暖的用具，可用来熏香、熏衣、熏被。他说，熏笼与翠被，眼下皆不可得，一如往事，都是虚空。

不知何处，飘来稀疏的钟声，杳渺难触。舍中唯有灯花一缕，明明灭灭，令他如在梦中。梦是什么？梦是一种寄托，是一种诡异，是一种期许，是一种愿景。如果将此词当作是卢氏去世之后所写，反倒更显深邃。如此一来，容若的这个梦，也就另有寓意了。

其实，我更愿意将这首词理解为单纯的一首边塞词。思念是一件异常沉重的事，需要太多的勇气，不是谁都能轻易将往事念念不忘。你以为，失去之痛会慢慢消淡。其实，不然。它会因你对过去不忍抛掷，在岁月长河当中，慢慢沉淀，历久弥新。猛然记起，一如昨日。

那痛，从未离开，从没减弱。

损韶华（采桑子）

冷香萦遍红桥梦，梦觉城笳。
月上桃花，雨歇春寒燕子家。

箜篌别后谁能鼓，肠断天涯。
暗损韶华，一缕茶烟透碧纱。

——纳兰容若《采桑子》

冷香。红桥。桃花。燕子。

箜篌。韶华。茶烟。碧纱。

纳兰词，随手翻开，便美得惊心。这是一首伤离念远之作，私以为，很可能是写给才女沈宛的。与友人谈到此词，友人坚持这仍是一首悼亡之作，是写给发妻卢氏的。姑且不辩，单单就词旨来讲，佳人不再，容若思怀，必是事实。

一回生死几回痴。你走之后，唯有相思。光阴如水，逝之淙淙，唯有与你相逢在梦中。花香清幽，萦绕心头，你在怀中，与他红桥并走。如诗如歌，他只恨不能将此画面一生驻留。谁知城墙那头，胡笳声声，惊破他与你的良夜好梦。

春晓雨歇，春寒料峭，春花月下分外妖娆。昔年你与他说好的，来日两人一马，走遍天涯。如今，只剩燕子归来，桃花依旧，家中箜篌却早已无人能奏。古道西风瘦马，断肠人在天涯。岁月耗尽风华，一缕茶烟，一片碧纱，便成了而今他全部的家。

也不知，这两段意译，是否能如心中所妄，贴近那年那月那日容若一支笔下伤花怒放的刹那。这首词里唯一还能讲上几句的也就只有“箜篌”了。遗憾的是，少时未曾亲眼观阅箜篌之风姿，只能从故纸堆里捡拾与它有关的吉光片羽。好在，近日夙愿已了，却是与之相逢恨晚，再不能忘。

箜篌之音，悦耳不能言。从外形上看，箜篌与起源于古波斯的竖琴十分相像。它是一种十分古老的弹弦乐器，尤其是在盛唐时候，风靡一时。原先，它被称作“坎侯”或“空侯”。在古代有卧箜篌、竖箜篌、凤首箜篌三种形制。古时宫廷雅乐使用频率很高，在民间也流传甚广。

吴丝蜀桐张高秋，空山凝云颓不流。
江娥啼竹素女愁，李凭中国弹箜篌。
昆山玉碎凤凰叫，芙蓉泣露香兰笑。

十二门前融冷光，二十三丝动紫皇。
女娲炼石补天处，石破天惊逗秋雨。
梦入神山教神妪，老鱼跳波瘦蛟舞。
吴质不眠倚桂树，露脚斜飞湿寒兔。

谈到箜篌，不能不提唐代诗人李贺的这首《李凭箜篌引》。这首诗，写的就是唐宪宗时期的箜篌大师李凭。李凭本梨园弟子，因善弹箜篌，名噪一时。唐代诗人顾况在《李供奉弹箜篌歌》当中这样形容当时李凭的际遇——“天子一日一回见，王侯将相立马迎。”可见其身价之高，甚至超过盛唐时期的著名乐人李龟年。

李凭指间，箜篌之音胜过天籁。李贺说，那乐音，犹如昆仑美玉击撞之声，纯净清脆；犹如神鸟凤凰啼鸣之声，空寂辽远；犹如芙蓉露中饮泣；犹如兰花风中笑语。甚至，他说箜篌之音，能高亢似女娲补天之石破天惊，能深邃似鱼跃龙舞之仙逸莫测。能令月中吴刚神游，能令月中玉兔驻留。

简言之，美至莫可名状。

他是俞伯牙，你是钟子期。难怪容若怀念你——因为你走了，箜篌空置，再无乐音。因为你走了，山高水远，再无知己。因为你走了，天涯海角，只剩孤寂。因为你走了，九州四海，他却无处可去，只能独守空宅，月下酌酒，想念你。

作地衣（采桑子）

嫩烟分染鹅儿柳，一样风丝。
似整如欹，才著春寒瘦不支。

凉侵晓梦轻蝉腻，约略红肥。
不惜葳蕤，碾取名香作地衣。

——纳兰容若《采桑子·咏春雨》

容若之眼，总能于平常处看见美。

容若之笔，总能于细微处写就美。

他眼中的、笔下的春雨，淅淅沥沥，美如一首歌。春雨微细如烟，朦胧如画。柳丝鹅黄，东西摇曳，分明是落雨的缘故，看过去却也似在风中来去。雨中柳丝，“似整如欹”。时而齐整，时而歪斜，仿佛是春寒之后受了冻，变脆弱。容若对于柳，似乎别有一种惜爱之心。柳之细瘦，在容若眼中，是一种娇弱，总是不禁心声恻隐，为之动容。

在那首《卜算子·新柳》当中，容若也说那柳丝“娇软不胜垂，瘦怯那禁舞”，与此词当中“才著春寒瘦不支”之句实有异曲同工之妙。怎么读，都觉得容若词中，杨柳娇嗔，春雨似人。若说容若此词以物寓人，也是合情合理。

下阕写，“凉侵晓梦轻蝉腻”。“腻”有湿润之意。此处可理解为：春雨微凉，落在轻如蝉翼的花瓣之上，每一朵花都刹那湿润水灵起来，娇艳胜过平常。常说“绿肥红瘦”，容若词中“约略红肥”反其意而用之，倒也别致。也有人讲“蝉腻”二字不可拆分，是蝉鬓、腻云之简称，腻云说的是光泽发髻，依此说法，“蝉腻”显然便是指代女子。

仁者见仁智者见智，各家各有各家言，就这首词而言，两种说法都是恰当的。整首词，私以为末两句最好：“不惜葳蕤，碾取名香作地衣。”旷世经典《唐诗三百首》开篇第一首——张九龄的《感遇（二首）》第一句便有“葳蕤”一词，“兰叶春葳蕤，桂华秋皎洁”。葳蕤，是形容草木茂盛枝叶下垂的样子。

盛春时令，满目苍绿，郁郁葱茏。可惜，一场春雨之后，百花流离，遍地红绿。是那样倨傲的一场春雨，要用香花作地衣。“地衣”即是地毯。百花之毯，听上去是至华丽、至美妙的物件，可容若讲出来，又分明有一种伤春之遗憾。

容若笔下的春雨最是生动。日月两盏灯，春秋一场梦。春雨也好，夏花也罢，秋叶也好，冬雪也罢。时光如水逝，岁月似马驰。之所以，一年四季，时令分明，是因为万事万物各有宿命。不该来的，不会来。必须走的，留不住。人生如是，爱情如是，生死如是。

就像黄耀明在《四季歌》里唱的：红日微风吹幼苗，云内归鸟知春晓；船在桥底轻快摇，桥上风雨知多少；四季似歌有冷暖，来又复去争分秒。其实，伤春悲秋的意义无非就是告示世人，珍重每一刻当下，爱惜每一寸分秒。日日都是新日，日日也不会重来。

就像你，一句告别，便是永诀。

富贵花（采桑子）

非关癖爱轻模样，冷处偏佳。
别有根芽，不是人间富贵花。

谢娘别后谁能惜，飘泊天涯。
寒月悲笳，万里西风瀚海沙。

——纳兰容若《采桑子·塞上咏雪花》

如今，南方鲜少见雪。南方之冬虽然长日湿冷，但是雪天不常有。“鹅毛大雪”这样的景致更是罕遇。看雪，也只有北方才能见到真正的雪之漫天。容若这首咏雪词，大约作于康熙二十一年（公元 1682 年）扈从东巡途中或是同年侦察梭龙途中。

容若对雪之吟咏，不落窠臼，未写雪之洁，也不写雪之美，写的是雪之孤伶。他说，雪之好，不在于其轻盈之形容，而在于它虽非牡丹一类雍容华贵，却别有风骨，苦寒之处得见其妙。下阕开篇二句值得思索：“谢娘别后谁能惜，飘泊天涯。”

此处“谢娘”之典，是确有所指，说的就是东晋才女谢道韫。成语“咏絮之才”，讲的便是她，语出《世说新语》：“谢太傅寒雪日内集，与儿女讲论文义。俄而雪骤，公欣然曰：‘白雪纷纷何所似？’兄子胡儿曰：‘撒盐空中差可拟。’兄女曰：‘未若柳絮因风起。’公大笑乐。即公大兄无奕女，左将军王凝之妻也。”

谢道韫因将飞雪比作风吹柳絮而名垂史册。容若觉得，在她之后，竟再无人似她一般懂得雪之灵魂。容若为此伤感，言外之意，是在暗示那个懂得自己的佳人业已不在。其实，不难从他的伤感之语中读出一种若隐若现的惋惜和遗憾。容若咏雪，写的既是雪花，也是自己，所谓“托物言志”如是。

容若这首词，上阕讲雪花不是富贵之花，下阕说谢娘之后，无人懂雪之“别有根芽”。又身在边塞，眼见烈烈西风与万里黄沙之浩瀚广大，不免忆起从前，与佳人交心，倾谈志愿，诉说身不由己之喟叹。如今，红袖添香已成过往，自是无人能懂，他那不慕权贵、只羡山水的一颗心。

纳兰容若仕途平顺，官至一等侍卫，是康熙帝的贴身扈从。护帝王左右平顺，保帝王出入平安，说他光耀门楣实不为过。最重要的是，容若出身贵胄，是相门公子，其姓“纳兰氏”也就是后来的“乌拉那拉氏”，属于满清八旗上三旗中的正黄旗。

满清八旗包括正黄、正白、正红、正蓝，镶黄、镶白、镶红、镶蓝，其中上三旗为镶黄、正黄、正白，其余为下五旗。乌拉那拉氏是大族，多尔衮生母（孝烈武皇后）、雍正帝皇后（孝敬宪皇后）、康熙帝皇后（高宗继皇后）等都是乌拉那拉氏一族后人，可见容若身份之高贵。

如此际遇，在怀才不遇的大多数人眼中，实在找不出什么值得伤春悲秋的缘由。可是，人心如此，你想要的一定是你没有的，手中紧握的总是被漠视的。容若没有的，便是闲云野鹤的逍遥和来去随心的自由。因此，容若有一颗不慕权贵、只羡山水之心。

只是，这一点志愿在容若身上，不能算是超脱。拥有过的通透和未有过的执着，其实从来不能也不应该一并对比、参照。没有谁能说服得了谁，也没有谁对谁错的确切评断。两两相较，无非皆是，看不见自身，只看到彼此。

冷处浓（采桑子）

桃花羞作无情死，感激东风。
吹落娇红，飞入窗间伴懊侬。

谁怜辛苦东阳瘦，也为春慵。
不及芙蓉，一片幽情冷处浓。

——纳兰容若《采桑子》

桃花，是中国文人历来十分偏爱的意象。

以桃花填词如诗之作，不胜枚举。比较经典的有唐代白居易的“人间四月芳菲尽，山寺桃花始盛开”，有唐代崔护的“人面不知何处去，桃花依旧笑春风”，有唐代张志和的“西塞山前白鹭飞，桃花流水鳜鱼肥”，有宋代苏轼的“竹外桃花三两枝，春江水暖鸭先知”，等等。

纳兰容若这首《采桑子》写桃花，将花与人，两相映照，写的既是花之情，也是人之心。此词大约作于康熙十二年（公元 1673 年）三月，科举考试期间。是年，容若参加会试之后，却因身患“寒疾”未能参加殿试，心绪欠佳，缘此而作此词。期间，容若还作了一首题为《幸举礼闱以病未与廷试》的诗，以诉心中苦闷。

桃花，时而轻灵简静，时而妩媚妖娆，时而贞烈凄婉。无论何时，家中摆一枝桃花，总是合情合理。它几乎是百花当中的美学之宗，难怪中国文人爱它。只是，花开有时，花落有时。它也避不开凋零颓败的时候。甚至，一场春风吹过，便是满地娇红。

此词开篇二句颇有南宋词人严蕊“花落花开自有时，总赖东君主”之风致。容若眼中，桃花也是一面镜，他见桃花，如观自己，能看到桃花明艳背后的枯淡清寂。春风吹袭，桃花落地，非是桃花无情，只怪东君乖戾。桃花飘零，飞入闲窗，他抬眼看去，既是惊喜，也是安慰。

离群的人，凋落的花。

两种枯寂，一种怨愁。

下阕当中，容若用了“东阳”的典故。东阳，指的是南朝文人沈约。沈约（公元 441—513 年），字休文，汉族，吴兴武康（今浙江湖州德清）人，出身门阀士族之家，历史上有“江东之豪，莫强周、沈”的说法，可见其家族地位之显赫。

沈约笃志好学，博通群籍，擅长诗文。著述甚多，可惜多已亡佚。

沈约曾做东阳太守，故而也被称作“沈东阳”。沈约暮年，身体消瘦。《南史·沈约传》便有他因操劳过度，“革带常应移孔，以手握臂，率记月小半分”之句，可见沈约之瘦。后来，沈约腰瘦，成了一个典故。李煜词中便有“沈腰潘鬓消磨”一句，指的便是沈约。是以有了容若这句“谁怜辛苦东阳瘦”。

此处，容若借“东阳”指代自己。他说，此时春残花落，谁会记挂日渐消瘦的自己？别人金榜题名时，他却只能看桃花渐残，春光渐末。这是真正的“醒也无聊，醉也无聊”。

词中末两句“不及芙蓉，一片幽情冷处浓”实乃画龙点睛之笔。一语道破容若心中苦闷之缘由。如将此处的“芙蓉”理解为事关科举的“人镜芙蓉”之典故，词意更深邃流畅。此典故，出自唐人段成式所撰《酉阳杂俎》。

唐人李固言，科举落第，游历蜀郡，偶遇老妇。老妇预言：“郎君明年芙蓉镜下及第，后二纪拜相。”说李固言次年会芙蓉镜下及第，二十四年（一纪为十二年）后还会官至宰相。第二年，李固言果然金榜题名，高中状元，并且诗赋有“人镜芙蓉”之目。虽是野史，不足为信，但却生动。如今，“人镜芙蓉”便是考试夺魁的意思。

容若说，未能顺利应试，无法金榜题名，只能将一腔愁绪孤自消解于无人问津处。“一片幽情冷处浓”，虽已成容若经典词句，但却是容若化用而来。语出明代诗人王彦泓《寒词》诗，“个人真与梅花似，一日幽香冷处浓”。

王彦泓（公元 1593—1642 年），字次回，江苏金坛人，明末诗人。喜作艳体小诗，旖旎艳丽，挑战禁忌，著有《疑雨集》。他出身金坛旺族，祖上荣耀，曾一连三代进士出身，官居要职。直至王彦泓父亲王懋锟，家道中落。王彦泓一生命途多舛，中年丧妻，诸病缠身，官至华亭县训导，是一个无品无级的县学教官。

其女王朗，词名甚高。王朗，著有《古香亭词钞》。她与容若密友顾贞观之姐顾贞立，酬唱频繁。容若与王朗之子秦松龄（也就是王彦泓外孙）又是好友。是以，容若对王彦泓诗词熟稔，纳兰词中化用王彦泓之句的次数甚多。

如今，王彦泓名声不大，多因其诗词“格调不高”的缘故，但在百花齐放的时代，譬如明末清初和清末民初两个时期，王彦泓拥趸无数。其实，所谓“格调”之高低也是仁者见仁智者见智。包括沈从文、冰心、郁达夫在内的现代文学大家都曾在作品当中对王彦泓表示赞赏。

日本作家永井荷风曾在《初砚》一文中，甚至将王彦泓的《疑雨集》比作法国文豪波德莱尔的《恶之花》，赞其作品敢于祖露人性爱欲的弱点，饱含“横溢的倦怠颓唐之美”。美国学者韩南，更是直接将王彦泓称作“中国的波德莱尔”。

“横溢的倦怠颓唐之美。”这句话用来形容这首《采桑子》也是恰当。

附：

王彦泓（明）/ 诗词选

寒词

从来国色玉光寒，昼视常疑月下看。
况复此时兼雪月，白衣裳凭赤阑干。
夜迢迢更路迢迢，澹月飘灯自过桥。
想得阿娇燃烛待，也应初换第三条。
窗楼映日满楼明，雪艳初临晓镜清。
良久自看还独笑，不防身畔立卿卿。

花烛诗

四月春蚕已剥绵，困人风日嫁人天。
不知织就鸳鸯锦，废却如花几夜眠。

奏记妆阁

此生幽愿可能酬，不敢将情诉蹇修。
半刻沉吟曾露齿，一年消受几回眸。

微茫意绪心相印，细腻风光梦借游。
妄想自知端罪过，泥犁甘堕未甘休。

无题（十首）

几层芳树几层楼，只隔欢娱不隔愁。
花外迁延惟见影，月中寻觅略闻讴。

吴歌凄断偏相入，楚梦微茫不易留。
时节落花人病酒，睡魂经雨思悠悠。

弄玉当年未嫁时，徘徊好影自矜持。
几从画府回娇靥，羞向花间曳绮綦。

千蝶帐深萦短梦，九雏钗重闲初笄。
朝回夫婿鸣驺去，下却珠帘不肯窥。

学书不学卫夫人，度曲惟教唱柳君。
鹦鹉自将新律教，猧儿闲取练香熏。

镜中铸就娇颜色，帐里惊回好梦魂。
一榻茶烟清似水，金钗划作断肠纹。

琼树瑶枝分外清，雒川应是旧仪形。

阁中碧玉谁人识，楼上罗敷只自名。

二尺吐云嫌髻短，五铢含雾喜身轻。
从来不作多情调，羞读关雎第四声。

栽培艳质向瑶阶，取次帘栊不放开。
裹手倩人收宝钿，含颦拣样画香煤。

腰肢未许同行拟，性格还从夫婿猜。
阿母错怜教不嫁，几回偷看画图来。

妆诗（六首）

娇羞不肯下妆台，侍女环将九子钗。
寄语倦妆人说道，轻施朱粉学慵来。

十步笙歌响碧霄，严妆无力夜迢迢。
羞将双黛凭人试，留与张郎见后描。

说嫁心惊惊日痴，尊前玉筯镇双垂。
不知夫婿尤怜惜，却忆娇嗔阿母时。

羞向明窗结佩珰，穿衣宝镜暗生光。
生憎乌鹊来相噪，默默无言下象床。

当初忍笑画鸳鸯，真个如今拟凤凰。
别却群仙拜王母，已闻青鸟报刘郎。

云作双鬟雪作肌，天教分付与男儿。
转身拭泪银河畔，别却鸳机再不归

满江红

春雨霏霪，正狼藉，落花堪哭。无聊赖，客窗滋味，几宵残烛？眼底乍抛人一个，眉尖压上愁千斛。问断肠词为阿谁吟，楼东玉。银屏后，阑干曲。偎素脸，频叮嘱。爱明眸秋剪，翠蛾娇蹙。福薄苦无欢笑分，病身甘（一作“终”）守孤单宿。望天公鉴念一心人，成金屋。

念奴娇·茉莉

帘栊午寂，正阴阴、窥见后堂芳树。绿遍长丛花事杳，忽见琼葩丰度。艳雪肌肤，蕊珠标格，销尽人间暑。还忧风日，曲屏罗幕遮护。长记歌酒阑珊，微闻暗麝，笑觅衣沾露。月没阑干天似水，相伴谢娘窗户。浴后轻鬟，凉生滑簟，总是牵情处。惹人幽梦，枕边零乱如许。

叶萧萧（采桑子）

拨灯书尽红笺也，依旧无聊。
玉漏迢迢，梦里寒花隔玉箫。

几竿修竹三更雨，叶叶萧萧。
分付秋潮，莫误双鱼到谢桥。

——纳兰容若《采桑子》

从前，日子很慢。旅途也慢，邮件也慢，人心也慢。从前，爱一个人，爱得克制隐忍，没有喧嚣。从前，每一次的相逢、擦肩、回首、重遇，都如暗夜残雪，闪耀光芒。从前，所有的思念都在一支笔下、几页纸上。从前，人们会写信。

容若这首《采桑子》从写信开始。信写给何人，无从考证。但想必也是他日夜心系之人。书信对于古人来讲，十分郑重。鱼雁往返，短则几日，长则数月。一笔一画，小心翼翼，生怕一刹错漏留下本不该有的分毫瑕疵。一言一语都是义重情深，生发于骨血，生发于灵魂。

上阕当中的“红笺”说的是唐代才女薛涛创制的红色“浣花笺”。这种红色小笺曾被薛涛用以写诗与元稹、白居易、杜牧、刘禹锡等人彼此唱和，名著于文坛。颜色、花纹精巧鲜丽。清人朱彝尊之词《玉抱肚》中有“便成都、染尽笺十样，也写不尽相思苦”。可见，红笺也有寄语相思之意。

夜深时分，灯下修书。一心相思，写遍红笺，却也无济于事。空虚无聊之感丝毫没有减弱，依然是惆怅如月，孤寂如灯。而往事呢，漫漶支离。此际偏又更漏声声，迢迢相伴，令人心盲如夜，只有无边幻觉。仿佛，朦胧之中，那人身影明灭，缓缓走来。

其中，“梦里寒花隔玉箫”一句用了“玉箫”的典故。此处，玉箫应当是人名。唐人范摅所著《云溪友议》当中记载了一个关于京兆韦氏名臣韦皋的故事。讲的是韦皋与名唤玉箫的侍女之间的一段爱情往事，涉及鬼神之说，虽不切实，但很生动。

相传，韦皋年轻时候游历江夏（今湖北武汉），曾居于姜使君府上。姜家有侍女名唤玉箫。彼时，玉箫年方十岁，常侍奉韦皋左右。两年之后，姜使君求官离家，韦皋便搬去一座寺庙，玉箫依然常伴左右，照顾韦皋起居。朝夕相处之下，少女玉箫便与韦皋互生情愫。

后来，韦皋因事离开。分别之前，韦皋承诺，少则五载，多则七年，必定回来接走玉箫，并留下玉指环一枚与诗一首作为信物。显然，故事此处有反转。韦皋一别，再未回来。玉箫便是故事里情痴苦等的那一个女子。日日于江夏鹦鹉洲上祈祷等待。

韦皋离去后的第八年，玉箫终是绝食而殒。姜家人怜悯玉箫，便将韦皋先前赠与玉箫的玉指环戴在玉箫中指上，与她一起下葬。玉箫死后，坐镇蜀州为官的韦皋听闻消息之后，心中凄怆，日日抄写佛经，长年广修佛像。

后来，一位通晓还魂之术的方士令韦皋斋戒七日，施法让韦皋见到玉箫的魂魄。玉箫说，正因韦皋抄经向佛之功德，她很快便可投胎转世，十二年定再到他的身边，侍奉左右。果然，多年之后的生辰，当地有人献来一名少年歌伎，也名唤玉箫，且形容与当年并无二致。细看，又发现她中指隐约有环形凸起，正是当年离赠之玉指环的形状。

故事凄美，又有“玉箫旧约”常被用作情人盟誓的典故，可见容若“梦里寒花隔玉箫”一语之情深意切。屋外又有：秋雨敲竹，秋叶飘零，秋潮渐起。萧疏之秋，万物愁苦。容若说，双鱼行游去谢桥，荒荒秋潮莫耽搁。其实，这里的“秋潮”“双鱼”“谢桥”之意象都非写实，而是虚指。

唐代女诗人李冶有《结素鱼贻友人》一诗，曰“尺素如残雪，结为双鲤鱼。欲知心里事，看取腹中书”。双鱼，理应指的是容若写于红笺之上的书信。谢桥，则是容若寄念之人的住处。

他只是担心自己今夜写下的这一封信，不能尽早抵达那人手中而已。

每一封手札，都是一颗心。

每一行情书，都是一部老电影。

每一句想你，都是一个传奇。

觉梦遥（采桑子）

凉生露气湘弦润，暗滴花梢。
帘影谁摇，燕蹴风丝上柳条。

舞余镜匣开频掩，檀粉慵调。
朝泪如潮，昨夜香衾觉梦遥。

——纳兰容若《采桑子》

享受孤独。

这句话听上去甚美。不过，说与做从来都是两件事。能够享受孤独的前提是，当下的你是一个完好无损的个体，身体与灵魂皆在一种安然无恙的状态。这也恰恰是最难的一点。世界很大，人很渺小。你无时无刻不面临着可以预见或是无法揣度的侵扰。要有一颗平静的心来享受孤独，谈何容易？

最令人失措的，便是心因情动。

容若这首《采桑子》是从女性视角来写的。整首词读下来，备觉惆怅。每一言、每一语都深陷寂寞之囹圄。露气、湘弦、花梢、帘影、风丝、柳条、镜匣、檀粉、香衾。词中女子，独守深闺，每一个意象都在渲染她内心无人依傍之苦闷。

夜暗，凉生。房中琴瑟，久无人触碰，寒夜露气氤氲弦上，看过去那么美又那么伤。风起帘动，你以为是谁要来，却只发现空有帘影重重。掀开帘子去看，又见春燕袅袅上柳条，寒露盈盈滴花梢。再婀娜的景致落在心事重重的人眼中，也只是徒增几缕哀愁。

下阕“舞余”中“舞”字应作“抚弄”来解，与“开频掩”有动作承接关联。说她抚弄镜匣一番之后，将之打开又合上，如此往复。述其闺中寂寞无聊之形状。通本作“舞鹍”，即鹍鸡舞蹈之意。虽只一字之差，但“舞余”与“舞鹍”词意截然不同，前者说女子举止，后者写镜匣纹饰。

鹍鸡，是古书上一种形似天鹅的大鸟。据说，此鸟擅舞。南朝刘敬叔所著《异苑》和宋代《太平预览》都有类似鹍鸡善舞的记载。相传，此鸟迷恋自身羽毛，每见自身倒影，便情不自禁舞蹈，后来魏武帝时，有人献来此鸟，公子苍舒将一面镜子放在此鸟面前，此鸟果然起舞不止，直至力竭而亡。

镌刻有鹍鸡舞蹈图纹的镜匣，被她反复打开、关上。如此举动，无外乎是一种内心不安与焦灼的体现。甚至，连妆粉她亦懒得敷面，无心修饰自己的形容，只因无悦己者。深闺孤寂，疏倦慵懒，大抵缘起思人。是为女子，最惧怕的莫不过就是一颗心，空荡而无所依偎。

一间房，一扇窗，一把琴，一面镜。容若这首词里充溢着一个人的日之寂寥与夜之彷徨。在你眼中，四季花草、一季幽香仿佛都与自己无关，只有山河亘古、岁月绵长，日子过得寡淡乏味，简而无欢。一夜醒来，你已泪湿衣裳，昨夜梦里的月下海棠也已变成无人问津的孤芳自赏。

世间所有温柔，于你，仿佛皆不可得。

遥不可及的爱，如月树星花，可念、可看，不可摘。即便是得到了，也未必牢靠。世间情缘似镜花水月，困住了凡胎肉身，困住了忧郁苦闷，困住了每一个夜晚的星辰，困住了每一个黎明的寒冷。可是，如若没有爱欲生死，红尘陌上，人生枯如槁木，也就失了全部的喜乐。

愿你依然能，为花低眉。

愿你依然能，为云盈泪。

愿你依然能，为爱迷醉。

泪难消（采桑子）

土花曾染湘娥黛，铅泪难消。
清韵谁敲，不是犀椎是凤翘。

只应长伴端溪紫，割取秋潮。
鹦鹉偷教，方响前头见玉箫。

——纳兰容若《采桑子》

这首词有人解作咏物词，有人解作情爱词。《饮水词笺校》当中说所咏之物为一金石故物，疑为玉枕或古镜。不过，从全词上下文意来说，单纯定性为咏物词，不仅词意牵强，而且并不流畅，总觉不妥。私以为，从情爱角度来讲，词意更流畅。先讲几个词语。

“土花”一词意为苔藓，“铅泪”一词意为晶莹之泪，语出唐代诗人李贺《金铜仙人辞汉歌》中“三十六宫土花碧”“忆君清泪如铅水”二句。“犀椎”，是古代打击乐器方响中的犀角所制的小槌。唐人苏鹗的《杜阳杂编》卷中有“言其犀槌，即响犀也，凡物有声，乃响应其中焉”之句。

“凤翘”，是一种古代女子首饰，凤形。宋词人周邦彦的《南乡子·拨燕巢》中有“不道有人潜看着，从教，掉下鬟心与凤翘”之句。元人元淮 的《春闺》一诗也有“倒把凤翘搔鬓影，一双蝴蝶过东墙”的句子。在容若这首词当中，“凤翘”应当指代女子。

“端溪”，指的是端溪砚台，即端砚。端砚，与甘肃洮砚、安徽歙砚、山西澄泥砚齐名，并称为中国四大名砚。端砚，初见于唐初端州（今广东肇庆），以石质坚实、润滑、细腻、娇嫩而闻名，研墨不滞，发墨迅速，墨汁细滑，书写流畅，不损笔毫，字迹颜色经久不变。

据说，“呵气研墨”这个说法就是源自端砚。品质佳妙的端砚，无论时令如何，用手按其砚心，砚心湛蓝墨绿，水汽久久不干，十分名贵。2010 年，乾隆御用的端砚拍出 1400 万的天价。宋人张九成曾作“端溪古砚天下奇，紫花夜半吐虹霓”二句诗赞端砚之好。

“鹦鹉偷教”，说的则是清代《渊鉴类函》所记北宋名臣蔡确的一个故事。据说，当年蔡府有一只鹦鹉极是聪慧。蔡确传唤侍女“琵琶”之时，习惯轻叩一块响板，随后鹦鹉便唤“琵琶”之名。后来，琵琶去世，某日蔡确误敲响板，鹦鹉一如从前，发

“琵琶”之音。蔡确闻之伤感，作诗曰：

> 鹦鹉言犹在，琵琶事已非。
> 伤心瘴江水，同渡不同归。

“玉箫”，前文有讲，说的是韦皋与侍女玉箫的事情。先是韦皋辜负玉箫，令其绝食而死。后是韦皋悔之晚矣，便为之抄经礼佛，得以令玉箫投胎转世，重新回到韦皋身旁。在容若这首词，玉箫很可能是借指亡妻卢氏。容若希望亡妻能如玉箫一般，得来生、再重聚。

湘妃竹上云纹紫斑，与碧色苔藓相映照，一如美人蛾翠，如黛青青，仿佛是传说中娥皇、女英投江殉情之泪，尚未干涸。风过疏竹，清韵声声，深蕴雅致，令你迷醉。你说，竹音阵阵，不是谁的犀椎被敲打，而是她的凤翘在弹拨。

你能做的，只是枯守一方端砚，为离去的她写下秋意渐浓的诗篇。你无时无刻不盼望着，家中鹦鹉也如蔡确所豢养的一般，听闻屋外恰似方响之声的竹音，也会唤出她的名讳，提醒你，她在前方，深情款款走近你。哪怕鹦鹉传情，传得“如有来生”之音。

不怕生有顾念，

你无法如愿。

只怕蹉跎之后，

你心死如灰。

也无喜，也无忧。

词话五

说不尽离人话

梦一场（采桑子）

谢家庭院残更立，燕宿雕梁。
月度银墙，不辨花丛那辨香？

此情已自成追忆，零落鸳鸯。
雨歇微凉，十一年前梦一场。

——纳兰容若《采桑子》

初读此词，以之为悼亡词。

几番诵读下来，另有感悟。尤其是词中“不辨花丛那辨香”一句，语词着实粉艳，实不符悼亡之哀音。学者徐裕昆说：“此盖生决之情，非死别之恨。惟其事迹，则今殊不可考。仅《赁庑剩笔》（一说《赁庑笔记》）中尝云纳兰眷一女，绝色也，有婚姻之约。旋此女入宫，顿成陌路……词或咏其事也。”此说反倒可信。

虽此事无正史可靠，近似小说家之言，但合情合理，注解容若这首《采桑子》也十分熨帖，并无不妥。而且，容若词中最令人困惑的“不辨花丛那辨香”一句是援引唐诗人元稹《杂忆》诗中“不辨花丛暗辨香”。元稹《杂忆》组诗五首写的正是他昔年窃香幽会之事。

容若好友秦松龄的外公王彦泓题为《和孝仪看灯词》的十二首组诗中有一首曰：“欲换明妆自忖量，莫教难认暗衣裳。忽然省得钟情句，不辨花丛却辨香。”也是化用元稹这句诗。

另外，下阕当中“此情已自成追忆”一句，十分明显，是化用唐诗人李商隐的名篇《锦色》当中“此情可待成追忆，只是当时已惘然”之句。化用前人之句，乃中国古典诗词的创作传统。厉害的是，容若每一次化用总给人带来一种不经意间灵犀一点的感触。水到渠成，没有半分突兀。

容若写故人与往事，凡涉情爱者，非伤即憾。这一首也不例外。如果依照徐裕昆的说法，结合野史小说，那么这首词定是写给传说中与容若青梅竹马而后入宫侍奉的表妹无疑。仿佛你在说——别用一生一世的谎言爱我，只求一分一秒的真心疼我。

词之上阕，写昔年温柔。

词之下阕，写今日哀愁。

那年，她还在。你与她残夜偎依。燕在梁上栖息，月在墙头挪移。世事静好，唯有她和你。花香环绕，你却不知，香自何来？是蔷薇，还是海棠？是绣球，还是牡丹？是杜鹃，还是芍药？你不知道。这些，也并不重要。你在乎的是，月下花前，她与你立下的今世之约。

只是当下，你与她隔着一道宫墙，她在里面，你在外面。有的人隔山隔海亦能相见，你们却是咫尺相距，只能怀念。你说，事到如今，你们如同分离的鸳鸯，此情此心，只剩追忆。今夜雨歇微凉，而她之于你，竟已仿佛是十一年前，大梦一场。

十一年。容若一生不足三个十一年。他的一生绚烂又短暂，辉煌又疏淡。每一刻光阴，都饱含深情。每一寸流年，都蘸满痴心。他是用尽力气想要活出更加丰盛的一辈子，山水田园，红袖添香。可是，岁月从来薄情又无心，也不懂得照拂和怜悯。

还好，你填词如画。一字一句，留下了你绽放的痕迹。如此，才能让后人沿着你凄美清雅的饮水词，一步一步，踏上你昔年走过的路；一点一点，读着你曾经翻过的书；一日一日，追念你旧日爱过的爱、痛过的痛。纵然曲终人散、往事如烟，纵然回首已经年，你却从未消失不见。

此时此刻，你依然在。

日月不改，初心不变。

附：

元稹（唐）/ 杂忆（五首）

其一

今年寒食月无光，夜色才侵已上床。
忆得双文通内里，玉栊深处暗闻香。

其二

花笼微月竹笼烟，百尺丝绳拂地悬。
忆得双文人静后，潜教桃叶送秋千。

其三

寒轻夜浅绕回廊，不辨花丛暗辨香。
忆得双文胧月下，小楼前后捉迷藏。

其四

山榴似火叶相兼，亚拂砖阶半拂檐。
忆得双文独披掩，满头花草倚新帘。

其五

春冰消尽碧波湖，漾影残霞似有无。

忆得双文衫子薄，钿头云映褪红酥。

纳兰性德（清）/ 和元微之杂忆诗（三首）

其一

卸头才罢晚风回，茉莉吹香过曲阶。

忆得水晶帘畔立，泥人花底拾金钗。

其二

春葱背痒不禁爬，十指掺掺剥嫩芽。

忆得染将红爪甲，夜深偷捣凤仙花。

其三

花灯小盏聚流萤，光走琉璃贮不成。

忆得纱橱和影睡，暂回身处妒分明。

当时错（采桑子）

而今才道当时错，心绪凄迷。
红泪偷垂，满眼春风百事非。

情知此后来无计，强说欢期。
一别如斯，落尽梨花月又西。

——纳兰容若《采桑子》

事到如今，你才有勇气回首当年。

那时风月如画，花草如织，你与她执手相望，煮酒赏花，作诗填词。只是，世景苍凉，有规矩，有传统，有世俗，有偏见，眼见她离你渐行渐远，你却无法义无反顾，替她遮挡全部的风雨。如今才道当时错，可这一错，你才知，当日生离，竟如死别。如今心寂寥、意难平、情无寄，只剩凄迷。

当年，她红泪偷垂，与你别离。如今，你泪崩肠绝，已是无意。你也想安适如常，却又实在艰辛。春花浪漫也无情，春风十里不如你。念及当初，正如李清照那句“物是人非事事休，欲语泪先流”。故人不再，百事已非，纵是你心如昨，也是徒劳，无可托寄。

你也知道，当年一别，后会无期。你反复不停告诉自己，将来再见，终有欢喜。假装一切还有圆满的余地。只是今日，她在哪里？是否平顺如意，还是早已将你从心中抹去，让往事绝迹？说到底，你依然拗不过岁月无情，眼见梨花落尽月又西。

容若这首《采桑子》不是悼亡词，自然也就不是为卢氏所写。他平生历经四五女子，通篇读来，唯有沈宛与传说中入宫的表妹，或可当作此词心意所托之人。只是，到底因谁而作，已无可考，唯有当日容若心迹，尚能探寻。私以为，更像是为沈宛而作。

词中“红泪”一语有个典故。缘起东晋王嘉所撰之神怪故事《拾遗记》。相传，魏文帝曹丕迎娶薛灵芸之时，薛姑娘不忍离家，伤心欲绝，启程之后，长路痛哭，眼泪流进玉唾壶（玉制承唾之器）里，结果泪凝如血，染红了壶体。是以，有了“红泪”一说。

词之开篇“而今才道当时错”是容若化用宋词人刘克庄《忆秦娥》词中“而今却悔当时错”一句，感人至深。词之末句“落尽梨花月又西”是化用唐人郑谷《下第退居（二首）》中“落尽梨花春又了，破篱残雨晚莺啼”之句，容若以“月”相融，更见哀婉、幽寂。

这一句“而今才道当时错”也是整首词的灵魂所在。总有那么一个人，总有那么一件事，令你身陷回忆之囹圄，无法放过自己。对于昔年的错过，你愧疚、遗憾、自责，只恨岁月无法重来，只恨一切不能挽回。然而，运命之诡谲，带来的不是无名惊喜，便是迎头痛击。

也不知为何，当你回顾一段有始无终的恋情时，你会意外地发现，它充满一种危险的美感，令人上瘾。越是不可得，越是记得清，越是难重逢，越是盼相聚。因为错过，所以铭刻。失去了，才记得。人心之微，于此刻最是昭然。可是，假如真有那么一日，一切果真会欢喜圆满吗？未必。

有时候，无疾而终是一种美丽。

对于结果的沉迷，往往令人陷入危局。所有的唯美和诗意，鲜少来自完美或惨烈皆不可预料的结局，大多源自戛然而止之后令人无限遐想的未知和能够随意杜撰的可能性。美如“愿得一人心，白首不相离”，也是未得之因在先，才有愿景之果之后。因而，令人觉得美。

希腊圣城德尔斐神殿上铭刻了一句著名的箴言：“认识你自己。”这也是希腊先哲常常用来劝导世人的话。好在容若有一颗敢于面对破碎过往的心。他有勇气对她说，是自己“当时错”。

不拖泥带水，不强词夺理。容若此词之意蕴，恰如英国大诗人拜伦名篇《春逝》当中的那一句：

假如多年之后再见你，
我该如何迎对你？
以沉默，以眼泪。

看清了现在的自己，才能面对将来的你。

独自吟（采桑子）

明月多情应笑我，笑我如今，
孤负春心，独自闲行独自吟。

近来怕说当时事，结遍兰襟。
月浅灯深，梦里云归何处寻？

——纳兰容若《采桑子》

读此词，如诵晏几道。

晏几道，北宋词人。字叔原，号小山，抚州临川文港沙河（今江西省南昌市进贤县）人。仕途寻常，未居高位。其人性情孤孑，中年时候，家境中落。其词工于言情，雅致清丽，小令深情，颇负盛名。自然，他也是婉约派重要的代表词人之一。有《小山词》留世。

其父晏殊更是了得，十四岁以神童入试，赐同进士出身，

1042 年，官拜宰相，以枢密使加平章事。有《珠玉词》等存世，是北宋德高望重的大文豪。较之于父亲的文名，晏几道似乎还略有不及。虎父无犬子，有时候是有一定道理的。天赋这种东西，常常血脉相关。

中国历史上，除了晏殊、晏几道父子文名卓著，还有曹操与曹丕、曹植父子，王羲之与王献之父子，苏洵与苏轼、苏辙父子，等等。几乎可以说，他们父子人人都占据着中国古代文学史的重要位置。

容若这首《采桑子》读下来，他对晏几道与《小山词》的推崇，显而易见。除了开篇“明月多情应笑我”是化用苏轼名篇《念奴娇·赤壁怀古》“故国神游，多情应笑我，早生华发”一句之外，从上阕“笑我如今”，到下阕“结遍兰襟”以及最后“月浅灯深，梦里云归何处寻”都是间接或直接化用晏几道词句而来。

小山词有情，恰合容若心意。

“笑我如今”是化用晏几道《采桑子》中“莺花见尽当时事，应笑如今”一句，“结遍兰襟”是直用晏几道《采桑子》中“别来长记西楼事，结遍兰襟”一句，“梦里云归何处寻”则是化用晏几道《清平乐》中“梦云归处难寻，微凉暗入香襟。尤恨那回庭院，依前月浅灯深”一句。

这首词不难懂，容若写的是旧情，念的是故人，感叹的是往事。举头可见是月明，贞皓皎洁，耀之晔晔。玉兔有心，嫦娥有情。月光漫漫，仿佛是映照你在人间的孤寂伶仃。花茂春浓的好景，落在你的眼中，不能荡出半点涟漪。一个人走走停停，一个人自言自语，一个人写无人能懂的词句。

是终于，你辜负了春心。

你说，近来害怕去回忆。往事沉沉，当时只道是寻常，如今惊觉是欢喜。可是，物是人非，该走的不曾留，该留的也错过。你以为，结遍兰襟，友朋广聚，能安慰心中阙如之一二。到头来，却发现，仍旧孤灯伴月，你依然期望在梦里能与曾经相遇，能与过去重逢。

有时候，怀念是一种追忆。

有时候，怀念是一种慰藉。

有时候，怀念是一种释然。

当你怀念而心如止水，大概便是你能忘却的时候。

情悄悄（谒金门）

风丝袅，水浸碧天清晓。
一镜湿云清未了，雨晴春草草。

梦里轻螺谁扫？帘外落花红小。
独睡起来情悄悄，寄愁何处好？

——纳兰容若《谒金门》

词牌是有灵魂的。

虽然词牌的作用是区分词的格式和体例，但是因为各家叫名不同，有时候同一个格式却有几个词牌。譬如“谒金门”，它还有几个旖旎缠绵的名字：空相忆、花自落、垂杨碧、醉花春等。每一个都惊艳哀婉，令人难忘。敦煌曲辞当中有“得谒金门朝帝庭”之句，“谒金门”一语疑是由此而来。

容若这首《谒金门》格调俊巧，写得清新、别致。清新之处在于，词中所述之春景，写得莹润幽静，每一帧都画面感极强，湿漉漉的人间被他写出了一种缭绕不散的仙气。别致之处在于，伤春主题虽常见，但词中身外之美景与心中之哀情截然不同，且交织杂糅又毫不冲突，有一种看似难以调和却又异常饱满的美感。

上阕写景。

当中“水浸碧天清晓”一语，是化用北宋词人孙浩然《离亭燕》中“水浸碧天何处断”之句。欧阳修的《蝶恋花》中也有“水浸碧天风皱浪”的一句，北宋大书法家米芾的词作《蝶恋花·海岱玩月作》中亦可见“水浸碧天天似水”的句子。

春风与柳丝，犹如唱着一场永不落幕的戏，一个你一个我，无论阴晴圆缺，总是长长久久。在古诗词当中，仿佛是两个不能分割的意象，无限缠绵仍旧让人留恋。两个意象一并出现的情形，十分频繁。万物绽放的盛春时令，也唯有春风与柳丝，既不喧嚣，也不桀骜。淡静之中见美好。

清晓时分，雨歇微凉。你推开门，春风在沐，柳丝袅袅，但见一弯盛满往事的水，倒映着澄净葱碧的天和连绵不尽的云。目下所见，遍是安宁。可是，在你眼中，美景亦是伤情。拥有怎样的一颗心，看见的便是怎样的一片景。你心中惆怅苦闷，纵是雨过天晴，也不足以令你高兴。

下阕写心。

“梦里轻螺谁扫”一句中“螺”指“螺黛”，是画眉之物，指代女子双眉。螺黛，即眉墨上品“螺子黛”。螺子黛，产于波斯，隋唐时入，制作精良，使用方便（无须研磨，蘸水即可），十分珍贵，价值不菲。唐人颜师古所著《隋遗录》中称螺子黛“每颗值十金”。

螺子黛之珍贵，就连《甄嬛传》中的各宫嫔妃也将它视为得之受宠的体现，寻常宫人能用得青黛已是很好。青黛便是每用即需研磨的画眉之墨。容若乃相门公子，即便是螺子黛这样的昂贵妆品，常见也不足为奇。为伊人用螺子黛描眉，亦可见容若之爱重。

你迟迟忘不掉昨夜梦境。梦中，她黛如远山，眸似秋水。你为她轻描双眉，她替你裁纸润毫。美酒惧空杯，美梦怕破碎。鸡鸣破晓，一切美好如流年逝水，一去不回。只剩窗外，落花满地，红绿疮痍。而你，独睡独醒还独坐，独思独愁还独守。

一腔愁绪。

无处可寄。

无处可托。

有些人，永年不遇。

有些情，千金难买。

便轻别（好事近）

帘外五更风，消受晓寒时节。
刚剩秋衾一半，拥透帘残月。

争教清泪不成冰，好处便轻别。
拟把伤离情绪，待晓寒重说。

——纳兰容若《好事近》

真的有一群以爱为生的人。

爱情，这件事情在纳兰容若的生命当中占据着至为重要的位置。这也是爱情主题的词作在纳兰词当中占据大半篇幅的缘故。恰如杜拉斯那句“爱之于我，不是肌肤之亲，不是一蔬一饭。它是一种不死的欲望，是疲惫生活中的英雄梦想”。容若如是。

他不似李白、苏东坡豪情万丈，更像是李煜、晏几道，温柔多情，落笔可见是娉婷。五更天，已近天明。大约是凌晨三至五点的时候。帘外五更，你依旧孤夜无眠。又有清晓凉风，寒意冷冽，从过去吹到现在，从昨夜吹到今晨。独自消受，无人来陪。

温柔的月光透过轻薄的帘帐，照上一张无人相拥的双人床，洒满孤寂和惆怅。你加盖的依然是两个人的衾被，蜷缩的却只有你一个人的身体。多出来的那一半，你用来拥抱破碎的月光。大概也只有你，能把孤独写得这么美。

这首词虽伤离之情浓重，但不似悼亡之音。不过，容若词中直言昔年与之共枕的往事，写的理应仍是发妻卢氏。应当写于卢氏在世，容若远行之时。把这首词的定位弄清楚之后，词中言语之伤感便更容易理解。无论是衾被，是月光，还是他们昔年共卧的床，每一个意象如今看去，都只剩残缺。

首句“帘外五更风”语出宋代的一首《浪淘沙》词中“帘外五更风，吹梦无踪”，作者不详，疑为李清照所作，也有人讲是欧阳修的词。全词曰：“帘外五更风，吹梦无踪。画楼重上与谁同？记得玉钗斜拨火，宝篆成空。回首紫金峰，雨润烟浓。一江春浪醉醒中。留得罗襟前日泪，弹与征鸿。”

上阕几乎是一种白描的写法，虽情景交融，但只为铺垫。下阕“争教清泪不成冰”是全词之核。一语凝聚了上阕全部的凄厉哀凉。你因分离落泪，你因孤独落泪，你因美人落泪。你说，该当如何，才能让自己的泪水不在这寒冬之夜，凝结成冰？

有些路只能一个人走，有些痛只能一个人扛。世间情爱，聚散离合，每一处坎坷，每一处艰辛，每一处痛苦，都没有人可以给你智慧，让你释然。你只能一个人在黑暗中摸爬滚打，走出一线光明。把所有沉浮，交给岁月，交给自己的一颗心。这些道理，容若都明白。

因此，你说，“好处便轻别”。正是如此，你只能自己放过自己，假装看轻，假装看淡，假装一切都不放在心上。哪怕只是把所有悲伤，在心底存放，等来日，等来年，等你归去之时，等你与她重逢之日，再与她促膝长谈，从头细说。

最欢喜是，相逢如初见。

最凄凉是，回首已一生。

那时候，你们分开会重逢。那时候，你们只有生离，尚未死别。那时候，你只知道“执手相看泪眼，竟无语凝噎”之苦，并不能体会“十年生死两茫茫，不思量，自难忘”之痛。“从前”的好处是不知道“以后”，一切尚未发生。假如，只有当初，没有以后，该是多好。

话当年（好事近）

马首望青山，零落繁华如此。
再向断烟衰草，认藓碑题字。

休寻折戟话当年，只洒悲秋泪。
斜日十三陵下，过新丰猎骑。

——纳兰容若《好事近》

读惯容若的婉约词，再读纳兰词中豪放篇目，令人欣喜。这首《好事近》写得颇有辛弃疾之风骨。难得的是，较之辛弃疾策马扬鞭、一览无余的疏阔，容若是豪放之中有内敛、磊落之余有克制。山河易主，美人迟暮。容若追忆家国往事，别有一番忧思。

此词大约作于清康熙十五年（公元 1676 年）十月，容若扈从康熙过十三陵巡幸之时。是年十月，《清实录》记，“戊午。上诣汤泉太皇太后行宫、问安毕。幸昌平。过前明十三陵。上一一躬亲酹酒。是日、驻跸涧头”。时间、地点皆有佐证。

所及“十三陵”是指明朝迁都北京之后的十三位皇帝陵墓。包括长陵（明成祖）、献陵（明仁宗）、景陵（明宣宗）、裕陵（明英宗）、茂陵（明宪宗）、泰陵（明孝宗）、康陵（明武宗）、永陵（明世宗）、昭陵（明穆宗）、定陵（明神宗）、庆陵（明光宗）、德陵（明熹宗）、思陵（明毅宗）。位于今北京昌平区天寿山麓，修建时间长达 230 多年。

容若过十三陵有感，作此词。

文武双全，是世人素来对容若的印象。清人韩菼曾说容若“上马驰猎，拓弓作霹雳声，无不中”。“马首王青山”一句也可算作是容若擅骑射的一个表征。骑马而行，越过马首，目极之处，依稀可见青山连绵。本是壮阔之景，容若追忆之心已起，有京城之繁华民生在前，此刻但觉杳渺起伏之青山只剩荒疏。

十三陵，埋葬着大明十三代帝王。如今残旧潦倒，只剩断烟衰草。在旁人眼中，这一切不过是历史的风尘旧迹。可是，那长满苔藓的古碑之上，旧日字迹依稀可辨。容若环顾周身，目见之处，皆亦惊心。情不自禁，他便跌入旧时往事当中。

词之末句并无深意，只是简述巡幸一事。日暮黄昏，康熙与随行队伍从京城骑马而来，途经十三陵。“新丰”，本意指今陕西西安临潼区东北一地名，此处借唐诗人王维《观猎》诗中

“忽过新丰市，还归细柳营”之意，指代京城，皇帝巡幸队伍的来处。

不过，“休寻折戟话当年，只洒悲秋泪”二句却有深意。容若说，无须追思历史，只看眼下荒景，已是凄凉至极，令人生悲。说是不思往事，可往事分明已上心头。彼时，大清隆盛。身为一等侍卫，容若理当满腔热血，一心只念忠心报国，即便途经前朝皇陵，也不应出此伤感之语。可是，容若不这样认为。

江山更迭、改朝换代是统治阶级的事情，对于黎明百姓而言，广厦万间，夜眠七尺，良田万顷，日食三餐。一朝天子一朝臣，身为皇帝亲信，容若自有他的本分。效忠康熙和效忠大清是一回事，认知历史和反思战争是另外一回事。真正令容若伤感的，正是江山易主的背后被新朝之荣耀所掩盖的伤疤与疮痍。

学者严迪昌在《清词史》当中说此词“全是凭吊语，绝非新朝新贵的语气”。不错。从这个角度来讲，容若这首词写得几乎可以视之为“不合时宜”。如若身在乾隆大兴文字狱时期，这首词很可能会给容若带来杀身之祸。

好在，康熙十分看重容若。从血脉上来讲，纳兰容若与康熙是表兄弟关系，且尚在五服之内。纳兰容若的曾祖父金台什与康熙的曾祖母孟古格格是亲兄妹。容若之所以成为皇帝禁近，除其本身的文武之才和父亲纳兰明珠身居相位令纳兰一族备受器用之外，想必也有天性中血脉相连的缘故，令康熙对容若格外包容与信任。

万物荣枯不定。

世事悲欢无常。

其实，纳兰容若也有看透的时候。

花前事（好事近）

何路向家园，历历残山剩水。
都把一春冷澹，到麦秋天气。

料应重发隔年花，莫问花前事。
纵使东风依旧，怕红颜不似。

——纳兰容若《好事近》

康熙十六年，农历五月三十，卢氏难产去世。卢氏死后，容若常年沉郁，所作之词多发悼亡之音。这一首《好事近》依照考证所得写作时年，大约是作于康熙二十年（公元 1681 年）或康熙二十一年容若扈从康熙巡幸途中。已是在卢氏去世四五年之后。

因而，有人认为这首词也是写给卢氏的。容若对卢氏情深意重毋庸置疑，只是词中“隔年花”一语说的是去年的话。从写作时间上来看，去年之花与卢氏并无直接关联。私以为，从时间角度上来讲，这首词更像是写给才女沈宛的。相传，沈宛虽无名无分，但也曾入相府陪伴容若左右。

容若是念家的人。出门在外，常发思乡之语。此词也不例外。词中“麦秋天气”指麦熟时节，是四五月份，并非四季之秋。路途迢迢，从盛春，到初夏，青山一程，绿水一程。你却不知，哪一条路通往故园。所见之山水，巍峨不再，浩荡不再，只剩萧疏和荒芜。再壮阔的山河，此刻在你眼中，就只是：

一座座残山，一条条浊水。

下阕当中，容若方才表露心迹，解释彼时思乡之缘由。你说，料想去年与她共赏的花，而今应已绽放。只是今时今日，花犹在，你却不在。“莫问花前事”，往事不如不提，思旧便是伤人。哪怕春光依旧，花颜如昨，可是伊人，怕是去年今日已不同。

李煜有首诗，题曰《梅花》。

殷勤移植地，曲槛小栏边。
共约重芳日，还忧不盛妍。
阻风开步障，乘月溉寒泉。
谁料花前后，蛾眉却不全。
失却烟花主，东君自不知。
清香更何用，犹发去年枝。

宋人马令《南唐书》卷六《后主昭惠周后传》记："（后主）又尝与后移植梅花于瑶光殿之西，及花时，而后已殂，因成诗……'失却烟花主，东君自不知。清香更何用，犹发去年枝'此足以见光景于人无情，而人于景物不可认而有之也，悲夫！"容若此词之下阕颇有李煜此诗之韵致。

常有人将纳兰词与李煜词相较。纵观纳兰词，清新隽秀，哀感顽艳，颇近李煜词风。容若本人也在《渌水亭杂识》中盛赞李煜之词："花间之词如古玉器，贵重而不适用；宋词适用而少贵重，李后主兼而有其美，更饶烟水迷离之致。"

其实，所谓"怕红颜不似"，你只是不愿意错过她晨起夜眠的每一个朝夕，不愿意错过她煮酒烹茶的每一层琐细，不愿意错过她心中起伏的每一回悲喜。之于你而言，与她有关的每一寸光阴都是价值连城，与她有关的每一点新意都似万沙之金。

遗憾的是，容若一生情路坎坷。初恋，无疾而终。卢氏，天不假年。沈宛，未成眷属。如有来生，愿他万事圆满。美景良辰，得一心人，执子之手，与子偕老，白首不分，生生世世。

列秋空（一络索）

野火拂云微绿，西风夜哭。
苍茫雁翅列秋空，忆写向屏山曲。

山海几经翻覆，女墙斜矗。
看来费尽祖龙心，毕竟为谁家筑。

——纳兰容若《一络索·长城》

长城。

始建于春秋，司马迁《史记·楚世家》载："齐宣王乘山岭之上，筑长城，东至海，西至济州，千余里，以备楚。"秦始皇统一天下之后成型，始有"万里长城"之称。明代最后一次大修长城，总长近 9000 公里。先秦时期，长城总长逾两万公里。

容若当年所见之长城，即是明长城。长城之雄伟壮阔，摄人心魄。立于山之巅，如抚云之脚。是真正会给人有一种"以天为盖无不覆，以地为舆无不载”之宽广辽远。置身于如此雄浑广博的环境当中，容若所作的这首词也极是高迈、旷放。

古来文人墨客过长城发思古之幽情者甚多。对待长城的态度，贵族士子与布衣文人的态度却大有不同。前者多从江山社稷出发，托寄青云之志，颂扬国之强盛；后者多从黎民百姓出发，抒怀征役之苦，忧思苍生之痛。

最显著的一例对比，便是同为乐府《饮马长城窟行》旧题之下唐太宗李世民与唐代诗人王建的两首诗作。一代帝王唐太宗曰：“……悠悠卷旆旌，饮马出长城……荒裔一戎衣，灵台凯歌入”，寒门士子王建开篇便是一句“长城窟，长城窟边多马骨”。可见，阶级立场不同，对待长城的态度也迥然相异。

总体来讲，由于长城与秦始皇关联密切，以长城入题的诗词多有批判秦皇暴政、忧思劳苦之意。孟姜女哭长城的传说，犹然在耳。容若此词却与各家另有不同，从上阕“野火拂云微绿”至下阕“女墙斜矗”，情景交融，由远及近。末句“毕竟为谁家筑”为全词词眼，别有深意。

此词大约作于清康熙二十一年（公元 1682 年）八月，容若远赴梭龙途经长城之时。词中“野火”指磷火，也就是平日里所讲的“鬼火”。《列子 · 天瑞》曰：“人血之为野火也。”夜中长城，可见闪闪之鬼火，微微发绿，一路燃到云边，连成一片。又有西风呼啸之音，犹如无尽惨然之哭声，令人绝望。

午昼时分，列列大雁振翅高飞，越过长城，划破苍茫穹空。天地广阔，长城之长，山川之远，令你觉得目下所见之景犹如一座曲折连绵的屏风。遮住的不是，闺房里的闭月羞花，而是尘封的历史卷轴当中赤血与白骨，涂炭与疾苦。恰如清诗人黄景仁那一句“骷髅出土绣碧花，犹道秦时筑城卒”。

词中“祖龙”说的是秦始皇。《史记·秦始皇本纪》有“今年祖龙死”之句，南朝裴骃《史记集解》注曰：“祖，始也；龙，人君像；谓始皇也。”江山更迭，世事迁更。沧海化作桑田，往事化作云烟。秦皇已死，长城犹在。你不禁问了一句，这一座令秦始皇费尽心思，以骨血砌成的万里长城，到底是为谁所筑建的呢？

容若认为填词作诗，怀古不宜评断。此词依然如此，只是情之所至，容若忍不住还是落笔一句“毕竟为谁家筑”，虽未评断，但发人深思。这一句也有人以为是容若阶级立场的一种体现，似乎在讲，秦皇长城却成了他朝之嫁衣。

只是，容若虽生是相门公子，代表朝野皇权，但他始终心在江湖，只羡逍遥。从根本上来讲，容若的阶级立场是复杂矛盾的，因此，末句之疑问，私以为更像是他对自身处境的一种探究和怀疑。与其说是问与旁人，不如讲是问与自身。

离人话（一络索）

过尽遥山如画，短衣匹马。
萧萧木落不胜秋，莫回首斜阳下。

别是柔肠萦挂，待归才罢。
却愁拥髻向灯前，说不尽离人话。

——纳兰容若《一络索》

300 多年前。所有的旅途都是车马之行，快则数日，慢则几年。天南海北，山水迢迢，一次告别，犹似长诀。岁月与时光，对于每一个人来说，都变得既漫长又短暂。因为等待而漫长，因为相守而短暂。每一次重逢都是弥足珍贵，每一回再聚都分秒似金。

那时，有太多太多的来不及。

身为御前侍卫，容若时须扈从巡幸，也会受君之托，孤身远行。旅途，对于容若来说，天然带给他一种失落。这种失落，源自他对爱人不能伴行的遗憾，源自他令爱人独守空闺的愧疚，源自他与爱人无法相守的伤感。300 多首纳兰词，容若从不掩饰内心的脆弱。

永远坦诚地面对自己。

永远坦诚地面对爱情。

这种难能可贵的品质，也是令纳兰词风靡的缘由之一。这首词有趣的地方，上阕写的是自身，实写；下阕写的是佳人，虚写。是年，深秋。你短衣匹马，踏上远途。一路上，山水迢迢，风光如画，你却无心观赏。你说，身后落木萧萧下，夕阳之下莫回首。你深知，路上的人不能回头。回头便是羁绊，回头尽是阑珊。

上阕当中，容若两次化用杜甫诗句。“短衣匹马”语出杜甫《曲江三章章五句》“短衣匹马随李广，看射猛虎终残年”，“萧萧木落不胜秋”化用杜甫名篇《登高》“无边落木萧萧下，不尽长江滚滚来”二句。“木落”一词，有刻本作“落木”。

下阕当中，“拥髻”语出清人严可均编纂的《全上古三代秦汉三国六朝文·全汉文》卷五十六《飞燕外传》附《伶玄自序》中“以手拥髻，凄然泣下，不胜其悲”之句。意为，捧持发髻，话旧生哀。明人徐渭《燕子楼》诗有“昨泪几行因拥髻，当年一顾本倾城”之句。

另一头，她对你思念深浓，日日牵挂你于心头。而这种情绪，恐非一日两日可以消淡。其实，她知道，若非等到你归家之日，怕是思念之情不会停歇。只是，她又担心，待与你重逢之时，拥髻话旧的当下，说不完、道不尽他心中积酿已久的情话。

这首词，不同于容若平日里写的离别仇恨。分明写的是客途秋恨，却总能读出一种盈满于心的故剑情深，且是温柔的、浪漫的。因最后一句“说不尽离人话”，所有的怅惘刹那荡然无存。并非所有的相思，都不离愁苦。并非所有的分离，都永续哀愁。

因为有爱，不见过云雨。因为有爱，只见桃花开。只要转身，有人等你归来。只要转身，那个她还在。这首词，就像一封容若要寄给她的家书，信中你说：只要有你在，所有的缺失、不安、忧念，一切都会好起来。

杳难分（一络索）

密洒征鞍无数，冥迷远树。

乱山重叠杳难分，似五里蒙蒙雾。

惆怅琐窗深处，湿花轻絮。

当时悠扬得人怜，也都是浓香助。

——纳兰容若《一络索·雪》

此词，通本记《洛阳春·雪》。

词牌《一络索》，又名《洛阳春》《玉连环》等。北宋欧阳修同调之词名《洛阳春》，北宋张先同调之词名《玉连环》，格律相同。另有南宋辛弃疾入此调词作两首，题为《一落索》。容若此词咏雪，可能作于康熙二十一年春扈从东巡之时。

前文所述容《采桑子·塞上咏雪花》与这一首《一络索》，两首词可能作于同一时期。一样是以雪入题，内涵却截然不同。

前者，容若以雪自况，托物言志，别有深意；后者，容若观雪，吟而不咏，语词清新流丽，隽永秀美，似能读出一幅《关山飞雪图》。

塞外飞雪，潇洒绵密。近处，雪落马鞍，颗粒毕现，莹润光亮。远处，雪霭迷蒙，绿树朦胧，云雪霏微。连绵起伏之群山，大雪之下若隐若现，难以分辨，犹如隔着一层笼纱。方圆数里，岚烟盛密，如道人之幻术，似身临仙境。当真是好美。古人写景，素来有情。容若见雪，自有顾念。

其中，“似五里蒙蒙雾”一句话涉“五里雾”之典故。《后汉书·张霸传》记，张霸之子张楷“性好道术，能作五里雾。时关西人裴优亦能为三里雾，自以不如楷，从学之，楷避不肯见”。后来，“五里雾”便常被来形容雾霭缭绕之境，“道术”也称作“雾术”，“学道”称为“学雾”。

上阕，容若实写眼见之雪。下阕，容若虚写未见之雪。高妙之处在于容若把雪比作“湿花轻絮”。他说，雪落窗棂，犹如湿花，犹如柳絮，飘逸又轻盈。闺中人惆怅，帘外雪悠扬，也是一幅好景。只是，他末了一笔荡开，又讲人之所以爱雪，多有群芳送香的助益在。

词末两句“当时悠扬得人怜，也都是浓香助”最惹人遐思。纳兰词之幽情暗转，素来为人称道。每一句都饱蘸深情，这两句读久了，似能读出其中暗藏的另一层意思。仿佛是在讲，他见雪而爱之，也是因为心中念及迢迢远处之佳人的缘故。

容若所见之雪景，恰如当年扈从东巡之时同行的高士奇所言。高士奇在他所写的《扈从东巡日录》当中这样记到当时情形："三月己未，告祭永陵。大雪弥天，七十里中，岫嶂嵯峨，溪涧曲折，深林密树，四会纷迎，映带层峦，一里一转。复有崖岫横亘，岭头雪霏云罩，登降殊观。"

高士奇，字澹人，号瓶庐，又号江村。学识渊博，能诗文，擅书法，精考证，善鉴赏，所藏书画甚富。其书法、诗文尤为康熙所重。著述颇丰，有五十三卷《左传纪事本末》和《清吟堂集》等。他与容若父亲纳兰明珠交之不浅。当年，他更是康熙近臣。

高士奇，人如其名，是个奇人。虽官至从二品礼部侍郎，但却非两榜出身。死后，还被追谥"文恪"。高士奇是寒门士子，出身不高，生于浙江余姚樟树乡高家村，不曾有机会入仕。十九岁的时候，才与父亲北上，游学京师。高父去世后，他一度只能卖文为生。

二十四岁，他才进入太学，得以初见康熙。谁知与康熙素未谋面，一纸文章却深得君心。康熙竟亲赐他会试资格，助他平步青云。后来，他又奉旨入康熙的南书房，赐居大内。康熙出巡，高士奇多有伴行，一生君恩厚重。他与康熙之间的君臣亲密之典故也广为流传。

康熙曾言："得士奇，始知学问门径。初见士奇得古人诗文，一览即知其时代，心以为异，未几朕亦能之。士奇无战阵功，而朕待之厚，以其裨朕学问者大也。"高士奇一生令人艳羡。

可是容若却说：

人各有情，不能相强。

使得为清时之贺监，放浪江湖；

亦何必学汉室之东方，浮沉金马乎？

附：

高士奇（清）/ 诗词选

武夷山茶

九曲溪山绕翠烟，斗茶天气倍喧妍。
擎来各样银瓶小，香奇玫瑰晓露鲜。

沈阳天柱山

回瞻苍霭合，俯瞰曲流通。
地是排云上，天因列柱崇。

咏梅诗

不分村野与溪桥，乱写横枝一两条。
酒醒只疑疏影落，胧胧烟月伴寒宵。

游西山

马首迎朝爽，春风缓辔过。
古田行荦确，老木卧盘陀。

涧落雪千尺，僧归云一窝。
烟霞吾有癖，吟望意如何。

湖南别业

去城不数里，境地却翛然。
树密遮游骑，荷香出画船。
山光摇碧沼，桥影倒晴川。
时有高僧到，松镫夜叩禅。

冒巢民年八十寓书索诗兼以字卷及金少君画册见寄

甘陵南北昔纷纶，模楷争看垫角巾。
周党三徵坚闭户，桓谭万卷镇随身。
花间置驿金为簿，竹里闻歌玉照人。
老去更谁论往事，一竿风月卧江春。

移家城北

江村无恙白云庐，何事长安强曳裾。
招隐未能归鹿砦，谋身堪笑似鸠居。
床头新酿无多瓮，架上残编剩几车。
更载清风与明月，夜深依旧伴缁书。

两版柴扉积藓斑，莳花编竹恣疏顽。
坐夸潘岳城三面，谁笑卢仝屋数间。
虚牖北开堪避暑，矮墙西向不遮山。

多情紫燕偏寻主，常傍湘帘挟子还。

护驾游潭柘

老幼村村望荜门，太平鸡犬足饔飧。

喜瞻鸾饰威容盛，山果盈篮献至尊。

游千山

霏雨陵芳晨，轻阴散林薄。修板被青苔，穷崖吐红药。

流泉既觱沸，危石亦龃腭。微微仙梵声，三五列兰若。

憇足惬幽尝，晚烟张翠幕。松欹云欲随，海静潮初落。

缅想平生怀，愿言还丘壑。矧兹尘外镳，俯仰欣有托。

豆腐诗（二首）

藿食终年竟自饮，朝来净饴况清严。

稀中未藉先砻玉，雪乳初融更点盐。

味异鸡豚偏不俗，气含蔬笋亦何嫌。

素餐似我真堪笑，此物惟应久属厌。

采菽中原未厌贫，好将要求补齐民。

雅宜蔬水称同调，叵与羔豚厕下陈。

软骨尔偏谐世味，清虚我欲谢时珍。

不愁饱食令人重，何肉终渐累此身。

过卢龙县孤竹城恭和御制夷齐庙

史迁着列传，夷齐乃居首。慷慨念声施，青云永不朽。

砥行与立名，兹言亦借口。蔽履视千乘，身后复何有？

西山云耻周，北海亦避纣。抗怀天地间，踽踽绝侪偶。

遐尚渺畴昔，凭吊歔童叟。附会采薇迹，洛阳或陇右。

适来孤竹城，庑宇宠丹黝。摄衣历虚堂，俨然肃冠绶。

白日暗阶除，寒烟生几牖。寂寞荒祠春，顽儒咸奔走。

粤稽祥符中，加以侯封久。古人如有之，一笑同刍狗。

借问墨胎祀，奚若首阳寿？猗与清且仁，千秋良独守。

成窑鸡缸歌

世人耳目贵所少，龙勺鸡彝竞爱宾。

抔樽本是太古风，近时谁信趋奇巧。

赵宋花瓷价最高，玉腴珠润坚不佻。

永乐以来制稍变，宣磁益复崇纤妖。

血色朱盘日轮射，小盏青花细描画。

后来埏埴日更精，五采纷纶数成化。

红妆袅娜蜡泪垂，万花锦谷扬葳蕤。

春阴隔院鞦韆动，浓香满架葡萄披。

亦有婴儿与高士，须眉栩栩神相似。

留与人间作秘珍，什袭真堪琬琰比。

尤其著者推鸡缸，陆离宝色摇晴窗。

鼠姑灼灼老难唤，将雏抱鷇三两双。

梅村老翁称解事，错道宣宗制此器。
此器繇来见者稀，更有何人讨源始。
相公爱玩逾图球，长安好事勤徵搜。
绨函封固献阁下，千缗一器争相酬。
我从平津得暂见，两手摩挲眼光眩。
归来倒尽老瓦盆，一醉那分贵与贱。

红桥篇

红桥女儿颜如玉，雾鬓云鬟好妆束。
十五盈盈竟体兰，双蛾浅画宫螺绿。
初学秦筝谱凤皇，乍拈斑管写鸳鸯。
娇痴不解相思字，妩弱偏过姊妹行。
绮窗绣户春风里，时人休比常桃李。
未肯轻随柳絮飞，等闲不逐游丝起。
三月三日天气和，相邀女伴蹋青歌。
归来瞥被王孙见，住幰停鞭情较多。
王孙结客崇意气，殷勤不惜千金质。
凤尾文绫翦作裳，鹄头火锦裁成被。
油碧迎来夹道看，鬭轮十队送长安。
香含豆蔻春犹浅，露浥芙蓉晓正溥。
交龙小袖轻衫窄，昨夜蜂黄新退额。
斗帐流苏百宝装，云屏珊枕熊须席。
绿幕红镫宴正频，当关客不报平津。

蜂尝野蜜花房暖，莺啄含桃露颗匀。

江头绣翼欣初比，谁道恩情判沟水。

可怜园茧但成丝，岂有安榴能结子。

长眉拂拭镜鸾羞，白露无情团扇秋。

惟余玉箸千行泪，日向红桥桥下流。

探芳信·种幽兰

楚天远。忆雪絮初消，芳州乍见。正移栽三径，冰根迸如箭。筠筒喷水朝霞后，小雨吹香遍。傍幽林、碧叶纷披，赤茎零乱。山园倩谁伴。有阿段携锄，瘦蔬沿岸。芗泽多情，吟怀最凄婉。江蓠沅芷蝇堪佩，不到闲庭院。护春泥、珍重韶光尚浅。

洞仙歌·以龙井新茶饷南淳答词尚记苑西尝赐茶事

岩柯嫩蕊，过惊雷先坼。野客山僧惯能摘。筠炉浅，焙缶器重封，初开处无限早春香色。年时西苑往，赐出头纲，小院宵凉共煎吃。退隐傍江村，药臼茶铛，人事屏、石泉频汲。叹荏苒、年光又尝新，渐蝶粉穿篱，燕泥黏席。

笛家词

鱼尾捎残，兔华生满，遥天淡泞，薄云忽送疏疏雨。黑山不断，银砾无边，柳阴谁插，青青如许。碎叶当城，倡条踠地，宛似笆篱护。计征途，几千里，此夜偶随落絮。最苦。沙场当日，玉龙按曲，万叠关山，白雁题书，一绳乡路。冷落，著尽铁衣人老，若个刀镮归去。我今何愁，毡车茸帽，静把更筹数。烧炭兽，炙黄羊，况有泻壶湩乳。

词话六

黄昏无限思量

青难了（清平乐）

烟轻雨小，望里青难了。
一缕断虹垂树杪，又是乱山残照。

凭高目断征途，暮云千里平芜。
日夜河流东下，锦书应托双鱼。

——纳兰容若《清平乐》

是日，微雨。

塞外出巡途中，容若触景生情，作此《清平乐》。首句“烟轻雨小”语出宋词人晏几道同调词《清平乐》“烟轻雨小，紫陌香尘少”。“望里青难了”化用杜甫《望岳》“岱宗夫如何？齐鲁青未了”二句。微雨朦胧，烟岚轻杳，放眼望去，但见天地茫茫，青色一片，无尽连绵。

夕阳西下时候，雨歇天霁。一缕彩虹遥挂树梢，此情此景本应如宋代词人黄庭坚《念奴娇》词中所说，是“断虹霁雨，净秋空，山染修眉新绿”。可是容若，只觉得“缕断虹垂树杪，又是乱山残照”。他看见层次群山在暮色光斑之下，显现出一种残乱之态。

暮云千里，旷野无边，他看不见征途之尽处。是什么缘故，令他想要一眼望穿前路，看到尽头。无非是心中念家思归。自古以来，戍外征人长日孤寂，生死难料，他年一别，便是三秋。好在容若今次只是远巡，不为杀敌。虽没有浴血沙场的顾忌，但眼下的平安依然抚慰不了自己思念家中伊人的心。

词之下阕与晏殊《诉衷情》词“流水淡，碧天长，路茫茫。凭高目断，鸿雁来时，无限思量”之意蕴不无相似。容若心中之思量亦是无边无际，他无时无刻不在盼望着远方家书的到来。塞上家书抵万金，就是这个道理。

所有的思念，所有的情意，所有的不离不弃与生死相依，对远在塞外的征人来讲，全部都寄托在一封或长或短的家书里。末尾“日夜河流东下，锦书应托双鱼”二句，说的就是等待家书遥寄的殷切之心。“锦书”（或曰“锦字”）、“双鱼”（或曰“双鲤”）是古代常用来指代书信的意象。

据《晋书·窦滔妻苏氏传》载，窦滔被奸人所害，徙放流沙，却另取新妇，其妻苏氏伤心欲绝，织锦作回文旋图诗寄窦滔，夫妻和好。遂有“锦书”一语。苏氏，指的就是魏晋才女苏惠。昔日也曾为之作文，题为《璇玑》。李清照《一剪梅》词中一句“云中谁寄锦书来”人尽皆知，算是对于“锦书”一语的最好普及。

乐府《饮马长城窟行》，诗曰：

> 客从远方来，遗我双鲤鱼。
> 呼儿烹鲤鱼，中有尺素书。
> 长跪读素书，书中竟何如。
> 上言加餐食，下言长相忆。

大意是说，远方来客带给我一个鲤鱼形状的木盒，于是叫来儿子打开盒子，取出里面用一尺长的素帛写就的信。我席地而坐，恭敬地开始阅读丈夫的书信，想知道丈夫写了什么。信中前文说，要我加餐多食，保重身体，后面讲他对我十分牵挂和思念。是以，有了“双鱼”的说法。

唐人唐彦谦《寄台省知己》诗有“久怀声籍甚，千里致双鱼”之句，明人刘基《玉楼春》词有“双鱼不见人千里，落絮牵愁和梦起”之句，容若自己也多次使用“双鱼”这个意象，包括前文《采桑子》中“分付秋潮，莫误双鱼到谢桥”之句。

情一种（清平乐）

青陵蝶梦，倒挂怜么凤。
退粉收香情一种，栖傍玉钗偷共。

愔愔镜阁飞蛾，谁传锦字秋河？
莲子依然隐雾，菱花偷惜横波。

——纳兰容若《清平乐》

相传，战国时期宋国最后一位国君宋康王名下有一门客，名曰韩凭。韩凭之妻何氏姿容绝色。宋康王见色起意，夺走何氏，囚禁韩凭。韩凭愤恨，又被判服城旦之役。“城旦”就是夜里筑城，白天站岗。后来，何氏私下写信与韩凭，传达殉情之意。

不久，韩凭狱中自尽。何氏事先将身上衣裳腐化，而后寻机纵身跃下高台。见状之人伸手去拉，不料何氏衣裳一触即碎，碎衣化蝶。何氏身亡。何氏遗言，希望死后宋康王能将他们夫妻二人合葬。宋康王大怒，硬将二人分葬，两墓对望。结果，二冢夜生苍树，枝杪缠绕，连成一体。

故事中所说的高台，确有其地，名曰“青陵台”，位于开封封丘县内。容若此词开篇“青陵蝶梦”便是用此典故。关于韩凭夫妇的故事，晋《搜神记》、唐《独异志》和宋《太平寰宇记》等皆有记载。除了“青陵化蝶”一说，“相思树”一语也是源自这个典故。容若《生查子》词有“不见合欢花，空倚相思树”之句。

第二句中“么”同“幺”。

这一句化用苏东坡《西江月》词“海仙时遣探芳丛，倒挂绿毛幺凤”之句。苏东坡自注曰：“岭南珍禽，有倒挂子，绿毛红嘴，如鹦鹉而小。”“倒挂”“幺凤”是同一种鸟的称谓。清沈雄《古今词话》曰：“幺凤，惠州梅花上珍禽，名倒挂子，似绿毛凤而小。”宋朱彧《萍州可谈》记：“海南诸国有倒挂雀，尾羽备五色，状似鹦鹉，形小如雀，夜则倒悬其身。”

容若这首词接连用典，词意略艰涩，容易被误读。从“退粉收香”一语可见，此词非是悼亡卢氏制作。宋罗大经笔记小说《鹤林玉露》记：“杨东山言：《道藏经》云，蝶交则粉退，蜂交则黄退。周美成（按：周邦彦，字美成）词云‘蝶粉蜂黄浑退了’，正用此也。”

所谓“退粉”，实有交欢之意，用词香艳，在纳兰词中很是鲜见。因此，这首词很可能是容若追忆年少恋情之作。所述之对象，或可当作流传因入宫侍奉而与容若恋情夭折的表妹。少年的爱情，总是活泼俏皮，夹有几分香艳的情趣在。

至于“收香”说法不一。

一种说法是，麝发情期结束，不再分泌麝香，谓之“收香”。明代诗人杨基《春日山西寄王允原知司》诗有“药苗初茁水生茳，老麝收香鹿养茸”之句。是以，在此基础之上来理解“退粉收香”一语，简言之，这便可能是一种隐晦的性描写。另一种说法是，“收香”为鸟名，“桐花凤”之代称。

此鸟以暮春时栖集于桐花而得名。有《名物通》记：“倒挂鸟即绿毛么凤，性极驯，好集美人钗上，惟饮桐花汁，不食他物。身形如雀而羽五色，日间闻好香，则收藏尾翼间，夜则张尾翼以放香。”又有《湘烟录》曰：“桐花凤小于玄鸟，春暮来集桐花，一名收香倒挂，又名探花使。”

现代学者王颋在《西域南海史地研究》中《凤薮丽羽——海外珍禽“倒挂鸟”考》一文援引《中国动物志》详考，“绿毛么凤”（或曰“倒挂子”“倒挂鸟”等）即今雀形目极乐鸟科的蓝极乐鸟，“桐花凤”即今雀形目花蜜鸟科绿喉太阳鸟。

在北宋中后期，已有士子文人将“桐花凤”与“绿毛幺凤”互相勘合。到明清时候，将这两种鸟雀合二为一当作同一种来入文写作已是普遍现象。容若这首词应当也是沿袭此写作习惯。私以为，第二种说法较为可信。

青陵台下韩凭夫妇坚贞凄婉之爱情已是往事如梦，一去不回，如今你身边唯有那只倒挂着的绿毛幺凤，顾影自怜。仿佛，它还在忆念当初驻足美人玉钗之上的退粉之欢，收香之喜。其实，上阕中“幺凤”很可能是借指容若自己，以此回忆昔年之情悦欢好。

下阕，容若重又跌入伤感。“镜阁”即女子闺房，“秋河”指银河，寓意相隔遥远。往事如风。你遐思神游之间，仿佛走进了她旧日闺房。只是而今，闺阁空空，悄寂幽深，佳人不在，只剩飞蛾去来。你不禁怀疑，她是否已然忘了自己，不知还有谁会从迢迢远处寄来书信。

词末两句最有意思。“莲子依然隐雾”化用乐府《子夜歌》“我念欢的的，子行由豫情。雾露隐芙蓉，见莲不分明”之意。你惶恐，不安，怀疑，惝恍，迷离。你生怕事隔经年之后，你爱她如初，她爱你之心已无。

所谓“莲子”亦是“怜子”。彼时彼刻，你感叹流年逝水不复回。她全无音讯，就像芙蓉隐藏于雾中，你看不清，也辨不明，只能一个人对着她当年用过的菱花铜镜，暗自伤怀自己双眸经久不变的痴心。

你与她，是两地相悬，毫无着落地相爱。是日日如履薄冰，是夜夜步步惊心。是煎熬，是寂寞，是落魄。谁人知道，哪一日，爱着爱着，那人便一转身，消失人海。谁人知道，哪一日，想着念着，那人便一转身，杳无音信。谁人又知道，哪一日会与那人分手离散，永生不复相见。

我爱你，真真切切，

你爱我，明明灭灭。

犹如雾露遮蔽芙蓉，

隐约只见一片朦胧。

行难住（清平乐）

将愁不去，秋色行难住。
六曲屏山深院宇，日日风风雨雨。

雨晴篱菊初香，人言此日重阳。
回首凉云暮叶，黄昏无限思量。

——纳兰容若《清平乐》

词牌《清平乐》，又名《清平乐令》《醉东风》《忆萝月》，源于汉乐府《清乐》《平乐》之名，取海内清平之意，以为词之调名。纳兰词中，入《清平乐》之词作多达 14 首。依照《纳兰词集》体例，本卷书中收录 10 首，其余 4 首见卷五。

深秋，重阳，日暮。这样的日子对于容若来讲，是忧心更添愁意。容若内心，有源源不绝的忧愁与伤感。一方面，发妻卢氏的亡故令容若痛不欲生，内心苦楚毕生难以平复。另一方面，容若虽文武双全，却并不意味着他身体强健，就像容若自己说的，

"多情自古原多病"(《虞美人》词)。

"将愁不去,秋色行难住。""将"字容易误读,此处应是长久之意。《诗经·商颂·列祖》有"以假以享,我受命溥将"之句,《楚辞·九辩》有"岁忽忽而遒尽兮,恐余寿之弗将"之句,两处的"将"字,均是长久的意思。你说,秋光秋色,转瞬即逝,难以驻留。而心中怨愁,却幽寂深浓,长久不散。

"六曲屏山深院宇,日日风风雨雨。"古代屏风种类繁多,有一种叫作"围屏",由偶数之屏扇组成,可折叠。此处,说的便是由十二扇屏扇组成的围屏,可折叠6次,是以谓之"六曲屏山"。庭院深深,你只能孤自一人,站在屏风之后,静观风雨来去,枯守岁月变迁。

"雨晴篱菊初香,人言此日重阳。"难得有一日天气晴朗,雨停歇,菊花香,却不料,是日重阳。你要怎么做,才能在这祭祖之日,忘却失去了的她?"回首凉云暮叶,黄昏无限思量。"一回首,你但见天光式微,日落云聚,已至黄昏。夕阳西下几时回,无限思量。

是为,容若之"悲秋"。这首词,写的是暮秋怀人。所怀之人,无法确知。好处是,因这一层没有言明的隐晦,反倒令容若这首《清平乐》,哀愁而不至绝望,末句"黄昏无限思量"令所有铺陈的忧思之情,皆变得富有诗意之美,清隽有味。

读之感动。

仿佛能够看见，暮光漫漫之穹宇，遗世独立之容若。他独立夕阳之下的身影，孤孑，清癯，却又如风一般温柔。你看不清他的面容，也看不清他两袖当中盈满的孤独。只闻百菊之香，越过山川河流，越过生死哀伤，越过他，扑向旧日往事，扑向曾经。

黄昏无限思量。

思量过往。

思量以后。

思量而今。

思量如烟如幻的爱情。

黄花节（清平乐）

凄凄切切，惨淡黄花节。
梦里砧声浑未歇，那更乱蛩悲咽。

尘生燕子空楼，抛残弦索床头。
一样晓风残月，而今触绪添愁。

——纳兰容若《清平乐》

康熙十六年（公元 1677 年），容若发妻卢氏去世。此词疑为卢氏卒年之重阳所作。农历九月初九，菊盛，重阳又有赏菊传统，也称“黄花节”。重阳与除夕、清明、中元，并称中国四大祭祖之节。重阳节有插茱萸、共赏菊、齐登高等习俗。

唐代诗人王维有重阳节名篇《九月九日忆山东兄弟》。王维思乡，忆念的是在世亲人，言语已多伤感。容若此刻追悼的是亡故之发妻，其中哀绝可以想见。开篇“凄凄切切，惨淡黄花节”颇有李清照词《声声慢》之韵致，奠定了全词凄切与惨淡的悲凉基调。

你说，你昨夜一梦，与她重逢。梦中，你听见她的捣衣之声绵绵不绝于耳，且杂有蟋蟀的窸窣悲咽之音，令你心中哀痛难忍。“砧”指的是古代女子捣衣之时用来摆放衣物的砧板，“砧声”即捣衣之声。最难忘的画面，原是她最朴素、最寻常的时刻。这便是生活，庸碌又平淡。

如今，她一走，家便好比当年关盼盼的燕子楼。人去楼空空寂寂，往日恩情情切切。唯有落尘浮埃在空楼，唯有断弦残琴在床头。风轻如昨，月残如旧，可是你却怎么也无法像往日一般闲惬静幽，只有无穷之哀伤、无尽之忧愁浮上心头。

词中“尘生燕子空楼，抛残弦索床头”二句化用北宋词人周邦彦《解连环》“燕子楼空，暗尘锁，一床弦索”之句，“一样晓风残月”想来与北宋词人柳永《雨霖铃》中“今宵酒醒何处，杨柳岸晓风残月”不无关联。

无论是容若的“燕子空楼”，还是周邦彦的“燕子楼空”，说的都是唐代名伎关盼盼当年所居燕子楼之典故。唐德宗贞元年间，武将张愔镇守徐州，纳关盼盼为妾，为之筑“燕子楼”。张愔去世后，关盼盼终生未嫁，独居燕子楼十余年。后因白居易诗中指责关盼盼薄幸，未殉身相随，致关盼盼绝食自尽。

容若所言“燕子空楼”是对关盼盼之死的惋惜，更是对亡妻深切之追悼。卢氏生前，与容若情深缘浅，在一起只三年。然而，这三年对容若来讲，犹如一转瞬、一刹那，来不及握住，便已消散。一起向苍天后土许下的誓言，成了终生不愈的顽疾，永远没有机会兑现。

人人盼望还有下一辈子，可是人人也同样知晓：从来没有来世，从来只有今生。伤心一事，平日对容若而言，是一种无法重来的怀念，是一种没法弥补的缺憾，是一种你以为她只是远走终将归来的幻觉。是日重阳，更是别有一番滋味在心头。

仿佛，这一日，万事万物无时无刻不在提醒你，她这一走，是与你天人永隔，是与你生死相诀，是与你永生不能再在人海里重逢。你知道，在自己未尽的人生里，你再也无法遇到一个像她令你热爱并又热爱你的人。你是那样脆弱的一个人。

你沉堕于伤心往事的无尽深渊当中不能自拔，一生郁郁寡欢，为她写下一首又一首的倾世词章。事到如今，这些悼亡词依然口耳相传。当年的你，一定不会知道，你的痛苦竟然会成为中国文学史的一笔珍宝，被世世代代人所收藏。你与卢氏，一如世人与你，恰如清诗人黄景仁的两句诗：

别后相思空一水，重来回首已三生。

秋如许（清平乐）

才听夜雨，便觉秋如许。
绕砌蛩螿人不语，有梦转愁无据。

乱山千叠横江，忆君游倦何方。
知否小窗红烛，照人此夜凄凉。

——纳兰容若《清平乐·忆梁汾》

世间最完满的事情是：

亲人在，

爱人在，

友人也在。

顾贞观对于容若来讲，是不能缺失的一个友人。他是容若的忘年之交，也是容若的一生知己。每一颗心都充满奥义，难以窥探清晰。总有一些话，你无法与爱人讲，不能与亲人说，只想告诉那个人。那个人，可以陪君醉笑三万场，不诉离殇。或者说，有一种安慰，只有那个人能给。

之于容若而言，顾贞观便是。

容若身在朝野，心在江湖。容若友人梁佩兰在容若去世之后的祭文中说他“举以待人，无事不真”，视功名利禄为尘土，谓之“黄金如土，惟义是赴；见才必怜，见贤必慕”。像容若这样心无城府、本真如初的人是百年难遇的。这也是一干江湖文人对容若感怀于心的缘故。

在众多友人当中，容若与顾贞观最是亲密。说起来，两人羁绊之深，甚至有几分像《琅琊榜》中萧景琰与梅长苏。除了年岁的差异之外，一个是皇家贵子，一个是江湖狂生。遗憾的是，容若英年早逝，未能与顾贞观继续谱写清代“伯牙子期”之佳话。

世人常说顾贞观年长容若十八岁，以此彰显二人忘年之交的可贵。有趣的是，容若出生的时候，他的父亲纳兰明珠也只有二十岁。换言之，纳兰明珠只年长顾贞观两岁，顾贞观无疑已是容若父辈的年纪。值得深思的是，虽然并无确凿文字表明容若与纳兰明珠父子关系之亲疏，但是这个问题不难推敲出答案。

纳兰明珠，权倾朝野，一代名相，对功名利禄追求执着。这与容若的心系江湖的志向截然不同，又或者说，容若之所以视功名如尘土与父亲的影响不无关系。生是相门公子，官场仕途当中的尔虞我诈，想必容若一清二楚。并且，皇室亲情素来淡薄，纳兰明珠给予容若的关切想必有限。如此，身为朝廷重臣的纳兰明珠与容若的父子关系，恐怕不会亲密。

父爱在一定程度上的缺失，是否也是容若与顾贞观分外投机的一种隐秘缘故呢？私以为，是有这个可能性的。一个满腹经纶、才情敻绝的顾贞观，也是一个闲云野鹤、放浪江湖的顾贞观，还是一个如父如兄、知己冷暖的顾贞观，他怎能不让容若珍视、敬重和仰慕呢？

容若这首《清平乐》主题明确，秋夜念友“忆梁汾”。梁汾，是顾贞观的别号。“螿”，即蝉，音同“将”。北宋姜夔《白石道人诗说》一文便有“悲如蛩螿日吟”之句。“有梦转愁无据”化用北宋词人欧阳修《青玉案》词“相思难表，梦魂无据，惟有归来是”一句。

是夜，秋雨绵绵，蟋蟀窸窣，蝉鸣不止。而你，却不发一语，无话可说。悲秋，大约就是这样。所有的失落都有缘故。你，是因为梦。你，梦到了顾贞观。一梦成愁，梦醒无依，仍旧寂寥。要有多深的思念，才能梦里相见。

你知道，如今你与他之间隔着万水千山，无法相见。可是，你却不知道，如今的他潦倒几何、失意几许、飘零在哪里。他又是否知道，你今夜梦醒无眠，对他百般挂牵？“知否小窗红烛，照人此夜凄凉”二句，单独来看，几乎令人以为这首词是写给卢氏的。可见，容若与顾贞观友情之深。

得知音如容若者，此生无憾。

附：

顾贞观（清）/ 词选

菩萨蛮

山城夜半催金柝，酒醒孤馆灯花落。窗白一声鸡，枕函闻马嘶。门前乌桕树，霜月迷行处。遥忆独眠人，早寒惊梦频。

步蟾宫·闰六月七夕

玉纤暗数佳期近。已到也、忽生幽恨。恨无端、添叶与青梧，倒减却、黄杨一寸。天公定亦怜娇俊念儿女、经年愁损。早收回、溽暑换清商。翻借作，兰秋重闰。

金缕曲（二首）

寄吴汉槎宁古塔，以词代书。丙辰冬，寓京师千佛寺，冰雪中作。

季子平安否？便归来、平生万事，那堪回首、行路悠悠谁慰藉，母老家贫子幼。记不起、从前杯酒。魑魅搏人应见惯，总输他、覆雨翻云手。冰与雪，周旋久。泪痕莫滴牛衣透。数天涯、依然骨肉，几家能彀？比似红颜多命薄，更不如今还有。只绝塞、苦寒难受。廿载包胥承一诺，盼乌头、马角终相救。置此札，君怀袖。

我亦飘零久、十年来，深恩负尽，死生师友。宿昔齐名非忝窃，试看杜陵消瘦。曾不减，夜郎僝僽。薄命长辞知己别，问人生，到此凄凉否？千万恨，为君剖。兄生辛未我丁丑，共些时，冰霜摧折，早衰蒲柳。词赋从今须少作，留取心魂相守。但愿得，河清人寿。归日急翻行戍稿，把空名料理传身后。言不尽，观顿首。

断续令

断红兼雨梦，当归身世，等闲蕉鹿。再枕凉生冰簟滑，石鼎声中幽独。活火泉甘松涛嫩，乳香候，龙团熟。地偏丛桂枝阴，又吐丛菊。花时约过柴桑。白衣寒蚤，体负深杯绿。青镜流光，看逝水银波，漂残落木。瓜蔓连钱，草虫吟细，辛苦惊髀肉。从容乌兔，丝丝短发难续。

卜算子

脉望不成圆，误食相思字。媚草红心摘更生，几度仙人死。毕竟向优昙，证取无生是。拈着桐花认合欢，一笑逢梧子。

满庭芳·用蔡友古韵

别院收灯，空楼倚笛，穿花漏点分明。飘来兰麝，蓦忽见云英。借与人间风月，瑶台路、特地逢迎。冰轮满，无端吹晕，直是妒娉婷。相携寻旧约、玉颜丝鬓，种种堪惊。只几番离合，断送多情。欲问飞琼伴侣，尘根在，枉费丁宁。游仙去，一行清泪，为子误三生。

念奴娇

冷清清地，便逢欢、也则不情不绪。况是宵长孤枕侧，挨得几分秋雨。兰炷微沉，桃笙半叠，送尽炉烟缕。香浓醉薄，此愁何减羁旅。不过絮断柔肠，乱蛩枉却，费许多言语。二十五声清漏永，尽彀滴残双箸。翠湿云鬟，凉侵玉腕，那复催砧杵。由他梦醒，别来和梦难据。

佯忍泪（清平乐）

塞鸿去矣，锦字何时寄？
记得灯前佯忍泪，却问明朝行未。

别来几度如珪，飘零落叶成堆。
一种晓寒残梦，凄凉毕竟因谁？

——纳兰容若《清平乐》

有时候，分离是世情所迫。

有时候，告别是无可奈何。

容若此词写的便是自己这样一种不得已而为之的远去。自康熙十五年，容若受命为三等侍卫始，公务繁重，多次扈驾宸游边塞之地，他与爱妻数度分离。容若笔下“边塞”主题写征人思归之词不少。遗憾的是，纳兰词中仅有 4 首注明了写作年代，其余词作均无准确时间。

此词是容若从女子的角度来写。

当年，你受命巡行，一别无归期。如今，怕是连塞上鸿雁迢迢往返，也已几度秋去春来。你的家书却不知道何时才能寄达，安慰她终日悬心的牵挂。她还记得你临行前夜，与你秉烛夜话，嘘寒问暖，唯愿你一路迢迢，万事妥当。你却不知道，她强忍泪水，藏起伤心。她只想给你看到脉脉含情，那是她最好的自己。

唐词人韦庄有《女冠子》词曰："四月十七，正是去年今日，别君时。忍泪佯低面，含羞半敛眉。"容若此处化用韦庄"忍泪佯低面"，与韦庄词实是两种相离，一种相思。

下阕当中的"珪"，本意是指古代一种用作凭信的玉器，上圆下方。帝王、诸侯在举行朝会，祭祀的典礼时拿这种玉器。此处，比喻月之圆缺。南朝江淹《别赋》中便有"秋露如珠，秋月如珪"之句，"珪"即是喻月，唐人李善注曰："圆如日月。"

从"别来几度如珪"一句可见容若与家妻分离时间已是数月。当日一别，月之阴晴反复，月之圆缺几回。又是一年悲秋时候，窗外落叶已成堆。昨夜，她梦到了你，本是团栾好梦，却被秋风冻醒。梦中刚刚重逢，梦醒刹那分离。此时此刻，心中凄凉，她竟不知是因你久久不归，还是因好梦忽破碎。

对于深闺孤寂的卢氏而言，今时今日，你尚未归家，一个与你相聚团圆的美梦，便是一日全部的情感托寄，是她所能得到的全部安慰。所有不愿醒来的梦，都是因为惧怕梦醒成空。正是：

别来音书绝，离场千万结。

长安一片月，万户捣衣声。
秋风吹不尽，总是玉关情。
何日平胡虏，良人罢远征。

大诗人李白这首乐府诗《子夜四时歌》之《秋歌》，写的也是闺人思念征人，恰如容若此词之注脚。世间别离皆是剧痛。离愁别恨，总是如出一辙，总是一脉相承。从李白到纳兰容若，从过去到如今，离愁别恨从未绝断、始终绵长。

彼时，容若与卢氏都不知道，将来有一日，连彼此昔年的分离之苦、相思之痛，都会成为回忆中最美、最珍贵、最令人沉醉的一页。人生如棋，有时每一步都饱含深意，有时每一步都如履薄冰。可是最后，无论输赢，每一颗棋子都是往事痕迹，所有的得与失都会成为独一无二的沧桑旧影。

只愿落子无悔，对得起曾经。

隔天涯（清平乐）

风鬟雨鬓，偏是来无准。
倦倚玉兰看月晕，容易语低香近。

软风吹过窗纱，心期便隔天涯。
从此伤春伤别，黄昏只对梨花。

——纳兰容若《清平乐》

这首词清幽、婉丽。

写的是容若往日一段短暂的幽会时光，疑为初恋而作。从词意上来讲，似乎是二人分离之前的最后晤面。容若一生情史清简，不过二三女子，所思所念之人，非此即彼，偶有争议，也是情理之中。只是此词用字旖旎，颇有花间词风致。按初恋来解，更为熨帖。

首句“风鬟雨鬓”语出唐人李朝威《柳毅传》中“见大王爱

女牧羊于野，风鬟雨鬓，所不忍睹”。形容女子之鬟鬓凌乱蓬松。那日相会，她姗姗来迟，令你惶恐不安。生怕连最后一次告别的机会也莫名消失。好在她来了，只是青丝凌乱，倦容憔悴，令你心疼。

你们月下依偎，窃窃私语，互诉衷肠。身旁玉兰花香漫漫，令人迷醉。“容易语低香近”化用晏几道《清平乐》“勾引行人添别恨，因是语低香近”之句。彼时，也算是良辰美景。只是韶光轻贱，良辰美景奈何天。或许，今夜便是你们此生最后的缠绵。

玉兰吹断月中香。风过窗纱，心事芜杂。也不知余生，你们是否还能得苍天承眷，人海再见。又或者，明日一相别，后会终无期。两颗心，天涯永隔；一段情，就此夭折。末了“从此伤春伤别”化用大诗人李商隐《杜司勋》诗“刻意伤春复伤别”之句，最是伤感。

从此以后。春光灿烂，也是漫漶。曾经，你们以为拥有彼此的余生；余生，你们却只能追悼彼此的曾经。一段感情就此结束，两颗心就此荒芜。只是，初恋如水月镜花，看得见美丽，抓不住未来。那时候，你以为她爱全部的含义，因此，你驻足留恋，徘徊不去。

好在容若这首写得深情而不滞重、华美而不空洞。最后两句更是给观者以无限遐思的余地，令人回味。全词皆是回味往事，细节饱满，给观者勾画出了一幅恋人缱绻、难舍难分的图景。

初恋对每个人来说，仿佛都是一种情结。难以忘怀。每每思及，备觉感伤。其实大可不必。有时候，初恋之回忆，美则美矣，说到底当时少年、懵懂无知，原都没有稳固的情感意识根基。只是遇到一个令你欢喜的人，彼此扶持一起摸索探究爱的意义。

明白什么是爱了，初恋便结束了。

后来，你遇到结发妻子卢氏。她温静、娴雅、聪慧、端丽。你在她的身上看到的是岁月的深度、人生的郑重、情感的淳厚。你终于发现，她与你的平淡朝夕，才是真正的山盟海誓。初恋就像三月春花，繁艳一时，令人醉生梦死。而浣衣煮茶、研磨添香的日常琐事，庸碌一世，却是爱的极致。

初恋是一张画，一目了然。

爱是一幅书法，意味深长。

清秋节（清平乐）

凉云万叶，断送清秋节。

寂寂绣屏香篆灭，暗里朱颜消歇。

谁怜散髻吹笙，天涯芳草关情。

懊恼隔帘幽梦，半床花月纵横。

——纳兰容若《清平乐·秋思》

首句“凉云万叶”，通本作“孤花片叶”。无论是万叶与凉云，还是片叶与孤花，对整首词的意境影响不大。虽题记“秋思”，但此词在容若笔下，并无深重哀情。此词从女子角度来写，侧重的是一种孤单迷离的情绪。

一个孤独、寂寥的人。

一个幽静、绵长的夜晚。

她眼看云凉，她眼看叶落，她眼看秋光一点一点消散、耗光，从身边流过，心生感伤。深闺寂寂，人如绣屏，美则美矣，却无人问津。房中那一炷篆香渐渐燃尽、熄灭。光线渐渐消失，她缓缓隐没于暗中，朱颜不现。

此处“香篆”有两种理解。一种当作“篆香”之倒装，指形似篆文之香本身。宋人洪刍《香谱·香篆》记：“（香篆）镂木以为之，以范香尘为篆文，然于饮席或佛像前，往往有至二三尺径者。”另一种解作香燃之时产生的烟，浮于空气中曲折婀娜形似篆文。都说得通。

容若笔力不俗，“寂寂绣屏香篆灭，暗里朱颜消歇”二句画面感雕刻得极强。像是电影里的长镜头，闺室里透出昏默的光，烟缕袅袅，伊人独坐于屏风之后，倩影可见。待香尽烟灭，一切光退去，伊人形容渐渐隐没。安静，唯美。

词之上阕算是一种铺垫，下阕则给人一种进入主题的表情达意。有趣的是，“散髻”与“吹笙”两个词语都各有两种解释。而这两个词语的理解，又决定了容若此词当中闺中女子呈现有两种形象与情态。

“散髻”既可当作是南朝齐国王俭独创的一种束发方式，也可理解为发髻散乱之意。“吹笙”一词的两种理解，一是字面上的女子月下吹笙之意，“笙”指乐器。二是“吹笙”一词不可分解，合为“饮酒”之意。宋人张元干《浣溪沙》词“谚以窃尝为吹笙”一句即是用此意。

如果“散髻”理解为一种束发方式，表明女子有意精心束发，装扮一番必定不只是为了借酒消愁、月下问醉。那么“吹笙”，解作吹奏乐器之意，则更合时宜。这个时候，女子的形象与情态是内敛、优雅、贞静的。所有伶仃情绪便是藏于心内，寄予笙乐之外。

此为第一种。

如果“散髻”理解为发髻散乱，表明女子无心修饰，所谓“女为悦己者容”，若是君子不来，伊人自然“苦无心虚梳洗”。唐词人温庭筠写“懒起画蛾眉，弄妆梳洗迟”，也是这个道理。此时，女子呈现出的是一种惝恍寂寞之形象。那么“吹笙”理解为饮酒之意，则更显其闺中慵懒无聊之情态。

此为第二种。

两个词语的两种意思，如果交叉理解，虽也有强辩之余地，但终是于情于景皆有唐突。这显然与王国维眼中“以自然之眼观物，自然之舌言情”的纳兰词背道而驰。纳兰词，讲究的便是“自然”二字。

天涯芳草尚且葳蕤有情，而她却独守深闺，一颗心无所托寄。“懊恼隔帘幽梦”一句化用宋代词人秦观《八六子》词中“夜月一帘幽梦，春风十里柔情”之句。“一帘幽梦”四个字，正是容若这首词最好的诠释。好比琼瑶的这首词：

窗外更深露重，
今夜落花成塚。
春来春去俱无踪，
徒留一帘幽梦，

谁能解我情衷，
谁将柔情深种。
若能相知又相逢，
共此一帘幽梦。

花香迷醉，月色温柔，只是一帘之隔，窗外所有便如幽幽之梦，似与她毫无瓜葛。看得见，触不到。你可知，人生情缘，各有分定。有缘时，千山万水，总能重逢。无缘时，四目相对，也是错过。该来的总会来，该走的总会走。

多少求不得，最后尽释然。

知音者（清平乐）

泠泠彻夜，谁是知音者？
如梦前朝何处也，一曲边愁难写。

极天关塞云中，人随雁落西风。
唤取红襟翠袖，莫教泪洒英雄。

——纳兰容若《清平乐·弹琴峡题壁》

弹琴峡，其所在地颇有争议。

一是说，在今北京昌平、八达岭之间的山崖洞口，上有小阁，名曰“弹琴峡”；二是说，在今北京昌平西北居庸关内，因“水流石罅，声若弹琴”而得名；三是说，在今北京昌平、延庆交界三堡村北，五贵头山间，温榆河自昌平军都山麓流入峡谷，春寒时谷内冰冻三尺、谷外流水潺潺，水声回环，发出共鸣，犹如弹琴，是为“弹琴峡”。

今人所讲的“弹琴峡”通常是指第三处，与八达岭长城、居庸关等并称为“关沟七十二景”，峡西壁上仍留有“五贵头弹琴峡”六字。当年容若所历经之地，具体为何处，难以考却。对于容若这首词来说，弹琴峡并非词中要核。

题壁诗（词），是中国古典诗词里一种十分珍贵的文化现象，始于何时已不可考。史载年代最早的题壁诗，出自东汉书法家师宜官之手。据西晋卫恒《四体书势》记：“至灵帝好书，时多能者，而师宜官为最，大则一字径丈，小则方寸千言，甚矜其能。或时不持钱，诣酒家饮，因书其壁，顾观者以酬酒，讨钱足而灭之。”如是。

最出名的题壁诗当属苏轼的《题西林壁》诗：“横看成岭侧成峰，远近高低各不同。不识庐山真面目，只缘身在此山中。”《水浒传》中第三十七回，宋江也曾题“反诗”于楼壁：“心在山东身在吴，飘蓬江海漫嗟吁。他时若遂凌云志，敢笑黄巢不丈夫。”

容若这首《清平乐·弹琴峡题壁》，在纳兰词当中属于格局较开阔的词作。身在关塞行役的途中，所见之辽阔，一如久远深邃的史册，每一个细节都是往事的痕迹和线索。水声泠泠，脆如琴鸣，彻夜婉转，令你神思远游。你不知道，自己心中所思所想，是否有人能懂。你想知道，知音在何处？

漫漫边关，一望无际。天地之远烈，西风之苍劲，令你叹为观止。空阔辽远的关塞，人心随雁落，陷入如迷之沉思，令你情不自禁，触景伤情，怀想过去和曾经，兴叹九原，属怀千载。前朝如梦，边愁难写。你知道，这里埋葬过的不只是旧代新朝的兴亡更替，还有英雄白骨和沙场赤血。

辛弃疾有词《水龙吟》曰：

楚天千里清秋，水随天去秋无际。
遥岑远目，献愁供恨，玉簪螺髻。
落日楼头，断鸿声里，江南游子。
把吴钩看了，栏杆拍遍，无人会，登临意。

休说鲈鱼堪脍，尽西风，季鹰归未？
求田问舍，怕应羞见，刘郎才气。
可惜流年，忧愁风雨，树犹如此！
倩何人唤取，红巾翠袖，揾英雄泪！

容若此词之“唤取红襟翠袖，莫教泪洒英雄”二句，便是化用《水龙吟》当中“倩何人唤取，红巾翠袖，揾英雄泪”而来。“红襟翠袖”，红色衣襟，绿色衣袖，指代女子。“莫教泪洒英雄”是“莫教英雄泪洒”的倒装句。两首词异曲同工，讲的是同一种忧患兴亡、慷慨呜咽之情怀。

谁是容若知音者？

此时此刻，辛弃疾如是。

清景别（清平乐）

瑶华映阙，烘散蓂墀雪。
比似寻常清景别，第一团圆时节。

影娥忽泛初弦，分辉借与宫莲。
七宝修成合璧，重轮岁岁中天。

——纳兰容若《清平乐·元夜月蚀》

元夜月蚀。

词题一目了然。元夜，即元宵之夜，元宵节又称作上元节，因此通本题为“上元月蚀”。这首词，容若写的便是元宵之夜所见月食之景象。据清人陈维崧《宝鼎现》词，小序记“甲辰元夕……是岁元夜月蚀”，甲辰年即康熙三年（公元 1664 年），此时容若只有九岁，以为这便是容若少年之作，并不合理。

容若虽然一生短暂，但他平生历经月食两次，第二次是康熙二十年（公元 1681 年）。据《纳兰词笺注》记，当年除容若之外，另有诗人尤侗、查慎行二人有“辛酉元夕月蚀”诗。因此，这首词当作于康熙二十年。

月食奇景，经历难得。因此，这首《清平乐·元夜月蚀》容若几乎是用通篇白描的手法，连连用典，旨在将月食过程刻画得全面细致。尤其是下阕，几乎是试图还原月食的全过程。

上阕开篇之“瑶华”与下阕开篇之“影娥”，皆是指月。“瑶华”，美玉之称，此处指月。晋人葛洪《抱朴子》便有“瑶华不琢，则耀夜之景不发”之句，用此意。“影娥”，本指汉武帝时凿于未央宫中用以“玩月”的影娥池。《三辅黄图》记：“影娥池，武帝凿以玩月。”此处亦是指月。

词中“蓂”字隐晦。蓂，即蓂荚，传说中一种祥瑞之草，被认为是国君圣明之吉兆，南朝孙柔在《孙氏瑞应图》中谓之“人君德合乾坤则生”。今本《竹书纪年·帝尧陶唐氏》记，帝尧时，“有草夹阶而生，月朔始生一荚，月半而生十五荚，十六日以后，日落一荚，及晦而尽，月小则一荚焦而不落，名曰‘蓂荚’，一曰‘历荚’”。

此处，有颂扬康熙之意。

唐人段成式的笔记小说集《酉阳杂俎》中有一个故事，题为《天咫》。原文当中有“君知月乃七宝合成乎”之句，容若“七宝”一词语出此处。“七宝修成合璧”一句便是用此典故，说月食结束，合成月亮的七种宝物重又聚合在一起，恢复月圆之相。

下阕之“重轮”，也是传说中的一种祥瑞之兆，与上阕之“蓂墀”一语两相映照，是容若表达对康熙的认同、钦佩与爱重之心。清《六部成语·礼部》注曰：“日月重轮珥食：日月之外又现光圈一二重，谓之重轮。”唐代诗人刘禹锡《贺皇太子受册笺》诗便有“苍震发前星之辉，黄离表重轮之瑞”之句，以“重轮”之语示意吉兆。

寒冬，元夜，月食，大雪。你在宫里，立在康熙一旁，同看元宵盛景。玉阶之上长出了经世难遇的蓂荚，这是祥瑞之兆。今时今日，国运昌隆，恰如蓂荚之预示。你也知道，你守护的这个帝王会名垂青史。月光缓缓隐匿，而你，一如阶前积雪，昏默之中慢慢隐退在殿阶之上的蓂荚背后。

一如你孤守康熙多年。

你说，今日月圆，不似寻常往日。农历正月十五，它是今岁开年的第一个月圆之夜。当年，京城元夜，车马喧阗管弦沸，繁华至极，热闹至极。不知是否有一个她，此夜人山人海里穿行，仿佛盼望着会遇见那个自己生命里不早不迟的你。

或许你从未如此长久专注地凝视过月。因此，今夜月食的每一个细节，你都细细看在眼中，牢牢记在心里。你说，月食伊始呈现出的残月之相，一如“初弦”（上弦月）。仿佛是故意藏起月光，用来分付给皇城里的一盏一盏连绵不绝的宫灯。“宫莲”，即皇帝仪仗之中宫人所执金莲花灯，后泛指宫灯。

如是，哪怕月食之夜，天光暗灭，也抵不过巍峨浩瀚的皇宫依然有“火树银花不夜天”之盛景。月食结束，重现月圆之景。只是，此番月之重圆，轮廓之外又有光圈，又是大吉之兆。面对月圆，面对康熙，面对朝野和仕途，唯独今夜，你不觉孤寂，心有片刻坦然。

你只愿：

岁岁如今朝，山河总静好。

词话七

一生一代一双人

山重叠（忆秦娥）

山重叠，悬崖一线天疑裂。
天疑裂，断碑题字，古苔横啮。

风声雷动鸣金铁，阴森潭底蛟龙窟。
蛟龙窟，兴亡满眼，旧时明月。

——纳兰容若《忆秦娥·龙潭口》

康熙二十一年，康熙东巡至大兀剌，容若扈从在侧，返程之时途经龙潭口。龙潭口，山名，位于今辽宁铁岭，明末边防重地。龙潭口一带，当年正是容若曾祖父金台什所率领的海西女真叶赫那拉部与康熙曾祖父努尔哈赤所率领的建州女真爱新觉罗部两大部族发生冲突之后鏖战杀伐之地。

容若过此地有感，遂作此词。

这首《忆秦娥》在纳兰词当中因其壮烈与苍郁糅杂之气而别

具一格。豪放词作在纳兰词当中虽然数量不多，但是篇篇雄俊冷峭，皆是佳品。容若这首词与前文所述《好事近·马首望青山》一词格调颇有近似之处。从眼见荒芜之景写到旧时兴亡之叹，追忆之中哀感深深。

此地青山连绵，一山叠着一山，巍峨似可触天。你在远处眺望，但见天地交融，连成一片。却又有悬崖断处，如针在目，仿佛是天之裂缝，刺破了天地穹空。残垣断碑，满地潦倒。石碑残损，布满青苔。仿佛是那些青苔年深日久之中一点一点噬啮了碑身与碑文。

你路遇的一切破败之旧迹，都是昔年往事的一种回响。龙潭口云雨狂暴，风咆哮，雷呼号。这里不见“霈泽施蓬蒿”之蓊蔚洇润，却有“风雷飒万里”之金钲戈矛。传说，龙潭深深有蛟龙，翻云覆雨变乾坤。如今，只剩龙去窟空，旧日风流已不见，蛟龙真容难再现。

词末“兴亡满眼，旧时明月”一语道破旨意。龙潭口昔日将士干戈之风流与今时霜天萧萧之苍凉，正是历史兴亡之映照。尘归尘，土归土，容若置身龙潭口，四肢百骸当中情不自禁生发出一种悲壮之喟然。他不是想要只手补天裂的辛弃疾，对历史的风尘旧迹，容若饱含人文关怀。

1619 年，萨尔浒战役中努尔哈赤以少胜多，一夜决定了历史的走向，标志着明廷大势已去。此时，归顺明廷的金台什与所率叶赫部便是努尔哈赤最想拔掉的一根刺。这根刺不同于明廷汉军，他们本是与努尔哈赤同根而生的女真一族。对于征服金台什一部，努尔哈赤势在必行。

龙潭口，60 多年前两军交战之地，容若途经此处或许想到的正是当年战事惨烈之情形。最终，叶赫部战败，金台什自焚身亡，其子叶赫那拉·尼雅哈率部投降。传说，金台什死前曾撂下狠话，说："吾子孙虽存一女子，亦必覆满洲！"

他说的这个女子便是自己的亲妹妹孟古格格，也就是清太宗皇太极的生母孝慈高皇后。自此以后，大清历代帝王五体千骨之中皆流淌着一半叶赫那拉氏的血。而当年率部投降的叶赫那拉·尼雅哈便是纳兰容若的祖父，也就是纳兰明珠的父亲。思及往事，纳兰容若无法不感世伤怀。

正是：

江山不管兴亡事，

一任斜阳伴客愁。

一如此次此刻的纳兰容若与大清。

红颜变（忆秦娥）

春深浅，一痕摇漾青如翦。

青如翦，鹭鸶立处，烟芜平远。

吹开吹谢东风倦，缃桃自惜红颜变。

红颜变，兔葵燕麦，重来相见。

——纳兰容若《忆秦娥》

纳兰词素来以情感浓厚著称，多有悲喜极致之语。这首《忆秦娥》则不同。通篇读来，幽新清淡。如果说纳兰词之情意丰沛如云上红日，那么这一首则如山中溪泉，似是万雪之中一枝红梅。别有一种北宋林逋“梅妻鹤子”之风致。

只是容若身在红尘，必有所托。

春光浓盛，春风沉醉，春水摇荡。你立在岸上，见暖风拂绿水，浩浩荡荡，一望无际。水岸相接之处，岸边水面之波纹涨痕齐整如剪，迷芜碧草之中又有几只白鹭孑然孤立。词之上阕，容若白描写景。春风，绿水，白鹭，碧草，目见之景，美如画而寂如你。

你说，春风来去，一吹花开，二吹花谢。百花之盛放与凋零皆是无心，唯有缃桃心中有情。“缃桃”，即缃核桃，果实浅红色，也可指代缃桃树或缃桃花。清《花谱》记：“千叶桃为缃桃。”宋词人陈允平《恋绣衾》词有“缃桃红浅柳褪黄。燕初来、宫漏渐长”之句。

春风之来去，正是岁月之更迭。美人自古如名将，不许人间见白头。缃桃尚且有意，知道感叹时光沧桑，知道怜惜红颜老去。而你，却无知无觉，任凭流年如逝水，来日与她再相见，已然无法知道她身上发生过的一切。

词末“兔葵燕麦，重来相见”淡然两语，别有深意。“兔葵燕麦”语出刘禹锡《再游玄都观》诗序“重游玄都，荡然无复一树。唯兔葵燕麦，动摇于春风耳”之句，形容景致之荒凉。刘禹锡《再游玄都观》曰：

百亩中庭半是苔，桃花净尽菜花开。
种桃道士归何处？前度刘郎今又来。

诗前有序，云：“余贞元二十一年为屯田员外郎，时此观未有花木。是岁，出牧连州，寻贬朗州司马。居十年，召至京师，人人皆言有道士手植仙桃，满观如红霞，遂有前篇以志一时之事。旋又出牧，于今十有四年，复为主客郎中。重游玄都，荡然无复一树，唯兔葵燕麦，动摇于春风耳。因再题二十八字，以俟后游。时大和二年三月。”

诗序之中，刘禹锡写得明白。十四年间，玄都观之桃花美景几番变迁，一如诗人自己仕途之蹭蹬。初来玄都观，“未有花木”；二来玄都观，花“如红霞”；三来玄都观，又“荡然无一树”，只剩“兔葵燕麦”，唯见“百亩中庭半是苔”之荒凉。

唐贞元二十一年（公元 805 年），刘禹锡游玄都观所作之诗，题为《元和十年自朗州至京，戏赠看花诸君子》：“紫陌红尘拂面来，无人不道看花回。玄都观里桃千树，尽是刘郎去后栽。”可见，刘禹锡所见之景，是今非昔比。然，刘禹锡两首诗皆有讽刺权贵之深意。

容若此词借刘禹锡“兔葵燕麦”一语，似关系不大，其实不然。看似写的是岁月忽老，佳人朱颜不再，自己无知无觉之慨叹。内里，容若或以“红颜变”自况，表达为身世所累，一颗归隐山水、放浪江湖之心不能如愿之无奈和伤感。用学者张秉戍的话说，便是“暗透了今昔之感和不胜身世的孤往之情”。

容若一生，不忘初心。

长漂泊（忆秦娥）

长漂泊，多愁多病心情恶。
心情恶，模糊一片，强分哀乐。

拟将欢笑排离索，镜中无奈颜非昨。
颜分昨，才华向浅，因何福薄？

——纳兰容若《忆秦娥》

读容若这阕词之前，先看两首诗。

第一首，李商隐《有感》。

中路因循我所长，古来才命两相妨。
劝君莫强安蛇足，一盏芳醪不得尝。

第二首，杜甫《天末怀李白》。

凉风起天末，君子意如何。
鸿雁几时到，江湖秋水多。
文章憎命达，魑魅喜人过。
应共冤魂语，投诗赠汨罗。

李商隐早年得太平军节度使令狐楚赏识，引为幕僚。令狐楚死后，又为泾源节度使王茂元所聘，辟为书记，且招为婿。令狐楚与王茂元又恰分属著名的牛李党争的两个派系。在党争之中，李商隐被双方都视作投机背叛者，双双排挤。因此，李商隐一生处境尴尬，困厄潦倒。

他说，自己本是中庸之人，平生所做的选择也无非如此。却不料世事无常，空有满腹诗书，依然仕途蹭蹬。“劝君莫强安蛇足，一盏芳醪不得尝”两语出自《战国策》“画蛇添足”之典故。寓意警示后人，凡事点到为止，切莫多此一举，也是李商隐对自己往日行径之反省。

《战国策·齐策》记：“楚有祠者，赐其舍人卮酒。舍人相谓曰：‘数人饮之不足，一人饮之有余，请画地为蛇，先成者饮酒。’一人蛇先成，引酒且饮之，乃左手持卮，右手画蛇曰：‘吾能为之足。’未成，一人之蛇成，夺其卮曰：‘蛇固无足，子安能为之足？’遂饮其酒。”

说的是，楚国一贵族，祭祖之后赐酒予门客。因酒水不多，众人商议一起在地上画蛇，抢先绘毕之人得酒。不料，第一个画好的人执杯欲饮之时突发奇想，说自己还能给蛇画足。最后，未等此人画完蛇足，另有一人便画完自己的蛇，依约喝了那人的酒。

杜甫追怀李白，缘起当年李白因安史之乱后的永王璘事件被流放夜郎一事。杜甫作此诗时恰逢李白遇赦而还，故生慨叹。杜甫本已一生潦倒，又见李白落难，因此不禁生发“文章憎命达”之语，语甚悲愤。又有“魑魅喜人过”一句，较之李商隐的“古来才命两相妨”，悲愤之情有过之无不及。

李商隐说“古来才命两相妨”，杜甫讲“文章憎命达”，都是“天妒英才”之语，越是才高，越是多舛，似是共识。今次，之于容若而言亦是如此。这一首《忆秦娥》末两句“才华向浅，因何福薄”不正是这个意思吗？虽说“武人相重，文人相轻”，但你们分明隔世是知音。

人世苍茫，你却无依。孤孑而来，幽独而去。你长年漂泊，又天性多愁，加之素病缠身，心绪低迷已成寻常之事。世事嚣扰，于你而言，哀乐冗杂，难分难辨。你身在富贵繁华之地，心在闲云野鹤之乡。你也想安稳度日，拥有从容淡定的一生，然而不能。

你只能强颜欢笑面对岁月，你无法离群索居逃避生活。一日两日，一年两年，倏忽之间，已是半生。镜中人，容颜憔悴，日渐苍老，已无昨日奕奕之神采。生活潦倒并不可怕，最可怕的是一颗心，已然干涸。你说自己并无惊世之才，为何一生也是如此福薄？

容若这首《忆秦娥》写得一如暮年老者，回首往事，心中难平。看透岁月，风轻云淡地面对坎坷；顿悟人生，了无挂碍地迎接困厄。想要做到，谈何容易？清代大书法家郑板桥那一句“难得糊涂”，不是人人都能轻易抵达之境界。

偏偏容若，是最清醒的那一个。

郎未归（阮郎归）

斜风细雨正霏霏，画帘拖地垂。
屏山几曲篆烟微，闲庭柳絮飞。

新绿密，乱红稀。乳莺残日啼。
春寒欲透缕金衣，落花郎未归。

——纳兰容若《阮郎归》

词牌《阮郎归》，又名《醉桃源》《醉桃园》《宴桃源》《碧桃春》《濯缨曲》等。疑从唐教坊曲《阮郎迷》而来。词名源自南朝刘义庆《幽冥录》中刘晨、阮肇之典故。北宋《太平广记》也将此故事辑录其中，题为“天台二女”，此本当中的故事更为生动、简要。

相传，刘晨和阮肇二人，某日入天台山采药。因路途遥远，未能及时归家。颠沛饥劳十三日后，忽遇桃树，果实成熟。两人冒险攀援葛藤摘果。几枚下肚，便觉腹足。后二人翻山，见大溪，溪边有绝色二女。一番寒暄，便如旧识。遂，借宿二女家中。美酒在手，美人在侧。一住便是半年。半年之后，二人归家，却见家乡零落，物是人非。

原来，山中半载去，人间已十世。

似乎《阮郎归》这个词牌天然带有一种唏嘘世事的怅然基调。容若这阕词是一首典型的伤春之词。暮春之清冷幽寂在容若的笔下别有一种伤感之美。无景不关情，容若写春景，写得层次分明、细致入微，伤春不离闺怨，词之末句便是全词之眼，主旨所在。

在这首词里，你能看到一个孤寂淡漠的女子。她立在窗前，一言不发。然而，那一双明眸之中，却暗波流转，传递出一种不能言说、莫可名状的凄迷。有故事的女子，都有一双深邃如迷的眼睛。屋外，春风不休，春雨不歇；闺中，画帘垂地，美人旖旎。

室内燃着的熏香，有微微烟岚，缭绕于屏风之上，一如她心中之惘然，有迹可循，却无法触碰。庭院中，柳絮纷扬，如盐如雪，婉转零落之姿有一种令她无法忽视的潦倒的浪漫。潦倒的浪漫，又何止于此，还有你与他无法兑现的誓言，摆在那里，不偏不倚，也不能如愿。

绵密的绿，扑面而来，树间乳莺声声。稀疏的红，随风而乱，远山落日垂垂。所谓“柳梢残日弄微晴”差不多就是她眼前这幅图景了。她一身华丽的衣裳，也抵挡不住料峭的春寒。春盛繁华，春暮苍凉，四季轮回，人生来去，都是一样的道理。

可是，亲爱的，你在哪里？

纳兰词不宜久读。缘故在于，读得越久，再简洁之语，再清浅之句，都别有一番滋味在心头。譬如，容若说“春寒欲透缕金衣，落花郎未归”，“缕金衣”也就是“金缕衣”，指代美裳华服或是荣华富贵。读久了，不禁怀疑，是否容若言语之间又隐藏了某一种深意？

你是不是想说，华贵在身，难挡孤寂。你只愿那人归来，与你相伴朝夕，哪怕做一对贫贱夫妻？对待生命中难以久留的爱情，你无法轻易放弃。沈宛离去，你失意良久。一如卢氏亡故，你空有一腔深情，却无计可施，也无能为力。所有的作为都是徒劳，所有的不作为又都是伤心。

今生今世，已惘然。

山河岁月，空惆怅。

一双人（画堂春）

一生一代一双人，争教两处销魂。
相思相望不相亲，天为谁春？

浆向蓝桥易乞，药成碧海难奔。
若容相访饮牛津，相对忘贫。

——纳兰容若《画堂春》

画堂春，画堂当中有春意。

词牌名真是雅致。此词牌始见于宋代词人秦观《淮海集》：“落红铺径水平池，弄晴小雨霏霏。杏园憔悴杜鹃啼，无奈春归。柳外画楼独上，凭阑手捻花枝，放花无语对斜晖，此恨谁知？”词为咏画堂春色之作，故以此意命名，承续相传。

这首词疑为写给入宫之初恋，如果此说确有其事的话。也有人解作悼亡卢氏之作。由于创作时间不可考，只能从词意上揣度，私以为此词虽情深而伤重，但也未见生死别恨，与纳兰词中其他的悼亡词相较，词中表现出来的容若之痛不可同日而语。自然，也不能排除年深日久之后，容若对往事之追悼不似昔年激烈。

初读“一生一代一双人，争教两处销魂”，甚觉惊艳。这是两句实实在在的好句，也是简洁明了又温暖美好的情话。不需要眉上心间的构思，不需要语为惊人的推敲，只需要动情，爱至极处，你便脱口而出成就这清雅之句。饮水词之好，正是好在这一处爱得自然而然，爱得不露痕迹。

唐代诗人骆宾王《代女道士王灵妃赠道士李荣》诗曰：“相怜相念倍相亲，一生一代一双人。”容若词中“一生一代一双人”与“相思相望不相亲”二句化用骆宾王之句。唐代诗人王勃《寒夜怀友杂体》亦有形似的“故人故情怀故宴，相望相思不相见”之句。

昔年，你们说好，一生一世，不离不弃。而今，你们却已，比翼鸟散，连理枝断。分离的爱，无法迷人，只有伤痕。此刻，你与她是只能两相思、两相望，却不能两相见、两相亲。你不知，人世春色，为谁盛放？无论冀北莺飞，还是江南草长。有情人未成眷属，世间锦绣，便皆与你无关。

纳兰词不离情爱，此词可谓当中翘楚，是容若代表词作之一。情深意浅，十分好读。虽小令通常以频繁用典为忌，但容若笔下，却是用典娴熟而无匠气，融汇贯通且有风韵。词之下阕“浆向蓝桥易乞，药成碧海难奔”二句对偶，“蓝桥”对“碧海”，接连用典。

唐人裴铏《传奇》中有一则裴航遇云英的故事。说裴航回京，与樊夫人同舟，赠诗致意，樊夫人以诗相回，曰：“一饮琼浆百感生，玄霜捣尽见云英。蓝桥便是神仙窟，何必崎岖上玉清。”裴航不解。行至蓝桥驿，口渴求水，得遇云英，见之倾心，遂提亲。云英之母要求以玉杵臼为聘。裴航得玉杵臼，以之捣药百日，娶得云英，并双双仙去。

容若“蓝桥”一语便是引此典故。“浆向蓝桥易乞”意即“向蓝桥乞浆易”。你说，旧时与她初见如“蓝桥之遇”，喜得良人。然而，人世苍茫无常，相逢不难，相守不易。山盟易许，佳偶难成。因此，你说“药成碧海难奔”。

而“药成碧海”，说的便是嫦娥奔月一事。《淮南子·览冥训》曰：“羿请不死之药于西王母，姮娥窃之，奔月宫。”李商隐《嫦娥》诗即有“嫦娥应悔偷灵药，碧海青天夜夜心”之句。你说，佳人一去难再回，此生后会便无期。无限伤心。

末两句“若容相访饮牛津，相对忘贫”，则是援引晋张华《博物志》所记牛郎织女之典故。“饮牛津”指的便是天河边，牛郎织女相会之处。意思是说，你平生无所愿，只盼能与她相见相会在一起，纵是“相对忘贫”，做贫贱夫妻，亦是甘愿。所谓，不寿之情深，就是这般。

而今，是一个无人相信如谜之爱情的年代。谁也不敢轻易与谁厮守终生，所有的承诺变得廉价，所有的誓言虚如昙花。不能否认的是无论如何在人心险恶与情感干涸的俗世里摸爬滚打，我们还是希望有朝一日，能够遇见一个最好的你和一段纯粹的爱情。

人生并不漫长，不过几十年光阴。当中，所遇之人甚多，可交之人寥寥，可亲可爱之人更少。容若一生留情女子大约三四，皆是未能修得圆满。若得一人心，白首不相离，百代经世，万年难遇。世事如一场大梦，过眼成空。有你经过便不同，生死情衷。

世人所求，大约皆是：

一生，一代，一双人。

如此，而已。

曾相待（眼儿媚）

独倚春寒掩夕霏，清露泣铢衣。
玉箫吹梦，金钗画影，悔不同携。

刻残红烛曾相待，旧事总依稀。
料应遗恨，月中教去，花底催归。

——纳兰容若《眼儿媚》

过去的人，属于过去。

曾经的爱，住在曾经。

可是，往事的意义在于，你以为忘却的时候，会令你重新回忆。昔日你怎样活过，将来便会怎样想起。容若这首《眼儿媚》顾念旧人旧事，悔痛不已。写的若非是早年情事，便是某一段错过了的曾经。别无其他。他是一个不肯离去的过客，无奈茶凉，无奈缘尽。

你独自站在料峭春寒之中。

看夕阳西下，看烟霏云霞。露水打湿衣裳，往事揉断心肠。词中“铢衣”指仙人之衣，形容衣之轻盈。佛典《长阿含经》曰：“忉利天衣重六铢，焰摩天衣重三铢，兜率天衣重一铢半，化乐天衣重一铢，他化自在天衣重半铢。”古代二十四铢为一两。古代一两合约今日半两。

你独自站在幽深往事之中。

看玉箫吹梦，看金钗画影。所有过往之画面，依然历历在目。“玉箫吹梦，金钗画影”对偶工整，“玉箫”对“金钗”，“吹梦”对“画影”。用词凄婉闲丽，颇有花间词之格。依稀可见往日你与她月下吹箫之温柔，花前勾眉之美好。然而，如今一切虚无缥缈。你之悔恨，未能执子之手，相伴偕老。

其实，“玉箫”与“金钗”从字义上来讲，虽是女子代称，但意译的时候，从字面来解，反倒更为流畅、通透。“玉箫”之典故，容若使用再三，说的是唐人韦皋与侍女“玉箫”一事，借以表达妾有情郎有意却禁不住世事嚣扰与迁变而一段情缘未能善终的意思。

你独自站在旧日梦影之中。

看红烛渐残，看油灯渐暗。古人习有刻烛计时，蜡烛渐干，刻度渐无，也就是一天将尽，“刻残红烛”一语言下之意已是夜晚十分。你说，“刻残红烛曾相待，旧事总依稀”，那些你们秉烛夜谈，互诉衷肠，共话未来种种之美好的夜晚，如今已是一去不返。

你独自站在无限悔憾之中。

看流年似水，看浮生如梦。你想，或许她也如你一般，念及月中依偎、花底相会的曾经，心中遗憾。都曾以为，彼此是恰逢其时的那一个人，却不想，所有的盟誓抵不过一日的离散。没有天时地利的至死不渝，只有百折不屈的生死相依。实在遗憾，这一程，你们没能走完。

容若一生情路坎坷，从初恋到卢氏，从卢氏到沈宛，不曾有过圆满。身为相门公子、帝王近臣又能如何？世间竟无一人能与他相守伴老。不是生离，便是死别。叫他一生如何能够不痛，纳兰词如何能够不哀婉凄迷？容若三十岁离世，仿佛是因为孤寂的缘故，不肯独自老去。

也唯有你，永远三十岁。

有时，往事之痛突然浮上心头，令人猝不及防。

闲书字（眼儿媚）

重见星娥碧海槎，忍笑却盘鸦。
寻常多少，月明风细，今夜偏佳。

休笼彩笔闲书字，街鼓已三挝。
烟丝欲袅，露光微泫，春在桃花。

——纳兰容若《眼儿媚》

这首《眼儿媚》写的是容若远游归来，与妻子别后重聚之喜悦，情深意重。在纳兰词中，它如无边暗夜中的一点星火，裹挟着容若心中无尽的欢愉。十分难得。纳兰词多哀伤，以至于我们以为他毕生深忧沉郁。其实，他也曾真的快乐过。

首句“重见星娥碧海槎”与《画堂春》（一生一代一双人）词中“饮牛津”一语同用牛郎织女之典，出自晋人张华《博物志》所记：“旧说云：天河与海通，近世有人居海渚者，年年八月有浮槎，去来不失期……遥望宫中多织妇，见一丈夫牵牛渚次饮之。”说有人每年八月都会划船至天河，从不失期。

《诗经》曰：

> 彼采葛兮，一日不见，如三月兮。
> 彼采萧兮，一日不见，如三秋兮。
> 彼采艾兮，一日不见，如三岁兮。

这个道理，彼时彼刻的你，领悟最深。你与卢氏夫妻二人重聚相见，其中欢喜可以想见。“星娥”，本指织女，此处应是妻子。“碧海槎”，即天河中的木筏。你见妻子，如乘“浮槎”到天河重见织女一般，欢喜不已，难以言表。此刻在你心中，妻子之美，胜似仙姝。

卢氏见你，也是雀跃不止。“盘鸦”言女子乌发盘卷而成之发髻。元人张可久《折桂令·村庵即事掩》词即有“妆镜羞鸾，娇眉敛翠，巧髻盘鸦”之句。她盘起乌黑的发髻，端丽见你。可是，一见你，不胜欣喜，忍不住笑。最纯粹的快乐，是看到你时，她笑靥如花。

往日朝夕相伴，两两相看也是寻常。虽然，月明如昨日，风细似平常，但是，今夜一切日常琐细都因你们夫妻重聚而显得与众不同。在你看来，今夜月明最娇美，今夜风细最温柔。所谓“今夜偏佳”，平淡四字，却将你心中强烈的欢愉娓娓道来。最自然的情，也是最深的爱。

你说，今夜街上更鼓已过三巡，就不要拈笔作字了吧。“休笼彩笔闲书字”一句化用唐代诗人赵光远《咏手》诗中“慢笼彩笔闲书字”之句。“挝”同“抓”，词中意为更鼓之敲打。在你心中，此刻连你视若生命的诗书，也不能占据你与妻子缱绻的分寸光阴。

最后三句甚美，“烟丝欲袅，露光微泫，春在桃花”。对于描写妻子姿容之好，容若从来不吝笔墨。你说，彼时彼刻，屋内熏香缭绕，烟霭袅袅，屋外霏微晓露，莹润闪耀。妻子立在面前，朱颜娇俏，犹如三月桃花。就像杜甫说的，“桃花一簇开无主，可爱深红爱浅红”。

她与你。

如顽石恋慕涧水，

如大树恋慕苍山，

如虹霓恋慕云霞，

如琴音恋慕伯牙。

世间美好，不敌你们相视一笑。

白霓裳（眼儿媚）

莫把琼花比淡妆，谁似白霓裳。
别样清幽，自然标格，莫近东墙。

冰肌玉骨天分付，兼付与凄凉。
可怜遥夜，冷烟和月，疏影横窗。

——纳兰容若《眼儿媚·咏梅》

词牌《眼儿媚》三字香软，始见于北宋，也有《小阑干》《东风寒》《秋波媚》等别称。据说源自北宋左誉（字与言，大观三年进士，仕至湖州通判，后弃官为浮屠）府上之乐姬张秾，因左誉形容张秾之风姿妩媚而得名。

宋人王明清《玉照新志》记："左与言，天台名士也。钱塘幕府，乐籍有名姝张秾者，色艺妙天下，君颇顾之。如'盈盈秋水''淡淡青山'，及'帏云剪水''滴粉搓酥'，皆为秾作。当时都人有'晓风残月柳三变，滴粉搓酥左与言'

之对。”

容若这首《眼儿媚》题为《咏梅》，主旨明确。不过，自古文人咏物，多有所托寄。容若这一首《眼儿媚·咏梅》也不例外。梅之清冷孤洁素为文人爱赞，咏梅诗词不胜枚举。陆游、朱淑真咏梅词可堪其中之典范。

从上片“琼花”“白霓裳”二语来看，此词中容若所用梅花应是“白梅”。不要拿白梅与琼花作比较，没有哪一种花会像白梅一样，有白霓裳之轻灵飘逸。“白霓裳”一如“铢衣”皆是仙人之衣的意思，相传仙人以白云为裳，故曰“白霓裳”。《楚辞·九歌·东君》即有“青云衣兮白霓裳”之句。

其中“淡妆”一语有个典故。

唐代诗人柳宗元《龙城录》曰：“隋开皇中，赵师雄迁罗浮，日暮于松林酒肆旁见一美人，淡妆素服出迎。与语，言极清丽，芳香袭人。因与扣酒家共饮，一绿衣童子歌于侧。师雄醉寝，比醒，起视乃在大梅树下，上有翠羽啾嘈相顾，月落参横，但怅恨而已。”

赵师雄醉酒遇美人，美人淡妆素服，清丽芳香。二人醉中共饮，醒来赵师雄不见美人，只见自己孤身于梅树之下，梅间绿鸟鸣啼，是而心中惆怅。因柳宗元笔下梅花所化之仙姝，“淡妆”乃成为梅花之代称，后人常用此意。欧阳修《渔家傲》词便有“仙格淡妆天与丽，谁可比”之句。

梅花之香，在容若看来，与百花不同，它别有一种清幽之气，缓缓而来，淡淡而去。无论是形容，还是香气，梅花是属于既不浓烈也不妖异的那一种。“自然标格”语出宋代词人柳永《满江红》词中“就中有、天真妖丽，自然标格”一句。容若赏花之品位，就像纳兰词本身，一样追求，自然而然。

容若以为，高洁孤傲如梅，无须人来人往，亦能孤芳自赏。所谓“莫近东墙”既是赏梅的一种审美情趣，也是容若内心所想的一种托寄。不求热闹，只愿懂得。宋代词人程垓《眼儿媚·咏梅》词中“一枝烟雨瘦东墙，真个断人肠”，虽同有“东墙”之语，但与容若词意孑然两异。

后蜀孟昶《避暑摩诃池上作》诗云：“冰肌玉骨清无汗，水殿风来暗香暖。帘开明月独窥人，欹枕钗横云鬓乱。起来琼户寂无声，时见疏星渡河汉。屈指西风几时来，只恐流年暗中换。”柳永《彩云归》词云：“朝欢暮散，被多情，付与凄凉。”

容若分别化用“冰肌玉骨清无汗”和“付与凄凉”二句，说梅花的冰肌玉骨是天性使然，也因此，兀自带有一种凄凉。容若咏梅，词意辩证，高洁的归于高洁，孤寂的仍属孤寂。一副冰肌玉骨之身，也无奈深夜冷烟之中，月下凄凉。

宋代诗人林逋《山园小梅》诗写：“疏影横斜水清浅，暗香浮动月黄昏。”林逋的梅是日暮浮香，容若的梅是月下凄凉。窗前一枝梅，疏影横斜。再没有比这更怡人的景，也再没有比这更孤清的景。读这首词，仿佛能看见当年容若灯下填词，白梅窗外画影的情形。

不关情（朝中措）

蜀弦秦柱不关情，尽日掩云屏。
已惜轻翎退粉，更嫌弱絮为萍。

东风多事，余寒吹散，烘暖微酲。
看尽一帘红雨，为谁亲系花铃？

——纳兰容若《朝中措》

一人一马一天涯。

一诗一酒一江湖。

容若有这样的心志，虽终生沉郁，但也不乏诗酒与共的词作。即便这是一阕伤春之词，我也愿意借一句“烘暖微酲”，相信它乃容若一手饮酒一手填词之作。较之于其他的伤春之词，这一首《朝中措》容若写得颇有几分酒气。虽言之情浓，语之阑珊，但仍要酣畅爽朗几分。

蜀弦为琴，秦柱为筝。西汉蜀郡司马相如善操琴，故曰“蜀琴”。筝乃秦蒙恬所创，是曰“秦筝”。容若词中，以“蜀弦”代“蜀琴”，以“秦柱”代“秦筝”。唐诗人唐彦谦《汉代》诗也有“别随秦柱促，愁为蜀弦幺”之句。

如今，纵是蜀琴之音与秦筝之律，在你看来也是无心，也是无情。你郁结难舒，终日独自在屏风之后喟叹春之潦倒。“云屏”即云母屏风。开篇二句化用唐词人和凝《江城子》词“理秦筝，对云屏”之句。蝴蝶退粉，柳絮化萍，令你心中无端生有一种烦愁。

春之残败，你不忍直视。

词中“轻翎退粉”语出宋代罗大经《鹤林玉露》“蝶交则粉退，蜂交则黄退”，此处寓意春之将逝。“弱絮化萍”，是说古人因浮萍与杨花形似，便以为浮萍乃杨花（柳絮）入水所化。明代《群芳谱》:“萍，一名水花。春初始生，杨花入水所化。”

暮春多感，又有料峭春寒日夜袭人，你只能借酒取暖。“微酲”大约是宿醉的意思。酒肉穿肠过，清醒时分，最是寂寥。“红雨”即落花，唐代诗人李贺《将进酒》诗曰“桃花乱落如红雨”，正是此意。窗外落花飘零如雨，你只遗憾，而今已无人惜花系铃。

五代王仁裕《开元天宝遗事》记：“天宝初，宁王日侍，好声乐。风流蕴藉，诸王弗如也。至春时，于后园中，纫红丝为绳，密缀金铃，系于花梢之上。每有鸟鹊翔集，则令园吏掣铃索以惊之，盖惜花之故也。诸宫皆效之。”所谓“护花铃”就是由此而来。

在纳兰词众多伤春闺怨之作当中，私以为这一首上佳。也不知是何缘故，总能在容若这首《朝中措》读出一种倜傥和风流。相门公子，惜花醉酒，实在迷人，又实在风雅。纳兰容若在身世与心志的冲突刺激之下，在纳兰词中给世人呈现出一种别具一格的颓废之美。

或许，这便是纳兰词最大的妙处。

词话八

人到情多情转薄

葬名花（摊破浣溪沙）

林下荒苔道韫家，生怜玉骨委尘沙。
愁向风前无处说，数归鸦。

半世浮萍随逝水，一宵冷雨葬名花。
魂是柳绵吹欲碎，绕天涯。

——纳兰容若《摊破浣溪沙》

此词“通本”词牌为《山花子》。差别只是同调词牌而名称不同。《山花子》，也叫《摊破浣溪沙》或《添字浣溪沙》。说起来，《山花子》一语字面上读起来，倒更是婀娜婉转。落笔填词，词牌之称谓，也不过是词人刹那之思的结果。写成哪一个，便是哪一个。不打紧。

顾名思义，《摊破浣溪沙》（或《添字浣溪沙》）为《浣溪沙》之别体，不过上下阕末尾两句之后各增三个字，也就是原本七字一句摊破为十字两句，成为七字、三字各一句，并将原七字句的平脚改为仄韵，移其平韵于三字句之末，平仄相应变动。

容若这阕《摊破浣溪沙》是悼亡词，虽未言悼亡，但悼亡之音悲戚浓重。首句“林下荒苔道韫家”借东晋才女谢道韫“林下之风”之典，寓意妻子不在，物是人非，昔年林下之风流好景，如今已沦落至蔓草荒荒、人烟寂静的地步。

南朝刘义庆《世说新语》之《贤媛》载：“谢遏绝重其姊，张玄常称其妹，欲以敌之。有济尼者，并游张、谢二家。人问其优劣，答曰：‘王夫人神情散朗，故有林下风气。顾家妇清心玉映，自是闺房之秀。’”是以，有了“林下之风”“大家闺秀”二语。

如今，妻子已逝，佳人不再，唯剩孤冢。“生怜玉骨委尘沙”，那样娴静美好的女子，也终究抵不过命运蹉跎、岁月舛错，一朝不测，便香消玉殒，埋骨于尘沙之中。昔年，每每容若去坟前看她，不知心中哀痛几何，大抵也如苏东坡所说，“千里孤坟，无处话凄凉”。

你站在她的坟前，听林下风吟，如泣如诉。“愁向风前无处说”，而你的一腔怨愁，却无人来听，也不知从何说起。她走了，还有谁会似她一般，愿意与你灯下夜话，秉烛倾谈呢？岁月之吉光片羽，一去不回。“数归鸦”，日暮昏鸦阵阵归，而往事，无处可追。

卢氏去世的时候，容若不过二十二岁。此词大约作于卢氏去世后一二年间。“半世浮萍随逝水，一宵冷雨葬名花”，二句对仗工整。此时，你已然觉得自己这一生，如同逝水浮萍，匆匆已去了半世。而她，一如名花，一夜冷雨，便阑珊落下。

回首去往，尽是往事斑驳，尽是岁月寥落。她不在，爱不在，青春不爱，温柔不在。甚至，连一颗心，也仿佛不在。“魂是柳绵吹欲碎，绕天涯”化用五代词人顾夐《虞美人》词中“教人魂梦逐杨花，绕天涯”二句。此时此刻，念及亡妻，心魂无主，如絮翻飞，风吹易碎。

美人零落如花，心碎如散天涯。

记前生（摊破浣溪沙）

风絮飘残已化萍，泥莲刚倩藕丝萦。
珍重别拈香一瓣，记前生。

人到情多情转薄，而今真个悔多情。
又到断肠回首处，泪偷零。

——纳兰容若《摊破浣溪沙》

此为悼亡之词，疑于卢氏忌辰所作。

人死不能复生，生者唯一能做的只有无穷尽地缅怀。之于容若而言，妻子离世之后，最好的纪念便是将所有对亡妻的追忆和悼念，入诗入词，写在纸上，经世不忘。爱得海枯石烂，才会伤得肝肠寸断。纳兰容若与卢氏这一段情，正因纳兰词而成为千古佳话。

在容若《朝中措》一词中有“弱絮为萍”一语。说的便是古人以为浮萍乃柳絮零落入水所化。此词开篇“风絮飘残已化萍”一句也是沿用此意。风中柳絮残飞，入水化作浮萍，泥中莲花刚縠，藕丝萦绕根茎。此为容若所见荷塘之烟光水色。据此可知，已是春末夏初。

与卢氏农历五月的忌辰大致吻合。

从“珍重别拈香一瓣”一句起，词意斗转，跌入悲伤，凄凉之意浓重，容若一颗追思亡妻之心，跃然纸上。“珍重别拈香一瓣，记前生”，仿佛是在讲，容若为妻扫墓事毕之后，临别转身之前，重又手拈一瓣香，放在她的坟前，为她祈福，以诉相思，纪念前生之缱绻。

明代《花草粹编》中有一首杭州名伎乐婉的《卜算子·答施》词，当中“若是前生未有缘，待重结、来生愿”几句与容若此处“记前生”一语，颇有共鸣之情致。容若心中定然也存如有来生，与发妻卢氏再续前生未尽之缘的意愿。

词之上阕容若写的是眼下之景，周身之事，下阕容若写的是心之忆念，情之追思。“人到情多情转薄，而今真个悔多情”，你若，多情之人难免情薄，如今悔恨不已，责备自己昔年情浅，辜负妻子与自己那段或许深刻的姻缘。其实，你只是因妻子离世而怨怪自己。仿佛若是你当年爱她更多，便会留住她，令她不离你而去一般。

其实，容若自责“情转薄”恰恰是他对爱妻一往情深之体现。对容若来讲，自己能给予妻子的爱，理应源源不绝，还有更多的爱，未来得及给她，她已消失远走。据说，容若有一枚印章，上刻“自伤情多”四个字，或与此处“人到情多情转薄，而今真个悔多情”二句有关。

卢氏的一方坟茔，是你毕生无法平静安然之地。除了妻子的忌辰，一年当中还有四个祭祖之节，每每这样的时日，你必定无法佯装云淡风轻，看透世事。“又到断肠回首处，泪偷零。”岁月时时刻刻都会提醒你，你心中全部的爱意，如今已变成一座矮矮的坟墓，你在外头，她在里头。

你暗自滴落的泪水，时光会知道。

你衣带渐宽的憔悴，往事会知道。

你为她承受的苦痛，她也会知道。

寄人间（摊破浣溪沙）

欲语心情梦已阑，镜中依约见春山。
方悔从前真草草，等闲看。

环佩只应归月下，钿钗何意寄人间。
多少滴残红蜡泪，几时干？

——纳兰容若《摊破浣溪沙》

此词为又一首悼亡之作。

昨夜，你做了一个梦。你梦见她还在，仿若从前，事事如旧。花前月下，红袖添香，美好如初。日之所思，夜之所梦。你几乎信以为真，恍然之间，你忘了日月无心，忘了生死无情，忘了凉薄岁月里你和她早已无法在一起。你正要开口说话，忽然梦醒，一夜温柔刹那变成烟云。

开篇“欲语心情梦已阑”化用辛弃疾《南乡子·舟中记梦》

词中“别后两眉尖，欲说还休梦已阑”二句。“春山”则是指女子双眉，北宋词人周邦彦《一络索》词中便有“眉共春山争秀，可怜长皱”之句。你起身，走到她昔日的妆台前，在镜子里你隐约看见了她昔日远山如黛的模样。

仿佛她和你一起，也站在镜前。

你突然心中悔恨不已。曾经，她真真切切在你身旁的时候，日子握在你手中，你却过得那样随意、潦草，未能珍惜当日分寸光阴，如今只能感叹千金难换重头再来。“方悔从前真草草”化用清人彭孙遹又《卜算子·夏至日》中“草草百年身，悔杀从前错”二句，与“当时只道是寻常”之意境并无二致。

下阕“环佩只应归月下”化用大诗人杜甫《咏怀古迹》诗中“画图省识春风面，环佩空归夜月魂”之句，“钿钗何意寄人间”则是化用白居易《长恨歌》诗中“唯将旧物表深情，钿合金钗寄将去”二句。

梳妆台如旧，你不愿将她的遗物束之高阁。每一块玉佩，每一支钗，每一支钿，你替她细细放好，一如旧日模样。只是，今日梦醒，心中沉痛，睹物思人，不能自已。早知如此，你说，为何她离去的时候不将旧物一同带走？想来，也是你实在不忍、不愿、不舍得。

岁月是一条宽阔的河流，人来人往，竹筏扁舟。所有的爱恨情愁，如萍聚，似云散，终会化作红尘深处的一缕清风。吹过河面，荡起涟漪，也不过只是刹那瞬间，最后都会消失不见。春去秋来，岁月寂静如初。仿佛，你与她并未真的存在过。

好在，你还有文字，写在纸上，印入人心，亘古不朽。每一首纳兰词都是你来过这人世的痕迹，每一句“多少滴残红蜡泪，几时干”都是你爱过她的证据。红烛蜡滴，如你泪落，你不知伤心的泪水会流到何年何月才会干涸？李商隐《无题》诗里那一句“蜡炬成灰泪始干”或许是你想要的答案。

你也想与她不离不弃。

她也想与你生死相依。

只是，所有的你，所有的她，都敌不过命运。

双叶子（摊破浣溪沙）

小立红桥柳半垂，越罗裙扬缕金衣。
采得石榴双叶子，欲遗谁？

便是有情当落月，只应无伴送斜晖。
寄语东风休着力，不禁吹。

——纳兰容若《摊破浣溪沙》

时光如水，匆匆便是小半生。

彼时，她怀揣一颗惴惴不安的心，在满园春色里来去逡巡。红花粉蝶，绿荷蜻蜓，蓝天烟云，每一样都令她欣喜。只是，一二年后，她仿佛刹那之间亭亭玉立，所有的懵懂渐次明晰。那样年轻的时候，已经开始畏惧老去。少女忧思，多半从此开始。她开始渴望，开始顾盼，期待有一个人，陪她走一程。

读容若的这首《摊破浣溪沙》，看到的几乎便是一个这样婀娜娇羞满怀心事的少女。首句“红桥”应非特指。她独自一人，立在红桥之上，看杨柳依依，听晓风轻吟。裙摆随风而起，随风而落。一身华裳与风荡漾。“越罗裙扬缕金衣”一句画面感强，“越罗”与“缕金衣”都是形容佳人衣着之华美。

美人风致淋漓毕现。

她从石榴树下走过，忽有石榴叶落，成双成对。她不禁感慨，石榴双叶垂垂落下，而自己孤身一人，另一片叶子，要留给谁呢？少女怀春之心，溢于言表。这首词创作时间不详，从词意上来看，应当是未娶卢氏或卢氏亡故之后，作于容若孤独之时。

此处，“采得石榴双叶子”化用王彦泓《无绪》诗中“空寄石榴双叶子，隔帘消息正沉沉”二句。古典诗词当中，常以量词“双”前缀于物，衬托文人心中寂寥。比如“双燕”“双蝶”“双花”“双星”等。“双叶”也是诗文中常见的意象。

晏几道《浣溪沙》词见“欲寻双叶寄情难”。北宋陈师道《西江月·咏榴花》词见“凭将双叶寄相思”。黄庭坚《江城子·忆别》词见“寻得石榴双叶子，恁寄与、插云鬟”。北宋晁元礼《江城子》词见“石榴双叶忆同寻”。南宋韩元吉《谒金门·重午》词见“双叶石榴红半吐，倩君聊寄与”。南宋程垓《醉落魄·赋石榴花》词见“不管花残，犹自拣双叶”。

均是以叶之“双”反衬人之“独”。

容若此词下阕，词意递进。“便是有情当落月，只应无伴送斜晖。”她心中情意浓浓，却无人陪她看夕阳西下。只能独自一人，目送晚霞。“寄语东风休着力，不禁吹。”此刻，是连春风来去也令她不安、惶惑。因此，她说，愿春风温柔，如今自己的一颗心已伶仃孱弱，怕是禁不住春风来拂。

少女怀春而心思寂寥、敏感，在容若笔下，更添一种凄幽。在春心萌动的少女心里，世事万物动辄便是悲喜。日出是欢愉，风吹是忧伤，花开是人间，叶落是天地。她与你更是，未曾相见已相识，未曾相识已相思。在她心里，所有的路不是繁花似锦，便是荆棘刺心。

每一个少女，都希望：

自己能在最好的时光遇见最好的你。

短长亭（摊破浣溪沙）

一霎灯前醉不醒，恨如春梦畏分明。
淡月淡云窗外雨，一声声。

人到情多情转薄，而今真个不多情。
又听鹧鸪啼遍了，短长亭。

——纳兰容若《摊破浣溪沙》

此词写别愁。虽未言离恨，但悲音凄凉。

美人、美景、美梦，每一样都令人沉醉，却又孱弱易碎。遇见贞美之人，疏影横窗，秉烛夜谈，不觉困倦；遇见壮美之景，徜徉信步，日夜闲游，不觉疲惫；遇见娇美之梦，牡丹花下，软语温存，不觉漫长。刹那之间，容若便灯下神游，思之遥遥。

是以，他写“一霎灯前醉不醒，恨如春梦畏分明”。总会有这样的时候，忽然忆念往事，满眼皆是曾经续之不断的美好。就好像，他做了一个如愿以偿的梦，害怕醒来一般，不敢有心思清明的刹那，只愿一心朦胧，永无休止。

然而，春夜多雨。屋外，月淡云软，雨声潺潺，淅淅沥沥，将你从虚妄的美好之中拉回凄冷的当下。令他心下怅然。“淡月淡云窗外雨，一声声”二句颇有温庭筠《更漏子》词“梧桐树，三更雨，不道离情正苦。一叶叶，一声声，空阶滴到明”的情致。

有的人，不惧生死，只怕动情。容若如是。他也希望自己是无心无情之人，如此一生倒是了无挂碍，来去轻松。然而，他不是。因此，他说，“人到情多情转薄，而今真个不多情”。人若多情，必然情淡，今时今日你已非如此。其实，反用其意，他依然是那个多情的容若。

多情而情淡，道理也是不错，却并非真理。大有多情而情深之人，譬如容若自己。所言“人到情多情转薄”不过是容若自哀自怨之语。这两句词广为流传的原因很可能与“真个”一语有关。“真个”二字意为“的确”“真的”，日常用语，这两个字的出现使此词似家长里短，令人觉之亲厚。

词末两句言明主旨，“又听鹧鸪啼遍了，短长亭”。鹧鸪鸟，似鸡而小，黑白杂羽，也叫“中华鹧鸪”。它是古典诗词当中常常出现的意象，历代文人对“鹧鸪”一词使用频繁。因为，鹧鸪叫声特别，一词鸣声有五六个音节，抑扬顿挫，入耳凄凉，所以，“鹧鸪”一词常被文人用来表述惜别思乡之意。

元人梁栋《四禽言》中第三首写的便是鹧鸪，曰：“行不得也哥哥，湖南湖北秋水多，九疑山前叫虞舜，奈此乾坤无路何，行不得也哥哥。”鹧鸪叫声常被音译为“行不得也哥哥”或“行不得哥哥”。

明人李时珍《本草纲目》记“鹧鸪性畏霜露，早晚稀出，夜栖以木叶蔽身，多对啼，今俗谓其鸣曰：‘行不得也哥哥’”，也沿用此音译。行不得，哥哥。有词音译鹧鸪之鸣的传统，更见“鹧鸪”一语惜别思乡之寓意。

容若“又听鹧鸪啼遍了，短长亭”两句，有“鹧鸪”在前，“短长亭”在后，惜别之心明显。所谓“短长亭”就是短亭、长亭，古代设在城外路边供来往行人休憩的亭子，也是古人送行话别之地。唐白居易原本、宋孔传续撰之《白孔六帖》云：“十里一长亭，五里一短亭。”也因此，有了“十里长亭”的说法。

短亭长亭之意象，也很常见。南朝庾信《哀江南赋》中便有“十里五里，长亭短亭”之句。唐诗人王昌龄《少年行》诗也有“西陵侠少年，送客短长亭”。还有，李白《菩萨蛮》词“何处是归程，长亭更短亭”二句，等等。

离别最伤心，却也因此令我记得你。

莫相催（摊破浣溪沙）

昨夜浓香分外宜，天将妍暖护双栖，
桦烛影微红玉软，燕钗垂。

几为愁多翻自笑，那逢欢极却含啼。
央及莲花清漏滴，莫相催。

——纳兰容若《摊破浣溪沙》

人说，世间有四喜：

久旱逢甘霖，他乡遇故知。
洞房花烛夜，金榜题名时。

有人将这四句诗，录入大诗人杜甫的名下。虽不可考，但可备一说。容若此词，从词意上看，似是新婚之作，或有“洞房花烛夜”之欢。纳兰词中，难得有此类愉悦之词。言语之间，尽是温柔。生离死别的绝望和剧痛也无法湮灭曾经你们真切有过的欢喜和幸福。

彼时的她，娴雅之中见妩媚，令你心爱不已。“昨夜浓香分外宜，天将妍暖护双栖”，也不知“昨夜”写的是否恰巧便是洞房花烛那一夜。之于你而言，房中缭绕的香，床畔的她和你，点滴琐细都恰到好处，分外相宜。天气也好，晴暖温柔，最是应景。

你大概永生永世也忘不掉，烛光摇曳，灯下的她美如仙姝。“桦烛影微红玉软，燕钗垂。”她燕钗微垂，肤如凝脂，红软如玉。是真正的“绝世而独立”。就像南朝沈约在《昭君辞》里赞美王昭君时所言：“天生倾国倾城色，玉质孤高卓不群。”

“桦烛”，即桦木皮卷蜡之烛。桦木生于辽东、西北，树皮厚而柔，可卷蜡照明。清初诗人吴伟业《赠吴永调》诗有“相逢万事从头问，桦烛三条见泪痕”之句。清人吴翌凤注：“《玉篇》（按：南朝字典）：‘桦木皮可以为烛。’程大昌《演繁露》：‘古烛未知用蜡，直以薪蒸，即是烧柴取明耳。或亦剥桦皮爇之。’”

“红玉”，即红色珠宝，常喻美人肤色。东晋《西京杂记》载：“赵后体轻腰弱，善行步进退，女弟昭仪，不能及也。但昭仪弱骨丰肌，尤工笑语。二人并色如红玉。”南宋词人吴文英《醉落魄·题藕花洲尼扇》词中有“春温红玉，纤衣学翦娇鸦緑”

之句。

遇到她之前，你不知道世间竟有一个人，可以如此懂你。仿佛你们已是几生几世的知音。她令你欢喜，令你如孩童一般至诚。“几为愁多翻自笑，那逢欢极却含啼”，那一夜，是说到怎样的事情，以至于你们如此开怀，笑出泪来。

词末“央及莲花清漏滴，莫相催”最是爱意浓浓。“央及”，恳请之意。“莲花”即莲花漏，古代一种计时器具。南宋词人毛滂《玉楼春·己卯岁元日》词里有“一年滴尽莲花漏，碧井酴酥沉冻酒”之句。

你说，滴漏的水声那样清晰，仿佛是在催促你们，催促光阴，令你惶恐。岁月催花，你实在不忍这一夜良宵，倏忽而过。你恳求莲花滴漏里的水流得缓些再缓些，你恳求时间过得慢些再慢些。与她一起，欢度良宵，一夜似刹那，万般难舍。读容若这阕《摊破浣溪沙》，仿佛是听他说了一句：

我不爱这个世界，我只爱你。

［**注**］

本书参考书目有：《通志堂集》（上海古籍出版社）、《纳兰词笺注》（上海古籍出版社）、《纳兰词集》（上海古籍出版社）、《饮水词笺校》（中华书局）等近20种。部分资料来源于网络。其余参考文献、书目，限于体例、篇幅，未能一一列举注明。由于本人能力限囿，书中舛误之处在所难免。不当之处，还望方家指正。

相逢如初见，回首已一生

纳兰容若词传（上）

王臣\著

中国出版集团 现代出版社

图书在版编目（CIP）数据

相逢如初见，回首已一生 ：纳兰容若词传 / 王臣著. -- 北京 ：现代出版社，2018.1
ISBN 978-7-5143-6383-8

Ⅰ. ①相… Ⅱ. ①王… Ⅲ. ①纳兰性德（1654-1685）—传记
②纳兰性德（1654-1685）—词(文学)—诗歌欣赏
Ⅳ. ①K825.6 ②I207.23
中国版本图书馆CIP数据核字(2017)第247945号

相逢如初见，回首已一生：纳兰容若词传

作　　者：王　臣
策　　划：许晓善
责任编辑：许晓善
出版发行：现代出版社
通信地址：北京市安定门外安华里504号
邮政编码：100011
电　　话：010-64267325　64245264（传真）
网　　址：www.1980xd.com
电子邮箱：xiandai@vip.sina.com
印　　刷：三河市宏盛印务有限公司

开　　本：880mm×1230mm　1/32
印　　张：17.5
版　　本：2018年1月第1版
印　　次：2018年1月第1次印刷
字　　数：380千字
书　　号：ISBN 978-7-5143-6383-8
定　　价：69.80元（全二册）

目 录

Contents

词话二　若问生涯原是梦

词话三　下弦不似初弦好

词话四　当时只道是寻常

词话五　断肠声里忆平生

词话六　相看好处却无言

词话七　一声弹指浑无语

序言
纳兰心事有谁知

> 成容若君度过了一季比诗歌更诗意的生命，所有人都被甩在了他橹声的后面，以标准的凡夫俗子的姿态张望并艳羡着他。但谁知道，天才的悲情却反而羡慕每一个凡夫俗子的幸福，尽管他信手的一阕词就波澜过你我的一个世界，可以催漫天的焰火盛开，可以催漫山的荼蘼谢尽。
>
> ——徐志摩

每个人的生命里都会潜伏着一些经年不衰的哀与恸。它们会像不能根治的病症，时不时提醒你它们的存在。是不能舔舐的伤口，是无法触摸的曾经。遇见纳兰容若，遇见纳兰词，才得以有一处免你无依、免你流离之地，和一双予你温柔、予你美好之手。

纳兰容若，大清第一词人，一个至情至性的男子。他生于富贵温柔，却落笔清新隽永、哀感顽艳；他身处花柳繁华，却心系江湖、闲云野鹤；他身前是天潢贵胄，身后是玉阶云衢；他心外有岁月山河，心中有幽兰空谷。天地之大，他于夹缝之中渴望自由，他在自由之外渴望永久。

他既有俊雅之貌，亦有逸群之才。他既有豪放之风骨，又有内敛之精魂。他一世历经的女子不多，却终生为情所困。结发之妻，他永生不忘；结发之情，他至死不渝。深情即是一桩悲剧，仿佛只能以死来句读。可是，即便生死永隔，也不能阻碍他与她之间的旷世之爱流芳不朽。

三年。他与她比翼连枝，却只携手共享了短之又短的三年时光。故剑情深而情深不寿，成了他命中谶语，令人哀绝。也是因这一回的命运波折，纳兰词悼亡之音破空而起，成为纳兰词至为迥绝之处。从一句“人生若只如初见”惊艳四方世人始，纳兰词被后世人推崇至今。

因为纳兰容若，我们依然相信世间还有一生一世、海枯石烂。纳兰词中的唯美与凄婉、温柔与惆怅，成为纳兰容若拥趸之文学信仰和精神皈依的根源。讲述纳兰容若和纳兰词，总觉世间词语皆是乏力的。但是无碍，钟情于纳兰词的人，本应明净纯粹，持一颗纯真浪漫又清定如风的心，恋慕着他和他的词。

犹记得曹雪芹祖父曹寅在《楝亭夜话图》上题的那首悼念纳兰容若的诗。彼时，是康熙三十四年秋，容若已离世十年。曹寅时在江宁织造任上，庐江郡守张纯修来访，曹寅又邀江宁知府施世纶，三人秉烛夜话于楝亭。悼念容若。

曹寅写：

紫雪冥蒙楝花老，蛙鸣厅事多青草。

庐江太守访故人，建康并驾能倾倒。

两家门第皆列戟，中年领郡稍迟早。

文采风流政有余，相逢甚欲抒怀抱。

…………

多闻直谅复奚疑，此乐不殊鱼在藻。

始觉诗书是坦途，未防车毂当行潦。

家家争唱饮水词，纳兰心事几曾知？

斑丝廓落谁同在？岑寂名场尔许时。

曹寅与容若是故识。曹雪芹是曹寅之孙，想必他对纳兰一族的家史也知之不浅，因此，后来流传《红楼梦》乃明珠家事一说，世人猜疑纳兰容若便是贾宝玉的原型。清人俞樾所撰《小浮梅闲话》中亦说："《红楼梦》一书脍炙人口，世传为明珠之子作，明珠之子何人也？余曰，明珠之子，名成德，字容若。"

可惜，此说无证，真伪难辨。

家家争唱饮水词，纳兰心事有谁知？而今，我所做的，亦不过只是将住在自己心中那个青衫磊落的男子写下来，描说与你听。但那亦只是我眼中的，不能代表任何人。因我知道，或许避居在这个庸扰尘世某个静谧角落的你，知道的比我多，懂得的亦比我深刻。

一切事情的发生、进展或是变化都有各自的因循和缘分。着笔写作国学笔记伊始，便已为当中的纳兰词品读系列做着准备。时至今日，方觉一切稳妥，才敢落笔写作。今次，以张草纫先生主持编纂的《纳兰词集》和《纳兰词笺注》为底本，并依据其出版体例，将现存的全部 348 首纳兰词分定为五卷书来写。

在纳兰词现存众多版本当中，以张草纫先生的《纳兰词笺注》（下称《笺注》）和赵秀亭、冯统一先生的《饮水词笺校》（下称《笺校》）价值最高。《笺注》采用的是清许增编纂的《纳兰词》（俗称"榆园本"）为底本，增补校勘；《笺校》采用的是清徐乾学编纂的《通志堂集》中的纳兰词为底本（俗称"通本"），增补校勘。

值得注意的是，“通本”纳兰词作并不完整，只有 300 首。直至光绪六年（公元 1880 年）“榆园本”纳兰词问世，才出现比较完整的纳兰词集，并定名为《纳兰词》。它是在包括《通志堂集》在内的诸多纳兰词版本的基础之上校勘辑得的“纳兰词”集大成者。单就容若词作部分来说，主观上更爱重“榆园本”纳兰词。

如今，我执笔默写下一首一首纳兰词。铺开一卷一卷纸，借容若之眼看穿人世，写下最深沉的哀凉之诗。以耽于美之心来诵念，以耽于爱之心来低吟，以耽于容若之心来淡写。是我在这些暖春消逝、盛夏将至的日子当中可以做的最好的事。

此生唯愿，能与你携得半日悠闲光阴，月下依坐，听曲，读书，写作。饮一壶岁月之酒，吟两首时光之词。有白雪红梅，有青山绿水；有莲出清波，有兰生幽谷；有比翼鸟飞，有连理枝翠；有你，有我；有心，有情。然后，欢喜，静默。

王　臣

二〇一六年二月

引子
纳兰容若·小传

人生若只如初见，何事秋风悲画扇。

等闲变却故人心，却道故人心易变。

一、出生

纳兰容若，于顺治十一年农历腊月十二日（公元1655年1月19日）出生。原名成德，以避废太子嫌名而改性德，字容若，号楞伽山人。满洲正黄旗人。太傅纳兰明珠长子。康熙十二年（公元 1673 年）举人，康熙十五年（公元 1676 年）进士，官至一等侍卫。

著有《通志堂诗集》五卷、《文集》五卷、《渌水亭杂识》四卷、《侧帽词》《饮水词》共五卷，并称《纳兰词》。又有《全唐诗选》《词韵正略》，与顾贞观合辑《今词初集》。

二、家世

纳兰容若的先祖是蒙古人，姓土默特，后灭纳兰部，占领其地，改姓纳兰，居叶赫之地。称海西女真。

明代初期，满族分为三大部：建州女真、海西女真和野人女真。各部之间经常发生征战和兼并，其中建州女真势力最强。到明代末期，建州女真首领爱新觉罗家族的努尔哈赤与海西女真首领叶赫那拉家族的金台什（此人即是纳兰容若的曾祖父）成为满族两大势力。

为对抗明朝，满族两大家族联姻。努尔哈赤迎娶了金台什之妹孟古格格为妻。后又因为部族冲突，两大家族发生流血战争，金台什战死。海西女真最终为势力强大的建州女真所吞并。建州女真首领努尔哈赤统一了满族。而努尔哈赤与孟古格格之子皇太极，成为建立大清帝国的清太宗。

彼时，纳兰容若祖父倪迓韩归顺努尔哈赤之后，因在对抗明朝的战争中屡建战功，叶赫那拉家族也在爱新觉罗王朝中重新获得重要地位。纳兰容若之父纳兰明珠又迎娶努尔哈赤小儿子阿济格之女赫舍里氏为妻，是为两大家族间的第二次通婚。

那拉是满文音译，通纳兰。纳兰家族与爱新觉罗皇室之间的姻戚关联之密切显而易见。清军入关之后，容若之父纳兰明珠也官至武英殿大学士，累加太子太师，为康熙朝权倾一时的首辅之臣。容若之母罗氏，也被封为一品夫人。

因此，纳兰容若，一出世就被命运安排到了一个天潢贵胄的家庭当中，出身高贵，注定一生繁花着锦。

三、仕途

顺治十一年腊月十二日（公元 1655 年 1 月 19 日），纳兰容若出生。因生于腊月，幼时被唤作“冬郎”。他天资聪颖，好学不倦，博通经史，过目不忘。工书法，又精于书画评鉴。数岁时，即习骑射。是文武全才之人。

康熙十年（公元 1671 年），纳兰容若十六岁，入太学读书，为国子监祭酒徐文元赏识，推荐给其兄内阁学士、礼部侍郎徐乾学。次年，十七岁的容若参加顺天府乡试，一举考中举人。十八岁参加会试之后，却因身患“寒疾”未能参加殿试。

而后，容若发愤苦读，拜徐乾学为师。并在恩师指导之下，两年中，主持编纂了一部 1792 卷篇的儒学汇编《通志堂经解》，受到皇上的赏识。后他又把熟读经史过程中的见闻和学友传述记录整理成文，用三四年时间，编成四卷《渌水亭杂识》，其中包含历史、地理、天文、历算、佛学、音乐、文学、考证等方面知识。可见容若学识之广博。

二十一岁时，容若再次参加进士考试，考中二甲第七名。被康熙皇帝破格授予三等侍卫的官职，寻晋一等，从此步入仕宦之途。侍卫是皇帝贴身随从，虽官职不高，却极为重要。容若多次随皇帝南巡北狩，游历四方，奉命参与重要的战略侦察，多次出巡京畿、塞外、辽东、山西、江南等地。

因容若心有壮志，初时对侍卫生涯颇有微词，绝少开怀。也是因无力改变生活轨迹，且心有广阔天地，后便沉迷汉文艺术，广交文友，成为心性恬淡之人。“虽履盛处丰，抑然不自多。于世无所芬华，若戚戚于贫贱而以贫贱为可安者。身在高门广厦，常有山泽鱼鸟之思。”

二十三岁时，容若把自己的词作编选成集，名为《侧帽集》，又著《饮水词》，再后有人将两部词集增遗补缺，共 348 首，编辑一处，合为《纳兰词》传世。

四、爱情

关于容若妻室问题，素来有异议。

据考证，在容若娶正妻之前，在家养病期间，家中曾为他纳颜氏为妾，照料容若生活，以慰寂寥。康熙十三年（公元1674年），容若十九岁，迎娶两广总督、兵部尚书、都察院右副都御史卢兴祖之女为妻。彼时，卢氏十八岁，两人十分恩爱。是旁人眼中极为相衬的一双人。

只可惜，成婚三年，卢氏产下一子之后，便撒手人寰。这对容若来说，是他生命中极为重大的一次打击，令他伤情彻骨，终生不愈。也因此，之后容若词风为之一变。所谓“悼亡之吟不少，知己之恨尤深”。几乎可以说是无词不伤、无词不泪。

卢氏去世之后，容若续娶官氏为继室，赠淑人。但因与官氏内心相隔，容若实觉孤寥。康熙二十三年（公元1684年）冬，容若扈驾南巡归京之后，纳江南艺伎女词人沈宛为侍妾，并为沈宛置一曲房，请友人严绳孙书额曰“鸳鸯社”。

只是沈宛身份低微，招人非议。因其社会身份复杂，纳兰明珠强迫容若与沈宛分手。康熙二十四年（公元1685年），沈宛返回江南。两人相处不过百日，一切便尽化乌有。纳兰容若，也是才子风流，感情生活亦总为人津津乐道，市井流言也常有捕风捉影之说。

且有容若表妹入宫一事，可备做一谈。

五、交际

学者张任政在《纳兰容若年谱·自序》当中记道："生平挚友如严绳孙、顾贞观、朱彝尊、姜宸英蜚，初皆不过布衣，而先生固已早登科第，虚己纳交，竭至诚，倾肺腑。又凡十之走京师，咤傺而失路者，必亲访慰藉；及邀寓其家，每不忍辞去，间有经时之别，书札、诗、词之寄甚频。……唯时朝野满汉种族之见甚深，而先生友俱江南人，且皆坎坷失意之士，唯先生能知之，复同情之，而交谊益以笃。"

容若虽是生长于高门华阀的贵介公子，却成为一个心性单纯的磊落男子。是深情幽婉，亦是落拓不羁，全无八旗子弟之浮靡。他所热衷交往的人，如严绳孙、顾贞观、朱彝尊、姜宸英辈，皆是"一时俊异，于世所称落落难合者"。

他们多是江南布衣文人，与世无争。容若待人又极真挚，用情极深。朋友落难，不论险阻，必定相助。友人吴兆骞曾深陷科场案，被流放在外，容若百般努力，终将吴兆骞救回。此一事更是一时传成美谈。

他与他们之间，是真正的君子之交。平淡如水，不尚虚华。要做的，不过是在那“渌水亭”聚一聚，读书、写字、填词、作诗。感风吟月，叹念年华。

六、纳兰词

纳兰容若以词闻名，早年容若曾把自己的部分词作结集，取名《侧帽词》。容若去世之后，挚友顾贞观、张纯修为他整理过生前的词作，取名《饮水词》。后来，容若的老师徐乾学也为他整编过一部《通志堂集》，其中包括他的四卷词作。

后人又不断搜集、整理、增补，再编排刊印之时，定名为《纳兰词》。纳兰词今存 348 首，内容哀艳感伤，有南唐后主遗风，悼亡词情真意切，痛彻肺腑。

纳兰容若这一世，最受世人瞩目的，便是他留存的那 300 余首词作。极是清新隽秀，又极是哀感顽艳。纳兰词是词坛无可争议的一座丰碑。在词坛中兴的彼时，他与阳羡派代表陈维崧、浙西派掌门朱彝尊鼎足而立，并称“清词三大家”。

纳兰词内容涉及爱情友谊、边塞江南、咏物咏史及杂感等诸多方面。虽以其身份经历，词作数量不能算多，眼界亦不算开阔，但因了那旖旎词情，尽出佳品，为后世人大力推崇。

王国维赞容若道：“纳兰容若以自然之眼观物，以自然之舌言情。此由初入中原未染汉人风气，故能真切如此。北宋以来，一人而已。”况周颐更在《蕙风词话》中誉其为“国初第一词手”。

纳兰容若一生，恰如三月春花。生，之于容若，只是一趟短途旅程。生无完满，来去无涯。康熙二十四年，暮春，容若抱病。五月，与好友一聚，一醉，一咏，三叹，然后便一病不起。七日后，溘然而逝。是年，三十岁。

他是人间惆怅客。

不知何事泪纵横。

断肠声里忆平生。

词话一

西风一夜剪芭蕉

恨因谁（忆江南）

昏鸦尽，小立恨因谁？

急雪乍翻香阁絮，轻风吹到胆瓶梅，心字已成灰。

——纳兰容若《忆江南》

是为《纳兰词集》开卷第一首词。

这一首二十七字小令。题材习见，却因经了纳兰容若的笔，变得如此清媚动人。词里，有美人独立，有夕阳斜照，有心香成灰。词外，是思盼，是顾念，是深致不悔的情意。思忆当中有一种清微的愁，却愁中有美。

上阕有情，“昏鸦尽，小立恨因谁”，心中有爱念。下阕有意，“急雪乍翻香阁絮，轻风吹到胆瓶梅，心字已成灰”，萧索淡静的景，竟处处有哀痛。容若笔下，女子痴心如斯，令人感动。

黄昏时分，日暮昏鸦，扰攘群飞。她不知因谁，立在那一处，踟蹰、张望，心中不安。窗外柳絮飞如雪，轻缈缈飘入内室。又有微风轻浮，与她插于胆瓶内的数枝梅交相缠绵。柳絮、清风、寒梅，本有温柔景意，却在这一日凉了她的心。

如许经年，她早已失了他的音信。不知道何年何月，他身在何处，周身有何人相伴相依。她一如你，我，每一个人。总有一个人长住心底。平日里决然不敢肆意去想，去念。只能偶在宁静日暮的时分，偷偷探身去望一望。

望一望过去，望一望曾经，望一望那些共相依偎的温柔时光。只是，过去，便就是过去了。不会再回来，不能再拥有。唯念一句“心字已成灰”，关上窗，拉上帘，转身一声叹，然后结束这一程不为人知的黯然与心念。

末句“心字已成灰”写得最是凄怆，最是凉薄。“心字成灰”，一语双关。既是写心字香烧，也是写小立之女子的心意灰凉。明人杨慎《词品·心字香》记：“范石湖《骖鸾录》云：‘番禺人作心字香，用素馨茉莉半开者著净器中，以沉香薄劈层层相间，密封之，日一易，不待花蔫，花过香成。’”

所谓“心字香”，就是香末索篆成心字之香。宋词人蒋捷《一剪梅·舟过吴江》词即有：“银字笙调，心字香烧”之句。一句“心字已成灰”写下，似是真就要从此绝了她对他的想头。从此以后，再无牵挂、再无心念、再无追忆不休，纵她心中有千万不忍、不甘、不舍、不愿。至为感伤。

这一首《忆江南》将纳兰词当中那一种轻清之境写得令

人心骨柔软。读来便有一种感同身受的情意缱绻。初读即知是一首闺情词，以他笔写她之思，如此理解自然稳妥。但又或者，纳兰容若写作此词之时，本身即是心恨渐浓，自抒情思。

词牌《忆江南》，又叫《梦江南》《望江南》《江南好》《春去也》《谢秋娘》等。读了纳兰容若的《忆江南》，再读别人的《忆江南》，总觉缺了几分生香活色的人间情意。即便是有，也总觉得不如容若写得入微，不如容若写得荡人心肺。

大约只有《花间集》里温庭筠的那一首《梦江南》可拿来对照一读。词曰："千万恨，恨极在天涯。山月不知心里事，水风空落眼前花，摇曳碧云斜。"那一句"千万恨，恨极在天涯"，写得极是令人心醉。正是往事不能再提。

一句"山月不知心里事"倾倒后人无数。花间词自有它婀娜不尽的美。纵是写情之憾恨，也是繁丽更胜，婉转更胜。就好比温庭筠的《梦江南》词婉丽过纳兰容若这一首《忆江南》，却不及纳兰情切，不及纳兰词情真。这一"真"字说的是一种诚坦、省净、洗练。

纳兰词多是写一种意、一种情、一种境。读纳兰词，你终将得知，情始情终，不过"来去"二字。纳兰容若这一首《忆江南》不过尺幅小令，却能写得如此意兴流连。

纳兰容若是个心思柔细、情深意切的男子。擅短调小词。词风幽深、凄婉、隽秀、空灵。所作情长之词，皆有一种落寞和孤寂在。且是与旁人完全不同的一种心气。是那种与生俱来的人生领悟，在世间蹉跎之后呈现出来的一种幽独。

只自怜（赤枣子）

惊晓漏，护春眠。格外娇慵只自怜。

寄语酿花风日好，绿窗来与上琴弦。

——纳兰容若《赤枣子》

这一笔，容若写的是怀春少女。

少女怀春是寻常事。娇羞，新艳，蓬勃郁芳。婉丽少女，在情窦初开的年岁，单是立在某处，周身便就是有一种气韵在流转的。会莫名成为一道令人悦目的风景，引人注视。纳兰心细如尘，思维敏锐，将少女怀春之心迹，一字一句都写得温柔又到位。

彼时，天方破晓，她尚在眠睡。却忽听更漏一声惊，便从梦里慌乱醒来。侧目不见异动，神色却已微微不安。似是孩童，却又果真已然是褪去了幼嫩，有了自制力。不愿因这惊而露了怯。便克制住。

古人以漏壶计时。中国古代的漏壶也被称作“更漏”“刻漏”。

起初，漏壶是在漏壶中插入一根标杆，称为箭。箭下用一支箭舟来托，使之浮于水面之上，称之为“箭漏”。

水流出或流入壶中之时，箭会下沉或者上升，借以指示时刻。水流出者，为泄水型漏壶，叫作沉箭漏；水入壶者，为受水型漏壶，叫作浮箭漏。以上两种类型的漏壶统称箭漏。箭漏便分为这两种。另有以滴水重量判断时辰的，叫作“称漏”。亦有以沙代水的“沙漏”。

唐代李肇曾在《国史补》里有如下记语：“初，惠远以山中不知更漏，乃取铜叶制器，状如莲花，置盆水之上，底孔漏水，半之则沉。每昼夜十二沉，为行道之节，虽冬夏短长，云阴月黑，亦无差也。”这说的便是唐代铜制漏壶，言其计时准确。

开篇一字“惊”，即写出了一道如画风景，动静相宜。少女惊梦，是一种美。因晓漏而惊，却能因势按捺住心中微慌，侧身辗转，以护春眠。自幼便听得春困一说。一句“春眠不觉晓”，也隐隐便能窥知那春眠之好。于是，这一醒来，她竟怜惜起自己来。可惜了这本欲好眠的良辰。

又有“娇慵”二字写少女。将少女内心之娇嗔、慵懒刻画鲜活。似于纸间便见她婀娜仪态，动人心魄。唐诗人李贺亦有诗作《美人梳头歌》用到“娇慵”二字，一句“春风烂漫恼娇慵，十八鬟多无气力”，犹见美人清丽又妩媚的梳妆模样。

容若此词下阕，便是另一番风景。少女何以娇慵？何以自怜？

也不过就是心中涟漪泛泛，有了情意。也因是这隐秘情意，纵她在这日光盛盛的下午自梦里被漏声惊着，继而醒来，只看一眼窗外春花，却也觉得，好愉快、好自在。

那句“寄语酿花风日好”最是妙。忽一刹那，少女春眠又惊梦的画面便灵动起来。但见，她对春花私语，催花绽放，幽幽开口说着深隐的私房话。那是属于她的私密的少女心事。

却又是难以尽言。到底是她心有意，花木却无情。无奈之下，她便只能将一心琳琅美人意诉诸那把妙音的琴。女子亦有少年时，但那隐秘心事唯有自己一人知。清落落的少女心思，再妖娆，质地也终归是云淡风清的。

曾几何时，他身边也曾有一个这样如水似花的她。

耐寂寥（忆王孙）

西风一夜剪芭蕉，倦眼经秋耐寂寥？
强把心情付浊醪。读《离骚》。愁似湘江日夜潮。

——纳兰容若《忆王孙》

日月忽其不淹兮，
春与秋其代序。
惟草木之零落兮，
恐美人之迟暮。

夜读《离骚》，读出一心难耐孤楚。纳兰如是。也是时为三秋，窗外西风吹荡了一整夜。风过芭蕉林，声声入耳成苍凉。本已是凉时，又有呜咽风声，午夜梦回时分，他便觉心中愈加寂寥。

是有一种幽愁暗恨在心底。于是，他便夜夜孤坐对青灯，难以成眠。入了秋，四下里皆是枯色暗调，黄叶天黄叶地，看在眼里，更是别有一番忧愁滋味在心头。

素有“借酒消愁”一说。是为男子，执一壶酒，抛却世景之萧疏、人情之寡淡，倒也是姿态洒然。却无奈，举杯消愁愁更愁。因他心中郁结深久，那愁便也似住在身体当中，难以消却。于是，他便想索性去读书，以此来清定内心。

不想，一纸文章是《离骚》。字里乾坤尽是“国恨”二字。“长太息以掩涕兮，哀民生之多艰。余虽好修姱以鞿羁兮，謇朝谇而夕替。既替余以蕙纕兮，又申之以揽茝。亦余心之所善兮，虽九死其犹未悔。”是为“读《离骚》。愁似湘江日夜潮”。这愁，他大约是躲不过，避不及了。

一壶酒。

一册书。

一阕《忆王孙》。

诉尽容若心底之哀愁。

他写愁，是不隐蔽、不晦涩、不内敛的。他是肆意跋扈地去写，毫不留情地去写，赤情裸意地去写。虽不是句句有愁，却又果真是字字皆有愁情、愁意。不管迎拒，吟在口中，便是有一种萧索黯然在心头。那愁，他逼迫你与他感同身受。

彼时，容若正值盛年，是血气方刚的男子。虽是心思细腻善感之人，却也始终不忘少年立誓时的那一腔壮志。生是贵胄，一生都是顺风顺水，甚可谓之平步青云。弱冠年岁，文武双全的容若便开始常年伴随康熙帝。御前侍卫的声名虽是煊赫，但个中冷暖却唯有他知。

御前侍卫，是要职。顾全帝王，护他平安。不可谓不重。非是康熙亲信，是绝然不可能有机会伴君一侧的。却也正是如此，他力所能及的事便只是随君出行，鞍前马后。但未能对天下事尽心半分。

其实，也是因为容若心气太高，于是，一时间便一叶障目。未能理清头绪。其实，护全了皇帝，已是了不起的功绩一件。是他人力不能及、无可替代的。

身为康熙心腹，守护一国之君之荣耀竟未能带给他半分安慰。倒不是容若贪图名利，身世煊赫如他已然无此必要。只是当年，他尚年轻。谁不曾在年轻的时候怀揣过一心鸿鹄之志。

生命路途平顺如他，几乎是生无坎坷，因此，盛年时候的纳兰容若胸中的那一颗玲珑心依旧尚待打磨。如许经年，自有一日，他会心目开朗，潇洒对世情。却可惜，纳兰容若英年便逝。竟来不及，暖烟和月，乐归天伦。

容若此生，一世惆怅，愁中是愁。

无人语（玉连环影）

何处？几叶萧萧雨。

湿尽檐花，花底无人语，掩屏山，玉炉寒。

谁见两眉愁聚倚阑干。

——纳兰容若《玉连环影》

纳兰容若这阕词写得极美。

写的是：

女子之孤清。

女子之无力。

女子之思无可思。

而今是何时？只见窗外一帘雨。冷冷萧萧，将屋檐下她那年种植的花渐次淋湿。于是，便见那花，湿湿嗒嗒，颇有姿态。似在与人说话。只可惜，花间无人。是以孤掌难鸣，无人应答。“檐花”

一词极为美妙。宋人吕渭老《小重山》词便有“雨洗檐花湿画帘”之句。

所谓“檐花”，即是“檐下之花”。写至这一处，词中景深跨度初显。先是写屋外雨之萧萧，再写近处檐花湿尽。到下一句“掩屏山，玉炉寒”时便是将视线由远处收束，落于屋内。由远及近，景致层递，极有层次，极具画面感。

却见闺中，是伊人憔悴。看罢窗外萧瑟景致，她便孤零零转身将屏风掩合闭紧。本有青烟漫漫，自玉炉升。不料燃烟也似应景迎合这萧索风气，忽就香尽烟灭。远物，近景，刹那间，便皆有凉意。是孤寒清冷的，亦是寥落哀愁的。最是这样的时刻，便最是令人觉得心中清落。

这阕《玉连环影》疑是纳兰容若的自度曲。自姜夔之后，词人自度词作已是平常事。但纳兰容若这一阕词，最是下笔温柔。温柔笔下，又是浓情。词不见得有何深意，但能得一真“情”字，也已是极好的，极不容易的。

纳兰容若是性情中人，词风亦是婉约妙丽。无论长调或小令，皆离不开一个“情”字。这阕词，数遍念下来，纵觉是纳兰容若写予深宫表妹的。宫门深似海，入得宫门，便是无路可回。纵他常伴君侧，也是不知高墙里头，伊人是福是祸。

他与她，青梅竹马时，也曾玩过你嫁我娶的过家家。却原来，两情相悦也不抵皇上一句青眼有加的话。而今，他与她，已是隔着高墙，两不能见。她在宫里感伤，他在家中幽叹。

恰如这首词的意境。他写愁时，她正心中盈满哀怜，转身掩屏风，任那玉炉烟寒。在那宫墙之内，她是身不自由，是寸情难耐。即是成了皇帝的女人，也无法左右心中相思意。但也是无法，她亦知道，自己这一世，许也就是这样了。

宋词人晏几道《醉落魄》词云："若问相思何处歇，相逢便是相思彻。尽饶别后留心别。也待相逢，细把相思说。"这般写，是心中尚有期许，来年与她再相逢。而容若已然不存幻想。末句"谁见两眉愁聚倚阑干"将女子心中之哀感凄绝写到了极处。是默默无言地凝眉远望，是貌合神离地湮灭念想。

读罢这阕词，但觉一字：美。

怅惘之美。

伤憾之美。

哀艳之美。

月茫茫（遐方怨）

欹角枕，掩红窗。
梦到江南伊家，博山沉水香。
湔裙归晚坐思量。
轻烟笼翠黛，月茫茫。

——纳兰容若《遐方怨》

先说词牌《遐方怨》。词牌《遐方怨》原始于唐时的教坊曲名，后经温庭筠之手，始用作词牌。自温庭筠之后，鲜有人填此词牌。即便是在词之最盛的宋代，亦是无一人作《遐方怨》。而今有纳兰这阕妙词，甚是难得。

《遐方怨》调有两体，分单、双调。温庭筠创单调，单调三十二字，七句中第二、四、五、七句押平声韵。后来，唐文人顾夐、孙光宪创双调。顾夐和孙光宪虽声名不及温庭筠与纳兰容若这般世人皆晓，却也各自都有一首传世的好词。

顾敻有词《诉衷情》。一句“换我心，为你心，始知相忆深”，甚为惊艳。大有饮水词旖旎之妙。是真真可以穿透人心直抵爱恋内核的一句话。将他心，换她心，方可知，伊人一片相思意。

孙光宪有词《清平乐》。一句“连理分枝鸾失伴，又是一场离散”，也是听者惊动，爱赞不已。总是有这样的好句来蛊惑世间痴人，令人过耳难忘。恋之伴侣分离两地之苦，许是没有人能比孙光宪体味得更深刻。凭仗东风吹梦，与郎终日东西。

词都是好词。情真意切，词境极美。一如纳兰容若这首《遐方怨》。容若此词写的是梦境。写的是他所梦到珍爱之女子的细碎点滴，也不知道是思怀还是追悼。但那女子，想必是他已错肩而过的故人，是再也回不去的曾经。

深夜时分，阑珊阒寂。他灭了青灯，掩了红窗，回身便斜欹角枕，侧卧床上，恹恹睡去。本是一枕好眠，她却无端入了梦里来。让他心潮起伏，波澜壮阔，竟有一种似是少年人的惊动，恍惚之间像是见到那旧年深爱之人朦胧不清的脸。

纳兰容若写到“梦到江南伊家”，江南二字似有所指。容若命中三五女子，只有沈宛一人是江南女子。于是，不经便让人猜想，这阕词是否是追忆沈宛所作。也是真的可惜，他与沈宛，纵是情深，却无奈缘浅，相伴竟不过数月，便无疾而终。

又有“博山沉水香”一句，写梦境。“博山”，香炉名。博山炉，是汉魏时期常见的焚香器具，多以青铜和陶瓷所制。炉体呈豆形，炉上有盖。盖高而尖，镂空，呈重叠山形叠，有飞禽走兽雕于其间。因形似三大海上仙山（蓬莱、博山和瀛洲）之一的博山而得名。

诗仙李白有诗《杨叛儿》云：“博山炉中沉香火，双烟一气凌紫霞。”写的是博山炉熏香之时靡烟缭绕之意境。“沉水香”即是“沉香”。沉香香料取自沉香树上，亦可入药，因此燃于香炉之内所释放出的烟雾本身便有慑人的奇异香味。此词当中，所言即是燃于博山炉内的沉香。

因此，容若一句“博山沉水香”可谓是将江南小家碧玉式女子的香闺之内人烟迷蒙之妙丽画面描述得千回百转。极是迷人。又写她“湔裙归晚坐思量”。说她犹似浣衣归家之后，心中空荡荡倚窗思量。如斯场景，在容若心中，会是怎样一种深蚀心骨的思念。

末两句“轻烟笼翠黛，月茫茫”更是写尽了容若心头那一点梦里见伊人可远观不可亲近的憾。那一种憾，如轻烟漫过她的脸，如月光照进她的床，是你我梦中两相诀的心意苍茫，是谁也无法避过的一种凄凉。

谁与伴（诉衷情）

冷落绣衾谁与伴？倚香篝。
春睡起，斜日照梳头。
欲写两眉愁，休休。
远山残翠收。莫登楼。

——纳兰容若《诉衷情》

又是一个孤独女子。

许多时候，人都是在独处。独处时间最是诡异。有人哀怜，有人窃喜。有人落魄，有人孤寂。也有人，只是心无旁骛地，凝望窗外，思念着远处不属于自己的某个人。仅此而已。一如这阕《诉衷情》当中他写的女子。

最是这样的时分，人也最是慵懒。对一切事物都是缺失了兴趣和热情的，好比她。一句“冷落绣衾谁与伴？倚香篝。”便述尽了孤清自处的境况。那人不在，这华美衣裳绣衾也就了无生趣。

“谁与伴”亦是自语。谁与伴，与谁伴。倚香篝。

香篝，即是香炉，亦称熏笼、香熏，是用来盛点熏料驱赶蚊虫的器物。使用香篝的历史由来已久，约始于汉代，繁荣于明清期间。本身亦是精良的工艺品。置于室内，便是一角风景。

美人倚香篝。如此画面，想来也是有一种媚的。却可惜，美人心里寥落。因是心中所念的人不在，于是漫长白昼也是百无聊赖。昏昏一觉春眠醒来，竟已是“斜日”来照的日暮时分。

就是这样将一天漫漫光景消度。反觉安稳。人心之弱，不堪惊痛。醒一时，对那人就念一时。睡一时，对那人的思念也就少一时。是曾在那人身上投放了多大的梦想方才被击溃至连一时一日也觉得难以熬度，谁也不知。

初读而后的“欲写两眉愁，休休”两句之时，倏忽便忆起温庭筠的那句“懒起画蛾眉，弄妆梳洗迟”。这两处的语词意境，实有异曲同工之妙。他不在时，妆扮便失了意义。青黛蛾眉，欲写还休。青丝花环，梳洗偏迟。皆是纸间谈情的婉约词人，亦是隔世为知音的两个人。

小山重叠金明灭，鬓云欲度香腮雪。
懒起画蛾眉，弄妆梳洗迟。

照花前后镜，花面交相映。

新帖绣罗襦，双双金鹧鸪。

温庭筠这一首《菩萨蛮》与纳兰容若这一阕《诉衷情》，都是写闺中独居女子的孤清零落之苦。只是，温飞卿写得婉转婀娜，容若却写得清简深刻。虽各有妙处，但因容若这阕词较之温庭筠词少却了一些花繁之气，多的是一种直接的刺痛，便愈加令人觉得熨帖。

诸多情绪宣泄，在这一句“欲写两眉愁，休休”当中表达得尤为炽烈。本是想对镜描眉，但她是无法自抑地就将他念起。每及此时，一颗心便就轰然坠地。一切妆扮的愿欲都消失殆尽。

春日迟迟，她无心妆扮，又是愁眉深锁。但紧接的末两句“远山残翠收。莫登楼”，又将女子愁情戛然收束，一句自语的劝阻将她内心一切惆怅思虑止住。窗外的山峦渐渐隐没在暮色当中，翠色消残，也是无须顾盼。已是断肠人，又何必再登楼望远，将心底那一点爱之余烬不留余地地彻底灭散。

纳兰容若这阕词颇有花间遗风。以闺阁情思入题，写思妇之忧。落笔旖旎，以数十字，得女子内心幽独之真意。语词柔媚，女子之孤之清，刻画得灵动深刻，蕴藉有致。

叹一句，往事如烟。

一相逢（如梦令）

正是辘轳金井，满砌落花红冷。
蓦地一相逢，心事眼波难定。
谁省，谁省。从此簟纹灯影。

——纳兰容若《如梦令》

此词言短意长。本是相亲相爱人，经年之后，再相会，竟是隔花两端，不能言语。容若这首词，最美妙处便是未言情钟，读后却深觉爱意恳切。落花满阶的清晨，他与她蓦然重逢，相看无言。自此，他的一颗心便再不能平静。

词的开篇以“正是辘轳金井，满砌落花红冷”两句话勾勒出了一帧素丽的画面。金井寥落，落花红冷时，他与她见。景是好景，却多少有几分萧索之气。也因此，这开篇之句便给这首词定下了一个淡忧的基调，有一种低落的情绪在。

何为“辘轳”？辘轳，是一种利用滑轮原理制成的汲水起重装置。《辞海》当中这样说明“辘轳”一物：“井上竖立支架，上装可用于手柄摇转的轴，轴上绕绳索，两端各系水桶（亦有仅一端系桶的），摇转手柄，使水桶一起一落，汲取井水。”

而今，容若面前这口井，是枯了。唯有落花满砌，一片红冷。他便是在这样萧索的景色里，与她相望。竟也因此，她被这暗淡冷清的景衬发出一种无可比拟的幽静。似是天上人，落在凡尘里。这阙词，大约是容若写予表妹的。

相传，容若有一位青梅竹马的表妹，自幼在一起长大，二人感情也是在温柔发生、平顺延展，却在这一双人正当好年华的光景，遭遇了一场始料未及的分离。忽一日，他竟得知，姿容妙丽的表妹，受父母之命，入了宫。

正是一别几度秋。而今，不经意间，再相见，只道是“蓦地一相逢，心事眼波难定”。容若这一处的落笔，极是婉转，却又意蕴清晰，是在表达他对她的恋慕与钟情。这一份情，始终未曾有分毫更改。只是如今，情在，缘不在。纵是相见，也是无言。

容若这阕词最美妙的地方，当是末三句。“谁省，谁省。从此簟纹灯影。”词讲究的便是意蕴。全篇吟诵下来，情绪铺垫、积蓄至此，豁然释放，语词虽淡，似随意又清简，却有余音绕梁之感。“从此”二字最是意兴阑珊，似是起誓一般决然。

所谓“簟纹”，即是竹席纹路。簟纹灯影，意即表达那种孤自独处，与青灯为伴的寂寞。大文豪苏轼在组诗《南堂五首》当中也有“扫地焚香闭阁眠，簟纹如水帐如烟”之妙句。

只可惜，从此之后，却是簟纹灯影，孤清无伴。一腔情恨、情憾，经由“簟纹灯影”四个字，被表达得是精准又婉转。他不曾料想，而今这一见，美好之余，却又至为哀伤。他不知，她是否还曾记得——那年那月，他与她，月下初见。

那人心（如梦令）

纤月黄昏庭院，语密翻教醉浅。

知否那人心？旧恨新欢相半。

谁见？谁见？珊枕泪痕红泫。

——纳兰容若《如梦令》

或许，每个人的骨子里都是念旧的，纵使日后有所改变，也总是会有这样一刻不忘当初爱恨相伴的时候。容若是个多情又情深、细腻又敏感的人。此词追忆惘然之旧情。只是，思忆前尘往事，难免油然而生一腔孤愁。

每至暮色微垂的时分，抬头见昏暗云天，低头见落花满阶，他便就连同回忆一起沉醉在这眼前暗淡的景色当中。是这样一个用情至深的男子，一草一木落在他眼中，都是饱含浓稠情意的。

小令开篇忆旧。“纤月黄昏庭院，语密翻教醉浅。”暮色降临，月下黄昏，目见之处，尽是惘然。他记起那年，她也曾与他花前月下，饮酒闲话，絮语缠绵。却不想，听她将一席私房话细细密密说下来，竟令他酒意消散，变得气爽神清。真是，酒再甘醇，也抵不过她的一句一往情深。

如今，已然物是人非。酒还在，月还在，她却不在。一来二去地思索，他竟似孩童一般，心中怨怒。爱到深处总生恨，竟说起“知否那人心？旧恨新欢相半”的话来。一旦相思到了极处，难免变得焦灼，甚至刻薄。那人现在是新欢做伴，抑或念旧不忘，他不知。

猛然想起前日读的书，是一名台湾女作家的随笔集。她写道：“分手之后，念起那人，心里希望他好，却又想，也不必太好。”如此复杂纠错之心理，若要言明深细，不是易事。但爱过的人，定然都懂。就是那样一种爱至极处喜恨参半的心情。

其实，他不是想要去猜疑。只是无法，内心情意之暗涌难以自抑。他只是太害怕被她遗忘，相思之中更见彷徨。因此，容若作下了这首哀怨的《如梦令》。纳兰容若这首词写得用情不吝，绵绵情意渐磅礴。爱如梦，情如梦，伊人如梦。

所有的隐忍终在最后“谁见？谁见？珊枕泪痕红泫”几句被彻底释放。心知容若是易感之人，不想竟到了如此地步，甚至过于细腻了些。但正是这种别于其他男子的温柔，才让纳兰词别具魅力。兼有男子之耿直与女子之清媚，有一种迷醉人心的美。

末句“珊枕泪痕红泫”中“珊枕”和“红泫”二字可分开讲解。

珊枕，即是珊瑚枕。珊瑚多为红色，因此在这一处，纳兰许只是代指红色睡枕。“红泫”本是指女子因面敷脂粉，落泪之时，泪会洇染成红。后指代伤离死别之泪。可见，容若思念之孤楚，之疼痛。

也是，会有谁见，他深夜不眠，泪湿珊枕。作《如梦令》词，亦不过是，空惆怅，自惘然。奈何如花之美眷，似水流年。而今，他跟她，果真是，回得了过去，回不到当初。一切无法从头再来。

半浮沉（如梦令）

木叶纷纷归路，残月晓风何处。
消息半浮沉，今夜相思几许。
秋雨，秋雨，一半西风吹去。

——纳兰容若《如梦令》

彼时，二人初见，两不相识。却仅仅因这当下一面，他便再不能忘她。也是才子风流，遇得佳人如许，只稍一瞬，便似春风迎面，花繁满园。世界一切喧扰都默默退去，唯剩他与她，四目相对。一见钟情之美，就在彼此目光交会的一刹那。

容若此词极有可能是写给女子沈宛的。当年，也是经至交顾贞观介绍，容若方才有机会与汉人女子沈宛江南一见。因是初见，彼此都是心中怯怯，就只是那么，隔着春花，默默相望。

当时，容若爱妻卢氏去世时日已久，虽也继娶官氏为妻，一样是美人，但落在容若眼中到底是有了差别。亡妻卢氏可谓是雅人深致，虽不是才绝，却也是善书知画的女子。官氏虽贞静贤淑，但却不擅文墨，多少令容若多了几分寂寞。

沈宛却恰似那百花丛中最婀娜婉丽的一朵。人娇美，性敏慧。琴棋书画，无一不精，是一个经世难得的好女子。如此良人，在顾贞观的眼中，大约也只觉容若可与之相配。因与容若交往甚密，顾贞观也是深知容若内心孤楚，因此，便有心促成二人。

只是，二人情路并不平顺。彼时，容若在江南逗留时间有限，与沈宛也就匆匆一面便分离。而后，尽是想念，尽是相思。是日，落叶满地，秋意深浓。他走在这既熟悉又陌生的路上，想起她。

曾经执手走过海棠花下，而今却分散在天涯。叫他不能不伤感。每一段感情开始，都以为会与那人携手到老。直至物是人非、曲终人散，独自走过那长街短衢，方才知道，与那人，果然是再不能回去了。

纳兰词当中容若化用前人词句现象是常见的。虽是语词相近，被他转而一用，便往往有原本无有之妙趣。一如这阕词当中“残月晓风何处”和“一半西风吹去”两处。

柳永的“今宵酒醒何处？杨柳岸，晓风残月”是少年时便熟记在心的句。唯美意境当中尽是寥落黯淡的心意。容若化用而成的这一句“晓风残月何处”，是叩问，亦是追忆。时过境迁的道理他不是不懂，只是未能如常地来迎对。

自当日分离，别后经年，她是“消息半浮沉”。偶尔会从旁人口中得知一二。假装漠然不理，却私下窃窃记到了心里。就是这样一回事。只是可怜了他这一夜，相思如许。

最后的“秋雨，秋雨，一半西风吹去”是化用容若好友朱彝尊的那阕《转应曲·安丘客舍对雨》词当中“秋雨，秋雨，一半回风吹去”之句。词曰：“秋雨，秋雨，一半回风吹去。晚凉依旧庭隅，此夜愁人睡无。无睡，无睡，红烛也飘秋泪。”

也是写秋夜思人的一阕词。但怎么读，都觉欠了几分灵气，不如纳兰容若这一首《如梦令》来得清幽、缱绻、轻柔。多少红颜醉，多少相思碎。纳兰词总是这般，轻轻一点，就能触动你我心中之情意流连。

词话二

若问生涯原是梦

音书断（天仙子）

天咫尺（天仙子）

心自醉（天仙子）

影凄迷（江城子）

千帐灯（长相思）

画眉同（相见欢）

梦凄迷（相见欢）

锁朱门（昭君怨）

总成愁（昭君怨）

灯欲落（酒泉子）

音书断（天仙子）

梦里蘼芜青一剪，玉郎经岁音书断。

暗钟明月不归来，梁上燕，轻罗扇。好风又落桃花片。

——纳兰容若《天仙子》

容若对人性当中的孤独体尝甚深，把握精准。此词也是一样，词中女子之寥落失意，被容若写得到位、熨帖。明白如话，不事雕琢，却又是反复吟诵也不觉黯淡。虽然情意浓稠，但是亦不觉得哀怨过甚。反倒勾人怜爱之心。

词中“蘼芜”一物，是古代文人的心头之好。蘼芜，又名蕲茝，薇芜，江蓠。据辞书解释，它是一种香草，苗似芎䓖，叶似当归，香气似白芷。妇女去山上采撷蘼芜的鲜叶，回来以后，于阴凉处风干，叶子风干可以做香料，亦可以作为香囊的填充物。

古人相信蘼芜可使妇人多子，于是多做成香包佩带。但“蘼芜”一词在古典诗词当中往往寓意夫妻分离一类的女子闺怨。南朝徐梁编纂的古诗集《玉台新咏》当中有诗曰：

上山采蘼芜，下山逢故夫。
长跪问故夫，新人复何如？
新人虽言好，未若故人姝。
颜色类相似，手爪不相如。
新人从门入，故人从阁去。
新人工织缣，故人工织素。
织缣日一匹，织素五丈余。
将缣来比素，新人不如故。

这是一首语词直白、朗朗上口的诗。也不知何时，他便有了二心，离了她身旁，有了新的人。却可惜，再见之时，她到底未能忍住问了一句“新人复何如”，且不料他竟答“新人不如故”。衣不如新人不如故的道理人人皆懂，但也抵不过男子多情、见异思迁的心。如今再见，纵是情长难断也是惘然。

又有南北朝诗人谢朓《和王主簿季哲怨情诗》写：

掖庭聘绝国，长门失欢宴。
相逢咏蘼芜，辞宠悲团扇。
花丛乱数蝶，风帘入双燕。

徒使春带赊，坐惜红妆变。
平生一顾重，宿昔千金贱。
故人心尚尔，故心人不见。

诗中连续使用了三个典故来写女子被弃的哀怜之心。写王昭君，写陈阿娇，再写班婕妤。千般女子万般情意，到最后竟是都沦落至一样被弃的伤心境地。“蘼芜”一词也在这两首诗中似谶语一般被赋予一种哀愁、凄清、忧凉之意。所谓，爱似蘼芜，香亦清苦。

玉郎，则说的便是女子之夫。玉郎就是对男子之美称，女子亦通常用作对丈夫的爱称。唐代文人牛峤作有一首《菩萨蛮》词，便有“门外柳花飞，玉郎犹未归”的句子。

丈夫因事离家经年，音书近断。女子心中之挂念可以想见已到了怎样的程度。即使入了梦，见那蘼芜发青，经年过去，竟已齐整成片，也避不开要慨叹流年似水，要念起经年未见的人。

纳兰容若这首《天仙子》词当中，女子便哀凄如是。每至午夜时分，更是伤感。抬头是月明如霜雪，亦有钟声不绝于耳，但望远方，却始终不见男人归来。日日期盼，夜夜空待。唯有梁上新燕和手边罗扇相伴。真真是，人一去不复返，情一去不可待。

世间女子，纳兰最懂。

因为懂得，所以慈悲。

天咫尺（天仙子）

好在软绡红泪积，漏痕斜罥菱丝碧。

古钗封寄玉关秋，天咫尺，人南北，不信鸳鸯头不白。

——纳兰容若《天仙子》

他写相思，情深似痴。

相思一事，无论入诗入词还是作文，写起来总是会比别的事要来得温柔、动人。即便当中无尽思念之煎熬，依然通透流畅。纳兰容若笔下，又更添一种曼妙在其中。不单单如此，容若这阕《天仙子》语词浪漫，当中更是独具一种古意。

这种古意主要是体现在借喻和典故里。首句写“好在软绡红泪积”。读罢好像果真见那女子将一腔相思书于软绡之上寄予他，红泪相伴，字近氤氲。句句皆是情深，句句皆是惦念。

“红泪”，指女子因面染胭脂，泪落之时被染红，故称“红泪”，是女子心伤之泪。“红泪”一词有一典故。北宋张君房辑纂的《丽情集》记："灼灼，锦城官妓也，善舞《柘枝》，能歌《水调》，御史裴质与之善。后裴召还，灼灼以软绡聚红泪为寄。"

当时，容若扈从出塞，因事离家，与妻子卢氏分居两地。毕竟是康熙帝的御前侍卫，一切行止都依康熙帝行程为准。与妻子小别亦是常有的事。容若与妻子卢氏感情甚笃，卢氏又是知诗情、识风雅的女子，于是，这相思的信件也是与旁人不同，她不用纸来写，却用绢丝来书。

文字最易与人的内心产生共鸣。她书写时，是内心寥落至极的。愈是多写一笔，思念便愈是深刻。写至最后一个字，她便终于忍不住，泪眼婆娑。那泪，一滴一滴都落入了那软绡当中，覆于字上，洇染而入。

于是，容若写"漏痕斜罥菱丝碧"。此一句当中"漏痕"与下一句"古钗封寄玉关秋"当中的"古钗"都是用来比喻书法当中草书。他说。这信上字迹，因泪斑驳，竟反倒似潇洒草字，如斜挂的菱蔓上的行行花纹，别有一种美。但这美，此一刻，只觉凄清。

宋词人姜夔在其书法艺术论著《续书谱》当中有"草书用笔，如折钗股，如屋漏痕"之句。"折钗股"，也是比喻草书用笔的一种技法。钗是女子饰物，质坚而韧。此处是借以形容转折的笔画，虽弯曲盘绕但其笔致依然圆润饱满。"屋漏痕"，则是比喻书法用笔犹似屋墙破壁之间的雨水漏痕，旨在形容笔画之凝重与自然。

词之下阕，容若转而抒情。语词简白，但情意缱绻。时已深秋，他身在玉关，日日盼归与妻子相聚，却一等二等再等，归期不至。相思本就不是一个人的事。她念他之深，一如他思她之切。恰此时，妻子一封家书千里来寄。

彼时，他手执她信，他与她，似咫尺之间，却又实是天涯之隔。咫尺天涯就是这样的意味了。浓情蜜意之下，尽是爱之艰辛、爱之苍凉与爱之无法。于是，他才会说“不信鸳鸯头不白”。思念太深，连鸳鸯亦会白头。

愿得一人心，白首不相离。

心自醉（天仙子）

水浴凉蟾风入袂，鱼鳞触损金波碎。
好天良夜酒盈樽，心自醉，愁难睡，西风月落城乌起。
——纳兰容若《天仙子·渌水亭秋夜》

野色湖光两不分，
碧云万倾变黄云。
分明一幅江村画，
着个闲亭挂夕曛。

这是纳兰容若写的诗，题为《渌水亭》。写的是景，道的是情，是心。那日，暮色临时，天色一片苍黄，光照大地与湖水。眼下之景犹似一幅描摹江村日落的画，且有一座渌水亭来勾留住夕阳光辉，是极美的。寥寥数语之间，便知容若对“渌水亭”一处之喜爱。

渌水亭，纳兰府上的一处池上亭园。而今位置不明。许是在京城内什刹海畔，许是在京城西郊的玉泉山下，亦可能是在其封地皂甲屯玉河之浜。在纳兰词当中，多有描写水生植物的词句。这也与这座渌水亭关联密切。因渌水亭本便是容若读书、写作与会客之地。

容若独自一个人时，便常在渌水亭作诗填词，研读经史，著书立说。并在此处撰著而成《渌水亭杂识》一书。容若自己亦爱有才之人。当年，他与各方名士皆有往来。譬如：朱彝尊、陈维崧、严绳孙、梁佩兰、姜宸英、顾贞观、秦松龄、叶方蔼等。因此，他常在渌水亭邀客燕集，雅会诗书。

容若将这处傍水之所取名“渌水亭”也是别有深意。“露水”二字，意指水之清澈，水之淡泊，水之淡远。有一种内在的清定和寂静。也是纳兰容若的内心写照。因他骨子里便是一个恬静淡定的男子。

以渌水亭入题，作这首《天仙子·渌水亭》词来抒内心孤愁，亦是情理之中的。是再妥帖不过的。没有一处地方，会比渌水亭更适合容若抒情达意，作诗填词了。

这年秋，他是独自一人。妻友皆不在。天阶夜色，凉薄似水。“水浴凉蟾风入袂，鱼鳞触损金波碎”这两句写得很美。生动似画，用“凉蟾”借指月亮，“金波”借指月光。风入长裳之时，月色如洗。水中月影，亦是美极。

却可惜，这般美景，看在眼里，竟别有一番落寞生在心里。“好天良夜酒盈樽”，如此良辰，如此美景，他却只能孤自一人，对星自斟，对月自饮。好似九百年前那夜诗仙太白“花间一壶酒，独酌无相亲”之心涯空寥。真正是绿酒朱唇空过眼，心自醉，愁难睡。

彼时，他与顾贞观等人把酒夜话的场景依然历历在目，与妻子卢氏月下流连的画面犹似昨日。而今，却是一切都已不在，仿佛不曾有过，亦仿佛幻梦一场。却可惜，他竟迟迟不愿幡醒过来。也不知，这世间是否果真有一壶酒，可叫人，醉生梦死。

纳兰容若这一世，说是平顺，实则难安。若是这生涯浪漫与内心背离，纵是荣华，也是惘然。他一身好武艺，满腹好才情，却亦抵不过三两知己，一位好妻。虽也曾有“慷慨欲请缨”之志，但一切功名亦不过是过眼烟云。时岁逝去，可以存留在心的，亦不过只是那些旧事、旧人、旧情谊。

末了，他那一句“西风月落城乌起”。读来极是苍凉。念这一句诗，仿佛能见：那年那夜，他只身一人，望月，饮酒，作诗，然后转身消失在乌鹊四起的黑暗中。

来去孑然，与世情相离。

影凄迷（江城子）

湿云全压数峰低，影凄迷，望中凝。
非雾非烟，神女欲来时。
若问生涯原是梦，除梦里，没人知。

——纳兰容若《江城子》

此词，“通本”有词题为“咏史”。但细细品来，容若这首《江城子》的词意与历史并无干涉，疑为误加，故而“榆园本”未取。若要硬当咏史词作来解，那么，所咏的便只是战国宋玉所写“楚襄王梦神女”之事。

宋玉是历史上十分出名的美男子，楚地人，屈原弟子。除了一副惊为天人的容貌，所作的《高唐赋》与《神女赋》两篇赋亦是极为妙丽的上品之作。楚王梦神女的故事便是由这两篇赋文而来。

神女之美，一如宋玉之言：“茂矣美矣，诸好备矣。盛矣丽矣，难测究矣。上古既无，世所未见，瑰姿玮态，不可胜赞。”倾国之貌，世间无二，绝无可挑。上古不曾有，今世亦不曾见。再好的语言也是无可比拟的。就是到了这样一种至绝的美。

如此，纳兰容若方才将神女之音容映刻在心，并以之填词，以为纪，以为念。所作的这首《江城子》可谓是极为梦幻。反复吟诵，亦有身临其境之感，好似可见当年梦。

词之上阕，用“巫山神女”之典，写梦中巫山云雾缭绕，烟雨漫漫。远远望去，那十二山峰似被湿云所覆，山影凄迷。如此迷离之景，真是神女将至的预兆。云光熹微，却也是极美。只是，那年夜，宋玉与神女梦中相会之好，除了宋玉自己，旁人大约亦是不可得知。

后一句“若问生涯原是梦”则是化用唐诗人李商隐的无题诗当中“神女生涯原是梦”一句，流传甚广。两句词意，亦是相佐，都有一种喟然之态，情绪低迷。而重点则是引出“除梦里，没人知”两句之哀婉凄迷。此二句才是这首词真意之所在。

学者盛冬铃曾评说此词道：“词人用了巫山神女的典故……望着遮掩在浓云密雾中的群峰，联想到了那位‘旦为行云，暮为行雨’的神女，又联想到自己过去的恋人和情事，感而赋词。全词语意迂曲，使人有‘影凄迷，望中凝’的感觉，可能作者有难言之隐，所以采取这种表现方法。”

且不论这阕词是否果真是咏史词作。但容若在此词所要表达的，定远远不止一个“史”字这般简单寥落。正如“除梦里，没人知”两句的情意抒发和表达，在这阕词当中，纳兰容若自有某一种不为人知的哀伤的寓意在。却无只字言明，只是留白。

生之欢伤喜悲：如鱼饮水，冷暖自知。

附：

宋玉（战国·楚）/ 高唐赋

昔者楚襄王与宋玉游于云梦之台，望高唐之观，其上独有云气，崪兮直上，忽兮改容，须臾之间，变化无穷。王问玉曰："此何气也？"玉对曰："所谓朝云者也。"王曰："何谓朝云？"玉曰："昔者先王尝游高唐，怠而昼寝，梦见一妇人曰：'妾，巫山之女也。为高唐之客。闻君游高唐，愿荐枕席。'王因幸之。去而辞曰：'妾在巫山之阳，高丘之阻，旦为朝云，暮为行雨。朝朝暮暮，阳台之下。'旦朝视之，如言。故为立庙，号曰'朝云'。"

王曰："朝云始生，状若何也？"玉对曰："其始出也，对兮若松榯；其少进也，晰兮若姣姬，扬袂鄣日，而望所思；忽兮改容，偈兮若驾驷马，建羽旗；湫兮如风，凄兮如雨。风止雨霁，云无所处。"王曰："寡人方今可以游乎？"玉曰："可。"王曰："其何如矣？"玉曰："高矣，显矣，临望远矣；广矣，普矣，万物祖矣。上属于天，下见于渊，珍怪奇伟，不可称论。"王曰："试为寡人赋之。"玉曰："唯唯。"

惟高唐之大体兮，殊无物类之可仪比。巫山赫其无畴兮，道互折而曾累。登巉岩而下望兮，临大阺之稸水。遇天雨之新霁兮，观百谷之俱集。濞汹汹其无声兮，溃淡淡而并入。滂洋洋而四施兮，蓊湛湛而弗止。长风至而波起兮，若丽山之孤亩。势薄岸而相击兮，隘交引而却会。崪中怒而特高兮，若浮海而望碣石。砾磊磊而相摩兮，巆震天之磕磕。巨石溺溺之瀺灂兮，沫潼潼而高厉，水澹澹而盘纡兮，洪波淫淫之溶。奔扬踊而相击兮，云兴声之霈霈。猛兽惊而跳骇兮，妄奔走而驰迈。虎豹豺兕，失气恐喙。雕鹗鹰鹞，飞扬伏窜。股战胁息，安敢妄挚？于是水虫尽暴，乘渚之阳，鼋鼍鳣鲔，交织纵横。振鳞奋翼，蜲蜲蜿蜿。中阪遥望，玄木冬荣，煌煌荧荧，夺人目精。烂兮若列星，曾不可殚形。榛林郁盛，葩华覆盖。双椅垂房，纠枝还会。徙靡澹淡，随波暗蔼；东西施翼，猗狔丰沛。绿叶紫裹，丹茎白蒂。纤条悲鸣，声似竽籁。清浊相和，五变四会。感心动耳，回肠伤气。孤子寡妇，寒心酸鼻。长吏隳官，贤士失志。愁思无已，叹息垂泪。登高远望，使人心瘁；盘岸巑岏，裖陈硙硙。磐石险峻，倾崎崖隤岩岖参差，纵横相追。陬互横忤，背穴偃跖。交加累积，重叠增益。状若砥柱，在巫山下。仰视山巅，肃何千千。炫耀虹蜺，俯视崝嵘，窐寥窈冥，不见其底，虚闻松声。倾岸洋洋，立而熊经，久而不去，足尽汗出。悠悠忽忽，怊怅自失。使人心动，无故自恐。贲育之断，不能为勇。卒愕异物，不知所出。縰縰莘莘，若生于鬼，若出于神。状似走兽，或象飞禽。谲诡奇伟，不可究陈。

上至观侧，地盖底平。箕踵漫衍，芳草罗生。秋兰茝蕙，江离载菁。青荃射干，揭车苞并。薄草靡靡，联延夭夭。越香掩掩，众雀嗷嗷。雌雄相失，哀鸣相号。王雎鹂黄，正冥楚鸠。秭归思妇，垂鸡高巢。其鸣喈喈，当年遨游。更唱迭和，赴曲随流。有方之士，羡门高溪。上成郁林，公乐聚谷。进纯牺，祷琁室。醮诸神，礼太一。传祝已具，言辞已毕。王乃乘玉舆，驷仓螭，垂旒旌；旆合谐。大弦而雅声流，冽风过而增悲哀。于是调讴，令人惏悷惨凄，胁息增欷。

于是乃纵猎者，基趾如星。传言羽猎，衔枚无声。弓弩不发，罘？不倾。涉莽莽，驰苹苹。飞鸟未及起，走兽未及发。弥节奄忽，蹄足洒血。举功先得，获车已实。王将欲往见，必先斋戒。差时择日，简舆玄服。建云旆，霓为旌，翠为盖。风起雨止，千里而逝。盖发蒙，往自会，思万方，忧国害，开贤圣，辅不逮，九窍通郁，精神察滞。延年益寿千万岁。

宋玉（战国·楚）/ 神女赋

楚襄王与宋玉游于云梦之浦，使玉赋高唐之事。其夜玉寝，果梦与神女遇，其状甚丽，玉异之。明日，以白王。

王曰："其梦若何？"玉曰："晡夕之后，精神恍忽，若有所喜，纷纷扰扰，未知何意？目色仿佛，乍若有记：见一妇人，状甚奇异。寐而梦之，寤不自识；罔兮不乐，怅然失志。于是抚心定气，复见所梦。”

王曰：“状何如也？”玉曰：“茂矣美矣，诸好备矣。盛矣丽矣，难测究矣。上古既无，世所未见，瑰姿玮态，不可胜赞。其始来也，耀乎若白日初出照屋梁；其少进也？皎若明月舒其光。须臾之间，美貌横生：晔兮如华，温乎如莹。五色并驰，不可殚形。详而视之，夺人目精。其盛饰也，则罗纨绮缋盛文章，极服妙采照四方。振绣衣，披裳，不短，纤不长，步裔裔兮曜殿堂，婉若游龙乘云翔。披服，脱薄装，沐兰泽，含若芳。性合适，宜侍旁，顺序卑，调心肠。”王曰：“若此盛矣，试为寡人赋之。”玉曰：“唯唯。”

夫何神女之姣丽兮，含阴阳之渥饰。披华藻之可好兮，若翡翠之奋翼。其象无双，其美无极；毛嫱鄣袂，不足程式；西施掩面，比之无色。近之既妖，远之有望，骨法多奇，应君之相，视之盈目，孰者克尚。私心独悦，乐之无量；交希恩疏，不可尽畅。他人莫睹，王览其状。其状峨峨，何可极言。貌丰盈以庄姝兮，苞湿润之玉颜。眸子炯其精郎兮，多美而可视。眉联娟以蛾扬兮，朱唇的其若丹。素质干之实兮，志解泰而体闲。既姽婳于幽静兮，又婆娑乎人间。宜高殿以广意兮，翼故纵而绰宽。动雾以徐步兮，拂声之珊珊。望余帷而延视兮，若流波之将澜。奋长袖以正衽兮，立踯躅而不安。澹清静其兮，性沉详而不烦。时容与以微动兮，志未可乎得原。意似近而既远兮，若将来而复旋。褰余而请御兮，愿尽心之。怀贞亮之清兮，卒与我兮相难。陈嘉辞而云对兮，吐芬芳其若兰。精交接以来往兮，心凯康以乐欢。神独亨而未结兮，魂茕茕以无端。含然诺其不分兮，扬音而哀叹！薄怒以自持兮，曾不可乎犯干。

于是摇佩饰，鸣玉鸾；奁衣服，敛容颜；顾女师，命太傅。欢情未接，将辞而去；迁延引身，不可亲附。似逝未行，中若相首；目略微眄，精采相授。志态横出，不可胜记。意离未绝，神心怖覆；礼不遑讫，辞不及究；愿假须臾，神女称遽。徊肠伤气，颠倒失据，黯然而暝，忽不知处。情独私怀，谁者可语？惆怅垂涕，求之至曙。

千帐灯（长相思）

山一程，水一程，
身向榆关那畔行，夜深千帐灯。
风一更，雪一更，
聒碎乡心梦不成，故园无此声。

——纳兰容若《长相思》

长相思，极动人的三个字。单单一个词牌，便已胜了三分。此词牌名自南朝乐府诗而来。南朝萧统编选的《文选》当中有著名的乐府组诗《古诗十九首》，其中便有“上言长相思，下言久离别”的诗句。

也是深情女子。夫君在远方，她凄然独处，内心孤寂不可言说，唯有一心痴爱沉淀下来，支撑她、护佑她、看顾她。容若随君在外，竟与这女子成了映衬，有一种寂寥的默契在。她在记挂她的他，他在思忆他的她。还有，千里之遥的故园——那个家。

开篇两句“山一程，水一程”令人不禁想起“孔雀东南飞，五里一徘徊”两句诗和梁山伯与祝英台长桥十八相送的故事。是有那种往复和曲折的意境的。是极有层次感的一帧画面。山光水色青于蓝，亦是在写路途之遥。经山，又历水。

学者钱仲联在《清词三百首》当中记到：“《康熙起居注》：清康熙二十一年(公元1682年，下同)二月十五日‘上以云南底定，海宇荡平，前诣永陵、福陵、昭陵告祭’。‘二十三日辛丑，上出山海关’。‘三月初四日壬子，上至盛京’。容若以侍卫随行。此词是尚未出山海关时途中所作。写千军露宿，万帐灯火的壮观和风雪交加的旅途感受。”

康熙二十一年，康熙帝平定云南。是年二月十五日，康熙出关东巡，祭告奉天祖陵。纳兰容若作为御前侍卫，此时自是随同康熙帝出关，前往告祭。“身向榆关那畔行”一句道明行路方向为“榆关”，即而今的山海关。因旧时边塞常植种榆树，因此被称为“榆关”。

军队向山海关方向缓缓行进。夜深时，军队驻扎下来，远远看去，千帐灯海，起伏连绵，竟也是一种壮丽。只是目下边塞，是三月风雪凄迷天。日日皆有刺骨寒意席卷而来。环境之恶劣，非是而今你我可以想见。如此境况之下，容若便心生稚童似的眷念，想起家来。

思乡情意到词的下阕，开始抒发得更为直接、诚坦。“风雪交加之夜，他独立塞外，见天地苍茫。风一更，雪一更”。一听烈风呼啸，二看雪落满襟。如斯景况之下，容若难免心生童稚似的眷念，思忆故园。

北方关外的天气异常蛮烈，风声聒噪琐碎，让他内心难安，无法成眠。“聒碎乡心梦不成，故园无此声”。这一些嚣嚷，皆是家中不曾有的。那一头，此刻，定是平和静宁，令人身心熨帖的。

蓦地想起唐诗人崔颢《黄鹤楼》中“日暮乡关何处是，烟波江上使人愁”二句，所表达的情绪恰似这一处纳兰容若千帐灯下的无眠之乡心。无论是贵胄之身，抑或是清贫之躯，皆有一颗对家的皈依之心。不暗不明，生死相依。

家，是一生一世的执念。

画眉同（相见欢）

微云一抹遥峰，冷溶溶，
恰与个人清晓画眉同。
红蜡泪，青绫被，水沉浓。
却与黄茅野店听西风。

——纳兰容若《相见欢》

默契。

这阕词意境微凉，但所言之物，亦不过“默契”二字。他思念她时，她亦是在心底千回百转挂记着他。他处是“微云一抹遥峰，冷溶溶”。她处则是“红蜡泪，青绫被，水沉浓”。

天边一抹云，远山则如黛。遥遥望去，那暗青山脉连连，温柔延展，好似她清晨梳妆时轻缈缈画出的两道眉。令他忍不住要多看几眼，那是一种唯有他知、他晓、他可看懂、了悟透彻的美。是只被展示于他眼下的美。是他与她之间的一种深情默契。

这阕《相见欢》大约亦是纳兰容若作于出使途中，见山川寥落便思忆妻子，作下此词。上阕表面是工笔描绘眼前自然景致，实则书写心中的惦念。到下阕，便转了情景，写的是她处的心情。他有这样一腔自信，确知此时，彼此之间有一种羁绊和默契。

事实上，这首词也确实极有可能就是写给他的发妻卢氏的。他想，她定然也是在家中对自己思念不已。于是，他便写下“红蜡泪，青绫被，水沉浓”几句，勾勒出彼处伊人独守空房的情状。是拥衾独坐，是泪流满面，是独与缭绕沉香相伴。

雨过残红湿未飞，
疏篱一带透斜晖。
游蜂酿蜜窃春归。

金屋无人风竹乱，
衣篝尽日水沉微。
一春须有忆人时。

提及“沉香”，便想起周邦彦这一首《浣溪沙》。这首词所写之事、所发之情也是女子暮春怀人。暮春时节，微雨过后，屋外是一派阑珊景象。残花和细雨，细雨湿流光。花虽残，却未凋，透过一带疏离，依旧可见魅影花光。

忽有蜜蜂，百花丛中穿梭而过，显得朝气。也因是如此，将那残红落日之黯然便也忽然之间消淡了去。这一帧景，与女子内心孤寥有了对比。上阕写春景缭乱，却深藏着孤寂寥落之意。下阕是写女子闺房事物。景是由远及近，情便是由浅入深，层次分明。

日暮时分，窗外是风过疏竹，参差摇曳。室内是斜晖满地，竹影斑驳，景况凄清。“金屋无人风竹乱”一句用了汉武帝金屋藏娇之典，在这一处“金屋”则是指代女子的华丽闺室。他说，室虽华美，但女子却甚是孤寂。再有“衣篝尽日水沉微”，与容若那句“红蜡泪，青绫被，水沉浓”相得益彰，女子终日与那袅袅沉香相伴——孤静、哀伤。

在这春暮花残的时令，在这日暮斜照的时分。那人远在天涯，不可依，不可偎，念想亦无意。一句“一春须有忆人时”道破了她的心事。他赠她金屋，却抵不过当下的相思一寸。这样的惆怅，数百年后，容若因了一种情思，作了别词。

写回容若的词。沉香一句之后“却与黄茅野店听西风”是此词情意所归。“黄茅野店”指“黄茅驿”，此处便指代荒村野店。斑斓往日，化作相思。身在闺中，心在他处。与他同听西风咆哮，共享荒野之寂、之清、之潦倒、之美妙。

两地相悬，心相印，意相连。

梦凄迷（相见欢）

落花如梦凄迷，麝烟微，
又是夕阳潜下小楼西。
愁无限，消瘦尽，有谁知？
闲教玉笼鹦鹉念郎诗。

——纳兰容若《相见欢》

纳兰词，总是词中有画。他是词人，亦似画师。一笔一勾勒，春花秋月，夏雨冬雪，便跃然纸上，词间缠绕，缓缓浮现眼前。令观者有身临其境之妙趣，是真正的如诗如画之作。

时已入秋。落花缤纷，似梦凄迷。他作下这首《相见欢》，既是写女子之情、之心、之思，亦是写千回百转、隐忍难灭的幽愁暗恨。是为女子，总是内心纤睿敏感，比男子要多出几寸情怀的。

是日，她孤自在殿中，行于廊下，遛鸟看花。也不过转瞬的事，顾盼之间，便见院中花落，纷纷扬扬，凄迷满地。倒也是一番景，但她分毫不以为美，只觉惜花心起，觉得寥落。待她回身走入闺房，又见房中麝香微淡，烟欲散尽。再回首，是夕阳西下，斜晖相覆。

一步一回首，这样流连顾盼几回，她内心暗涌的愁意便豁然汹涌而出，当下便觉心意阑珊，人也憔悴。“愁无限，消瘦尽，有谁知”，内心孤楚是旁人不能体会的。女子独守空房，一日复一日，一年复一年。容颜风华竟在这无望等待当中消磨殆尽，情何以堪。

如许经年，她生活里唯一的乐趣，竟寥落至与孤鸟相伴。那是一只旧人赠予的鹦鹉。深宫里的寂寞日子大约就是这样了。“闲教玉笼鹦鹉念郎诗”一句，极是心酸。闲却的时间便只能教鹦鹉念几句那人写给自己的诗，以此度日。回忆有多快乐，她便有多寂寞。

这阕词，疑似容若写给入宫表妹之词。她入宫之后，便与他隔绝在两方天地。他与她也就成了举目长望、焚心空守，而不可得见的两个人。牛郎织女尚且有一期一会，他与她竟不及此。一切情钟的过往都成过眼云烟，了悟意义得挂在回忆当中。越斑斓越心伤。

深宫女子，日日夜夜想的便是伴君侍寝一昼夜。却可惜，她不是功利的女子，亦不愿与所爱相悖。却又恰恰不得圣宠，孤清一人在殿中。虽是孤楚至极，却也有幸得了闲，教那鹦鹉念郎诗。

末句“闲教玉笼鹦鹉念郎诗”是化用宋词人柳永《甘草子》

词中“却傍金笼共鹦鹉，念粉郎言语”两句而来。柳永《甘草子》与容若这阕《相见欢》，虽不同调，但词意并无二致。且看柳永笔下的孤寂与相思又是如何情状。词曰：

秋暮，乱洒衰荷，颗颗真珠雨。
雨过月华生，冷彻鸳鸯浦。
池上凭阑愁无侣，奈此个、单栖情绪！
却傍金笼共鹦鹉，念粉郎言语。

秋日黄昏，雨落残荷，点滴似珠。她独自一人，立在池边，听秋风，看落雨，赏残荷。不是好时候，人景两寂寞。待秋雨渐停，新月初升，洁白月光落下，鸳鸯戏水的池边，竟令她只觉满生刺骨凉意。也不过是深秋时令，却已寒冷至此。

其实冷的不是天气，是她的心。

她所思谁人，不可知。抑或本因相伴无人，方才哀愁满心，早已独自一人挨过无数过寒冷夜晚。也是孤清，也是凄凉。荷塘月下，轩窗之内，女子无眠，立身窗边，所做之事便只是调弄鹦鹉，教念郎诗。这番情绪，大约亦只有柳永和容若最是懂得。

锁朱门（昭君怨）

深禁好春谁惜？薄暮瑶阶伫立。

别院管弦声，不分明。

又是梨花欲谢，绣被春寒今夜。

寂寂锁朱门，梦承恩。

——纳兰容若《昭君怨》

初恋，总是至为美妙的。

即便伴随哀伤，甚至隐痛，经年之后回忆起来，依旧是泛着青草香气的。当中，是少年人独有的纯真历练。在世人心中，始终都有一个重要位置，是无可替代的。容若亦是如此。

纳兰词当中他写给表妹的词作亦不是少数。这一阕《昭君怨》便是。容若与表妹之初相恋，民国蒋瑞藻《小说考证》当中有简单记载，《小说考证》卷七引《海沤闲话》道：

纳兰眷一女，绝色也，有婚姻之约，旋此女入宫，顿成陌路。容若愁思郁结，誓必一见，了此宿因。会遭国丧，喇嘛每日应入宫唪经，容若贿通喇嘛，被袈裟，居然入宫，果得一见彼姝。因宫禁森严，竟如汉武帝重见李夫人故事，始终无由通一词，怅然而去。

皇城底，深宫里，女子依依。深深禁院当中，她独对春光浪漫，空空浪费了一派春色。因她心里寂寥，目光深处，尽是惆怅，尽是惘然。去年今时，来年今时，想必也是无差。

你说，“深禁好春谁惜？薄暮瑶阶伫立”。时值黄昏，暮色四合时候，人心最是脆弱。一道风，就能将心击得溃不成军。于是，他作下了一首首暮光笼罩的饮水词。一如此时，他写那女子孤独伫立在深宫禁院的玉砌台阶之上，夕阳照在她身，好是清寥。

忽然，耳边有琴音传入，她却不知琴声何处，也不知谁人弄笛。“别院管弦声，不分明”。虽是隐隐约约，难辨分明，却似有一种无望在其中。许是深宫哪一位女子和她有着感同身受的心事。与初爱的人隔绝在两个世界。在深宫里谋生、沉堕。

转眼，“又是梨花欲谢”。屋外春光虽绚烂，却也将到梨花凋谢时。这样的时令，也是极易让女子生发红颜易老之慨叹。如花美眷，似水流年。终有一日，她们要将在这寂寂深宫里苍老、枯朽，死亦无人惊动。一如来时，湮灭在美人丛里，不被注视。

一句“绣被春寒今夜”最是寒意漫漫。绣被也敌不过今夜春寒。这寒气，不单来自时令，更是源自内心。女子孤伶，心中自有凉意，六月暑天亦是心中飞雪。如此，她仿佛只能“寂寂锁朱门，梦承恩”。“承恩”，即承受恩泽，在这阕词中当是被君王宠幸的意思。

在后宫里，要想生存，除了依傍皇帝，得其宠幸，是别无他法。于是，她亦唯有在这举目春光却生之无望的地方，寂寂转身锁朱门。梦中承恩。纵是她心中所恋之人，过往之事日日浮上心头慰寂寥。末句“梦承恩”三字虽是惹人遐思。

如若这首词果真是容若写给表妹的，那么这一句话便是意蕴极为迂回，是大有深意。表妹入宫，要生，要活，必是要习得心术，得圣隆之宠。他一句“梦承恩”，也是点到为止。期望她得宠，日日荣华，却又心里极痛，难以割舍。于是，暂且落笔一句梦里承恩，作罢。

爱到如此地步，也是到了极处了。

总成愁（昭君怨）

暮雨丝丝吹湿，倦柳愁荷风急。
瘦骨不禁秋，总成愁。
别有心情怎说？未是诉愁时节。
谯鼓已三更，梦须成。

——纳兰容若《昭君怨》

纳兰词当中，有一些情愫贯串始终。比如孤寂与幽独，比如爱之欢喜与伤之荼蘼。他一生都为情所牵绊。是那样一个嗜爱成瘾的人。仿佛要时时刻刻都有人爱着，方才能安定一颗微凉的心。

纳兰容若这首《昭君怨》，旨在表诉一个“愁”字。这愁，源自孤独。孤独这件事是不会被诉尽的。这种情之阕如的情绪在这首《昭君怨》里显得尤为浓烈，用字热烈，无所顾忌，抛却了所有规束和框条。有一分相思就道尽一分。有两寸寂寥便就道尽两寸，不愿节制。

他写“暮雨丝丝吹湿，倦柳愁荷风急”。人间事事不堪凭。王国维说得精妙，“有我之境，以我观物，则物皆着我之色彩”。有怎样的心怀，见到的景致便有怎样的情韵。若你觉欢喜，那么，残草枯木皆似在闪耀。若你觉落寂，那么，翠柳风荷也似惶惶凄凄。

比如，这一时，伊人不在，他便觉得孤绝愁苦。暮雨在下，湿在他身，凉在他心。眼前那柳也似倦怠，那荷也似忧愁。人景渐合一，越看越阑珊。这种心境是容易理解的。她不在时，所有风光都失去颜色，变得颓然、落寞，甚至苦怆。

其实，“倦柳愁荷”四字是美的。有一种清寥之美，有一种哀愁之美，有一种颓之美，有一种旧之美。这四个字语出宋词人史达祖《秋霁》词中“江水苍苍，望倦柳愁荷，共感秋色”之句。词曰：

江水苍苍，望倦柳愁荷，共感秋色。废阁先凉，古帘空暮，雁程最嫌风力。故园信息，爱渠入眼南山碧。念上国。谁是、鲙鲈江汉未归客。

还又岁晚，瘦骨临风，夜闻秋声，吹动岑寂。露蛩悲、清灯冷屋，翻书愁上鬓毛白。年少俊游浑断得。但可怜处，无奈苒苒魂惊，采香南浦，剪梅烟驿。

史达祖《秋霁》亦是思人，是羁旅之思。怀念故园，思忆旧人。

词中“还又岁晚，瘦骨临风，夜闻秋声，吹动岑寂”之句亦可与容若的这阙词相呼应。史达祖是“瘦骨临风，夜闻秋声，吹动岑寂”，容若是“瘦骨不禁秋，总成愁”。真是应了那句：“何处合成愁，离人心上秋。”

情之毒，爱之毒，凡尘世人难以抗衡。因那爱，阑珊憔悴皆是寻常事，就连死亡，也不是匪夷所思。你说，一身瘦骨敌不过悲秋，必生忧愁。相思至骨瘦嶙峋，亦是意料之中的情状。只是，满心惆怅又能如何？你依然无处可说。彼之心情，是佳人不在，唯有孤影暗销魂。

这愁，无人可诉，亦无法来诉。

末了他写“谯鼓已三更，梦须成”。“谯鼓”是指古城瞭望楼上的更鼓。更鼓又响时，已是三更天。他是三更无眠，心意阑珊。他本指望梦中与伊人短暂相会，以慰相思。可是，而今这梦，是须成未成。你是那样急迫地逃离眼下荒芜，想要入梦寻她，得到安慰。

纳兰词，情深意重，离不了“情”字。似是一生一世，无法超脱。江水茫茫，他心如愁荷倦柳，不敌秋之萧瑟。时光为他盛满一碗哀伤，他却似饥渴将死的人，没有选择，没有余地，惴惴捧起它，然后一饮而尽。

灯欲落（酒泉子）

谢却荼蘼，一片月明如水。
篆香消，犹未睡，早鸦啼。
嫩寒无赖罗衣薄，休傍阑干角。
最愁人，灯欲落，雁还飞。

——纳兰容若《酒泉子》

都说纳兰此词，“情调凄婉，似韦端己手笔”。

韦端己即是韦庄，与温庭筠齐名的花间词宗。端己，是韦庄的字。是诗人韦应物的四代孙。词风清丽，有《浣花词》存世。好一个“浣花词”，确有如纳兰那一句“人生若只如初见”之妙，有惊艳四方世人的感觉。惹人注目。韦庄亦曾作《酒泉子》词。

月落星沉，楼上美人春睡。
绿云倾，金枕腻，画屏深。

子规啼破相思梦，曙色东方才动。
柳烟轻，花露重，思难任。

虽都是情深意重的词，韦庄这阙《酒泉子》用词要意趣更重。也不如容若的讨喜。因词中意象极具指向性，有堆叠之嫌，绚丽过之不及。容若“谢却荼蘼”这一首词，与韦庄一词相比，则要显得清新许多，意象也更清晰明丽。正是因容若写作这阙词时不刻意求深，亦不工于语词遣用，于是，便显得妙丽自然，更加讨喜。

酒泉子，原为教坊曲，后用为词调名。酒泉二字饶是有趣，泉似酒，酒似泉，泉酒交融，意境洒然。在应劭的《地理风俗记》当中，记到“酒泉郡”时果真说道，“酒泉郡，其水若酒，故曰酒泉”。词牌名有一份洒然，词本身却是较之深婉，亦沉郁、流美。

上阕写长夜无眠之感。首句当中写到“荼蘼”。荼蘼，是蔷薇科植物。花期在尾春，十分靠后。待到百花将谢之时，它方才盛放。正如苏轼那句诗所言，“荼蘼不争春，寂寞开最晚”。果真是如此的。这一处容若写“谢却荼蘼”，联系后面几句便知，这四个字当中分明有一种伤春情绪在。

倒是夜空尚有明月中挂，光洁如水，令人心悦。只是辜负了这当中明月，荼蘼在谢，心在枯萎。房中盘香将尽，他却仍是无半分睡意，直等到天将明，早鸦啼。

下阕写孤心怀人之思。“嫩寒无赖罗衣薄”当中一字“寒”与一字“薄”，勾勒出一帧甚是凄凉的画面。无眠长夜，他身披一件单薄罗衣，起身去走廊，倚在栏杆边。深夜风寒，丝丝真真，掠过他身，凉进了骨子里，却是无人来依。

这大雁飞还的时节真是愁人。若是如他一般只身一人，形影相吊，未必不残忍。恰似“每逢佳节倍思亲”，这雁归的时令，亦要使人心意惆怅，思念远方伊人，怀念旧日时光。时不时就会忍不住，要在夜深人静的时分，追忆起曾经共相伴的那些岁月。

言有尽，意无穷。这阕词，到最后“最愁人，灯欲落，雁还飞”几句，似是心事未能诉尽，犹有声声叹息。总觉得，这话后，理应还有要言说、要交付的心情。如是注定要分离，那么，天涯你我，各自安好。是否晴天，已不重要。

词话三

下弦不似初弦好

水沉烟（生查子）

东风不解愁，偷展湘裙衩。
独夜背纱笼，影著纤腰画。
爇尽水沉烟，露滴鸳鸯瓦。
花骨冷宜香，小立樱桃下。

——纳兰容若《生查子》

他善写女子，只因懂得。

这首《生查子》写的是少女怀春。开篇即写愁。但愁郁之下，实则是一颗少女心在蓬勃。她在情窦初开的年纪，穿着丝质长裙，嗔怨东风不懂她心中躁郁的愁。这愁之根底在于她日渐圆熟的内心有了爱之欲念，开始渴望被人悉心呵护与珍藏。

“东风”一语在此处被容若拟人化。说那东风，恰似弱冠男子。在荷尔蒙怒放的时节，他便多了一分盲目，多了一分唐突，缺了一分成熟男子应有的风趣和温柔。只知偷偷窥探她的裙衩。如此一解，便更易领略容若写作这阕词时愁情之下生机暗藏的寓意，是骨子里满怀希望的。

这亦似少女身上散发出的那一种忧愁与欢喜交织相错的独有气息，是不可复制的。但这气息，在容若的这阙词中缓缓变得浓郁，似是非要让人察觉不可。横生妙趣。

而后，他写“独夜背纱笼，影著纤腰画”。“纱笼”是一种以纱制成的罩，用以罩在灯或熏炉外。彼时，少女是如柳纤腰，风华正茂。在这清落的夜里，独自背靠丝沙所制的灯罩。然后在身前落下一道浅淡生姿的影。其实，此处容若是想借少女之“独”来写她身姿之曼妙婀娜。

这一刻容若笔下所写的少女，当下内心如迷失的孩童。也不知内心是惶恐、是期许还是寂寞。就只是木木地这样静坐着。直至闺房里，“爇尽水沉烟”。直至闺房外，“露滴鸳鸯瓦”。

“鸳鸯瓦”，顾名思义，指成对的瓦，是中国传统屋瓦形式，即一俯一仰，形同鸳鸯依偎交合。故称“鸳鸯瓦”。白居易的著名长诗《长恨歌》当中便有一句“鸳鸯瓦冷霜华重，翡翠衾寒谁与共”流传千古。容若此处写到它，分明是要映衬少女之寂寞。以让人深觉这小女子楚楚惹人爱怜。

孤寂冷夜，她心似火。在灯前自怜自伤，倒不如趁夜风尚清凉，走出门外，看看院前的一树樱桃花开。“小立樱桃下”，此情此景，实在是美。仿佛眼见如真。仿佛她真就立在视线垂落的地方，看花。

末两句“花骨冷宜香，小立樱桃下”最得纳兰词气韵。花骨，即花蕾，此处以花作喻，一语双关，亦有暗喻少女气韵芬芳的意味。这少女，纵是心中对情、对爱有所顾念，纵是心中因期许、因热望郁结难抒，但依旧似出水芙蓉，有一股莫名的芬芳气息。

容若这首《生查子》，写得轻灵跳荡，率真自然，纵有愁意逡巡，终究亦令人欢悦。别有怀抱。道是樱桃，怎样也忘不了宋词人蒋捷《一剪梅·舟过吴江》词里那几句：“流光容易把人抛，红了樱桃，绿了芭蕉。”

樱桃宴（生查子）

鞭影落春堤，绿锦障泥卷。
脉脉逗菱丝，嫩水吴姬眼。
啮膝带香归，谁整樱桃宴？
蜡泪恼东风，旧垒眠新燕。

——纳兰容若《生查子》

清康熙十五年（公元1676年），纳兰容若得殿试“二甲七名”。这阙《生查子》大约便作于这年的春天。彼时，他是新科进士。金榜题名之日，他难免心花怒放，欢喜溢于言表。于是，便骑上骏马，纵游春堤。

旧时男子骑马，是一道风景，好比女子浣纱，抑或是月下葬花，总会让人有一种说不清的迷恋。马鞭一扬，春阳照耀，便在那漫长春堤上留下细长影子。马蹄飞溅，尘土飞扬。他写“鞭影落春堤，绿锦障泥卷”两句，不过是要将一身潇洒尽情地表达。

开篇二句，令人身临其境，似见时光深处，金榜题名的美少年一骑尘烟，潇洒而过。“障泥”，即是马鞯。因垫在马鞍下，垂于马背的两旁以挡尘土，故称障泥。路边是“脉脉逗菱丝，嫩水吴姬眼”。菱丝蔓蔓，缠绕交织，脉脉含情。又有春水旖旎，在草木映照之下，泛出嫩绿光泽，好似吴姬那秋水眼波。

吴地美人，常被称作“吴姬”。吴，本是中国周代诸侯国名，后来常泛指今江苏省南部和浙江省北部，以及淮河下游一带，大约便是苏杭地区。苏州、杭州的美人是世人皆知的。婀娜身姿，俏媚面容，清秀如小桥流水，再配上几句吴侬软语，便不似凡间物。

元代画家、诗人王冕曾以吴姬为题作诗。诗题为《吴姬曲》。王冕是怀才不遇以致放浪形骸、寄情山水的典型。他有一身才华，一身傲骨。屡试不第之后，便漫游山水，浪迹江湖。在王冕心中，吴姬之舞，却是以色事人，哀感万千。少年容若看吴姬之美，心意要单纯许多。

还是当时未入仕途不知人间暖寒的容若内心清明些。那一年，他只是金榜题名、内心欢愉的美少年。一路追风，赶回府中庆祝。“啮膝带香归，谁整樱桃宴？”身骑白马归家来，便见家中樱桃宴。“啮膝”，一如“赤兔马”，是马的品种名。

所谓“樱桃宴”，是指科举时代庆贺新进士及第的宴席。始于唐僖宗时期。唐人王定保《唐摭言·慈恩寺题书游赏赋咏杂记》中记：“新进士尤重樱桃宴。乾符四年，永宁刘公第二子覃及第……独置是宴，大会公卿，时京国樱桃初出，虽贵达未适。

而罩山积铺席，复和以糖酪者，人享蛮榼一小盎，亦不啻数升。”

元代贡师泰在《和马伯庸学士拟古宫词》中亦有“近臣侍罢樱桃宴，更遣黄门送两笼”之句。清代文人袁枚在《随园诗话》中也写道：“溧阳相公康熙前庚辰进士也，重赴樱桃之宴。”

词末两句“蜡泪恼东风，旧垒眠新燕”最是情意复杂。前人依一“泪”字将末两句解作“伤心人别有怀抱”，不能认同。但容若在此处将“蜡泪”“东风”拟人化来写，又有“恼”字相佐，实有少女俏皮嗔怒之感。

科考入仕是大事，下至贫民，上至贵胄，若是金榜题名，家家都定然过节一般来对待，是光耀门楣一生的转折。旧垒眠新燕，又是一年好光景。这当中分明是一种对遥远未来充满容若式温柔地热望与冀盼。

对待功名，他也曾有过短暂的热情。

附：

王冕（元）/ 诗词选

王冕（1287—1359），字元章，号煮石山农，亦号“食中翁”“梅花屋主”等，浙江诸暨枫桥人，元朝著名画家、诗人、篆刻家。出身贫寒，幼年替人放牛，自学成才。以画梅著称，尤工墨梅。其诗多同情人民苦难、谴责豪门权贵、轻视功名利禄、描写田园隐逸生活之作。性格孤傲，鄙视权贵。有《竹斋集》3卷，续集2卷。存世画迹有《三君子图》《墨梅图》等。能治印，创用花乳石刻印章，篆法绝妙。后为躲避朝廷征聘，隐居会稽山中，得病去世。

吴姬曲

吴姬舞，翠袖凌云步轻举。

笑回不觅锦缠头，四坐金钱落如雨。

云烟转首无定期，紫燕黄鹂对人语。

对人语，明年春风谁是主？

白梅

冰雪林中著此身，

不同桃李混芳尘。

忽然一夜清香发，

散作乾坤万里春。

墨梅图题诗

吾家洗砚池头树，

个个花开淡墨痕。

不要人夸好颜色，

只流清气满乾坤。

不曾闲（生查子）

散帙坐凝尘，吹气幽兰并。
茶名龙凤团，香字鸳鸯饼。
玉局类弹棋，颠倒双栖影。
花月不曾闲，莫放相思醒。

——纳兰容若《生查子》

这是纳兰词中极有贵族气质的一首。

写的脉脉含情，落落大方。

首二句“散帙坐凝尘，吹气幽兰并”写的是诗书闲话，写的是红袖添香。他洒然不拘束，拾书便读，哪管那散落的卷张之上是否铺落尘埃。彼时，又有美人在侧，为他点灯，与他夜话。这书，读来也便多了几分妙趣。是一段不能不爱的珍贵时光。

其中“散帙”一词，本意指打开的书帙，此处借指读书。肆意散落的书卷蒙尘，容若不以为然。可见容若之随性与旷放。《晋书·简文帝纪》记："帝少有风仪，善容止，留心典籍，不以居处为意，凝尘满席，湛如也。"容若此处所言与简文帝"不以居处为意，凝尘满席"并无二致。

再有"吹气幽兰"一语，是说美人呼吸吐纳之间的微微女香胜于幽幽兰花。此处，指美人之香泽口气，即是此意。暗示容若夜半读书之时有美人在侧。引自汉武帝的典故，据东汉郭宪《洞冥记》载："帝（汉武帝）所幸宫人名丽娟，年十四，玉肤柔软，吹气胜兰。"

容若这阕词之所以充满贵族气，乃是因词中意象所指实物皆价值不菲。譬如，"茶名龙凤团，香字鸳鸯饼"二句，说他饮的是龙凤团茶，房中燃的是鸳鸯香饼。又有"玉局类弹棋"一句，虽"玉局"乃棋盘美称，但不能排除容若所用棋盘果真是上等玉器。

先说"龙凤团茶"。苏辙所撰《凤咮石砚铭》序中曾记"龙凤团茶"道："北苑茶冠天下，岁贡龙凤团，不得凤凰山咮潭水则不成。"它是宋时著名的贡茶，饼状，上有龙凤纹样。所以，被称作"龙凤团茶"。

再说"鸳鸯香饼"。顾名思义，即是形似鸳鸯的焚香饼。此种香饼，一饼之火，便可熏烧一整日。旧时香饼，除了燃烧熏香，亦可佩戴。

最后是"弹棋"。弹棋，是古代一种博戏，大约起源于汉代。弹棋的玩法，按照晋人徐广《弹棋经》所记，"二人对局，黑白各六枚，先列棋相当，下呼上击之”。到魏晋时期，改棋子数为十六枚，至唐代，更为二十四枚。

读罢诗书，他与美人踱步至院中，借皓洁月光，码上一盘棋。忽闻树梢有鸟，坠影于棋盘，仿若盘中棋子。两人默然相视，浅浅一笑，便各执棋子，你来我往，好不惬意。词中所写景况当是容若与卢氏朝夕相伴的那三年。却可惜，三年一夜，如梦一场。

花还是那花。

月还是那月。

人却是今昔两相别。

而今，他只能与她梦中一会，但求相思不醒。

剔残花（生查子）

短焰剔残花，夜久边声寂。
倦舞却闻鸡，暗觉青绫湿。
天水接冥蒙，一角西南白。
欲渡浣花溪，远梦轻无力。

——纳兰容若《生查子》

此词是容若失眠而作。当年，他只身边塞，总是孤枕难以成眠。是夜如旧，他几番辗转反侧，终于还是翻身而起，独对那短灯残焰。剔尽残花，将时间耗尽。屋外，只闻边声寂寂。屋内，则是容若心思寂寂。

在这样一个举目无亲的异地，他忽然便心头一热，念起家来，于是，情折情转之下，便作下了这阕《生查子》。开篇两句所言“边声”，指的即是边境之上羌管、胡笳、画角的声音。“边声”一词语出汉代李陵的《答苏武书》：

> 自从初降，以至今日，身之穷困，独坐愁苦。终日无睹，但见异类。韦鞲毳幕，以御风雨；羶肉酪浆，以充饥渴。举目言笑，谁与为欢？胡地玄冰，边土惨裂，但闻悲风萧条之声。凉秋九月，塞外草衰。夜不能寐，侧耳远听，胡笳互动，牧马悲鸣，吟啸成群，边声四起。晨坐听之，不觉泪下。嗟乎子卿，陵独何心，能不悲哉！

当中“吟啸成群，边声四起”一句，所写之景，极是仓皇。彼时，容若身处之境，大约也无甚差别。那一种边关生野之气，浩浩荡荡将他席卷。铺天盖地，皆是仓皇豪烈的蛮夷之风。相形之下，他这一点乡愁便愈显微不足道。亦是因此，他愈加思念得深切，凶猛。

接下来两句是“倦舞却闻鸡，暗觉青绫湿”。思家之情溢于言表，是直抒他的心里话。此处，容若反引了“闻鸡起舞”的典故。《晋书·祖逖传》记：“初，范阳祖逖，少有大志，与刘琨俱为司州主簿，同寝，中夜闻鸡鸣，蹴琨觉曰：‘此非恶声也！’因起舞。”

此刻，他心中思绪复杂。一来，他思归之心深切，情意难挡。二来，他对自己要求严苛，羞于心中私念。但情之所至，也是无法。闻鸡起舞，本意是比喻有志报国的人及时奋起。但当下，他是倦于起舞，却无奈闻鸡。反用“闻鸡起舞”之意。

词至下阕，更是情深处不能自制的表达。“天水接冥蒙，一角西南白”，真真是天色灰暗，凄凉荒芜。唯有西南天角，泛出云白。边塞距离京城相去何止千里，但在这一处，容若又将情意稍稍收敛，未言京城，却道天府之地的幽幽浣花溪。

“浣花溪”，极美的三个字，位于今成都西郊，杜甫草堂边。许容若所念之人与浣花溪有关，许亦无关，只是家的意象象征，并无他想。倒是西蜀文人张泌曾作下一阕情思旖旎的《江城子》词，说与那浣花溪上的丽人听：“浣花溪上见卿卿，脸波明，黛眉轻。高绾绿云，金簇小蜻蜓。好是问他来得么？和笑道：莫多情。”

容若写“欲渡浣花溪，远梦轻无力”。是似曾相识的知觉。人在梦中，时常会有力不从心之感，总是梦轻无力。离忧难禁。夜和月，月和梦，梦和心，都是一样的迷离惆怅。

落笔至此，心生一念。

来日，也要去那浣花溪看它一看。

别时情（生查子）

惆怅彩云飞，碧落知何许。
不见合欢花，空倚相思树。
总是别时情，那得分明语。
判得最长宵，数尽厌厌雨。

——纳兰容若《生查子》

白居易在他的著名长诗《长恨歌》当中有“上穷碧落下黄泉，两处茫茫皆不见”之句。写的是唐玄宗命道士高人寻杨贵妃，上天下地不惜，爱是要人命的，彼时的唐玄宗是要将这天地翻过来寻她。

却可惜，此处的容若不是玄宗、不是君王，有心亦是无力。不知伊人去处。“惆怅彩云飞，碧落知何许”。“彩云”，在此处代指他心上的女子。因彩云飞去，伊人不知所往，他便情难自禁，满心惆怅。不知伊人在何方，唯能寄希望于穹穹碧落天。

所谓“碧落”，是道家术语。指东方第一层天，有碧云满天，故称“碧落”。道家经典《太上洞玄灵宝无量度人上品妙经》卷二十《碧落空歌品》当中说到，东方分六天：碧落、碧梵、碧空、碧罗、碧合、碧彦、碧宏。

这阕词，前人以为是悼亡词，但而今读来，悼亡之意甚微，却是极像是写予哪个与他情深缘浅两擦肩的女子。只是怀念，只是相思。纵观容若生平际遇，这美人，极有可能便是沈宛。

词中“不见合欢花，空倚相思树”最美。最得纳兰风神，极是幽，极是美；又极是凄清，极是哀凉。合欢花，又名马头缨花。开于合欢树上，盛年七月，总是一派绯红艳艳。恰似爱之旖旎、情之娇媚。亦是文人墨客诗词文章当中常用的爱情意象。古人亦常用夜合欢赠人，以示消怨和好。

晋干宝的《搜神记》第十一卷当中有一则关于相思树的传说。说这相思树乃是战国时期宋国康王戴偃的舍人韩凭与其妻何氏所化生。因何氏貌美，康王便设法囚禁了韩凭，夺走何氏。后何氏密书一封给丈夫，说“其雨淫淫，河大水深，日出当心”，语词深悔，难能理解。

后有智臣解出其中含义，说何氏有殉情之心。未及康王阻止，韩凭便在狱中自尽，何氏亦投台而死。后来康王发现何氏留下遗书一封，希望可以与亡夫合葬。但康王盛怒，未让何氏如愿，将二人分开葬下。使两坟相望，近在咫尺却不能合墓，十分凄凉。

不久，便出现异象。二冢之端皆长出高大树木，屈体相就，根交于下，枝错于上。又有鸳鸯，雌雄各一只，栖息在树上。晨夕不去，交颈悲鸣，音声感人。后人感念，便为二树取名“相思树”。

又是一个生死相随的故事。容若又怎会不想，有这样一个可以朝夕相伴、不弃不离的人在身边。奈何世间种种姻缘，自有定数。来时去时皆是无定的。“总是别时情，那得分明语”。往事依旧历历在目，迟迟不能忘却，以致而今，他辗转反侧，彻夜无眠。

总有一些人、一些事，不消失、不散灭。就那样矗立在记忆当中，似近又远，似是而非。欲亲近，不得。欲忘却，不能。唯有一个人寂寞夜深时分，生发思念，然后拼尽长宵，聆听细雨绵绵。

秋如许（点绛唇）

别样幽芬，更无浓艳催开处。

凌波欲去，且为东风住。

忒煞萧疏，怎耐秋如许？

还留取，冷香半缕，第一湘江雨。

——纳兰容若《点绛唇·咏风兰》

初见“风兰”二字之时，便极有好感。因它无端透出一种淡静，一种幽雅，一种与世两忘的妙意。亦有一种久违的亲近感，仿佛它就开在咫尺处，与我默然相看。似是前世的情人所化，带着一种不能抵抗的温柔，招引，与期盼。

清人徐珂在《清稗类钞·植物类·风兰》中记：“风兰，寄生于深山树干上，叶似兰而短，有厚剑脊，夏开小白花，有一二瓣曲而下垂，微香，无土亦可生。”

它亦被文人墨客唤作“轩兰”。素白，隽秀，似仙地少女，与世无染。形貌上与水仙有几分相似，但更有一种深幽之气，观者心安。容若作这一首《点绛唇》用风兰，雅人吟风兰，才是真风雅。这首词是容若题于画家张见阳的一幅风花画上，因此，此词张刻本有副题曰《题见阳画兰》。

张见阳，字子敏，名纯修。见阳是他的号。父亲是工部尚书张自德。张见阳画艺超绝，清代绘画著述《国朝画识》称其，“性温厚博雅，画得北苑南宫之沉郁，兼云林之飘淡，尤妙临摹，盖其收藏颇多，故能得前人笔意。书宗晋唐，更善图章”。

张见阳除了与容若知交不浅，与曹雪芹之父曹寅亦有甚深的画缘。张见阳的《楝亭夜话图》《五洲烟雨图》《墨兰图》均有曹寅的题诗。容若与张见阳之所以相识，也是因了曹寅的引荐，却不想一见如故。

容若与曹寅二人则本是至交。两人同出于座师徐乾学门下，同为康熙帝的御前侍卫。也因了这一层关系，便延伸出一种说法，说曹雪芹所著《红楼梦》里的男主人公贾宝玉便是以纳兰容若为原型塑造出的。且这一种说法拥趸甚广。

但王国维在《红楼梦评论》里说：

评《红楼梦》者纷然索此书之主人公之为谁……综观评此书者之说，约有二种：一谓述他人之事，一谓作者自写其生平也。第一说中大抵以贾宝玉为即纳兰容若……然诗人与小说家之用语其偶合者固不少，苟执此例以求《红楼梦》之主人公，吾恐其可以傅合者断不止容若一人而已。

至今，贾宝玉与容若之间的关联，依旧无可定论。但如此想着，这容若的一世若果真似宝玉一般，倒也不是不美的。纵是结局有些凄婉，有些哀凉，有些让人不禁潸然。

有趣的是，容若这首《点绛唇》竟颇有几分宝玉的脂粉之气，写的情翻意涌。对风兰之赞未有半点掩饰。他是这样爱着张见阳的这幅画里的兰。“别样幽芬，更无浓艳催开处。”那淡雅风兰，似从画中便能散出别样芬芳。

未曾得见张见阳的这幅画。其画之各种妙意唯有借此处纳兰词中的几笔私自揣度一番意。“凌波欲去，且为东风住”二句，写那画中风兰姿态轻盈，栩栩如生，犹似仙女凌波欲去，却又因那东风欲去还留。静态的画，在张见阳的笔下，显出一种动态的生机。

容若本身对咏物词便有独到的鉴赏力。他说，“唐人诗意不在题中，亦不在诗中者，故高远有味。虽作咏物诗，亦意有寄托，不作死句”。这阕词所咏之风兰，亦非富贵之花，倒是常见于深山野壑当中。虽有别样香，却独处幽境，不与世交。

因此，或可将此词理解为容若以风兰自况，颇符合容若入仕见惯官场尔虞之后，一心向山水云涛的清淡愿望。可惜，这萧疏的花朵怕是亦抵不过秋风劲劲。不过，纵是只有冷香半缕，她依旧是这湘江水上最美的一枝。纳兰容若如是。

伤心早（点绛唇）

一种蛾眉，下弦不似初弦好。

庾郎未老，何事伤心早？

素壁斜辉，竹影横窗扫。

空房悄，乌啼欲晓，又下西楼了。

——纳兰容若《点绛唇·对月》

月之锦绣。

月之残缺。

月之团圆。

月之半离。

不同形状的月，亦在世间人心里各自有寓意。锦绣团圆是欢，残月半离是伤。容若这一日，仰头望去，便是如钩的下弦之月。上弦月，现于上半月的上半夜，出现在西半边天空，西半边亮。

下弦月现于下半月的下半夜，出现在东半边天空，东半边亮。上弦月一般是初七、初八有，下弦月是二十二、二十三有。

只是容若写“一种蛾眉，下弦不似初弦好”，不是简简单单只是在写月相。他自然另有别的想法。女子之眉如月是古代诗词文章当中常有的比喻。此一处，将这月相分别解读为，下弦月是女子愁眉之面相，上弦月是女子欢喜之时眉目上扬之面相，未尝不可。

离不如聚。他根本无法将她忘掉。读这阕词时，总觉有一种沉沉暮气。许是因为词意伤感，许是其他。但大抵是因为“庾郎未老，何事伤心早”两句入心太深。读得越久，落在心底，便越觉所有语词都退居其次，成了这两句的陪衬。

庾郎，是庾信，南朝梁时的文学大家。庾信的运命与苏武有几分相似。梁武帝末，侯景叛乱，庾信时为建康令，率兵御敌，战败。建康失陷之后，他被迫逃亡江陵，投奔梁元帝萧绎。

梁元帝萧绎承圣三年，他奉命出使西魏，抵达长安不久，西魏便攻克江陵，杀萧绎。梁为西魏所灭。庾信也因此被迫留在长安。后来，庾信官仕北周，与江南，与故国永诀。纵是官至骠骑大将军，开府仪同三司，他却始终内心郁结难抒。

颠沛流离如许年，纵然已是他朝臣，但心中对故土之眷念，始终未曾淡去，日日萦绕心头，避不开的，是憔悴，是惆怅，是欲说还休的悲伤与无望。也是基于如斯感情地触动，庾信作出如

《哀江南赋》《伤心赋》一类的旷世名篇。

词中之“庾郎”，容若是代指自己。庾郎未老，何事伤心早。他岂能不知因何事。内心的惆怅、孤单，对她的想念，似潮水一般，总在这月辉竹影寥寥相映的深夜时分，漫过来，将他席卷。

白壁墙面之上，月辉残照。窗外竹影横斜，深浅摇曳，似他心中的无尽心事，漫进屋里，支离破碎。这样寂寥的夜里，他竟是独自一人卧空房。房间静得令人惊慌。忽听乌鸦声起，残月西沉，他空对素壁，徒与孤影，孑然相吊。一夜就这样过去了。

这首词，理应解为容若思怀妻子卢氏的悼亡词，虽语词简淡，但处处是至浓至烈的哀伤。此时此刻，容若的心中是空前的绝望。他不得不承认，她这一去，是真的再也无法回来了。

附：

庾信（南北朝）/ 伤心赋

庾信（513—581），字子山，小字兰成。南阳新野（今河南新野）人，南北朝时期文学家、诗人。其家“七世举秀才”“五代有文集”，父庾肩吾为南梁中书令，亦是著名文学家。

余五福无征，三灵有谴，至于继体，多从夭折。二男一女，并得胜衣，金陵丧乱，相守亡殁。羁旅关河，倏然白首，苗而不秀，频有所悲。一女成人，一外孙孩稚，奄然玄壤，何痛如之。既伤即事，追悼前亡，唯觉伤心，遂以《伤心》为赋。

若夫入室生光，非复企及，夹河为郡，前途逾远。婕好有自伤之赋，杨雄有哀祭之文，王正长有北郭之悲，谢安石有东山之恨，岂期然矣。至若曹子建、王仲宣、傅长虞、应德？连刘滔之母，任延之亲，书翰伤切，文词哀痛，千悲万恨，何可胜言？龙门之桐，其枝忆折；卷葹之草，其心实伤。呜呼哀哉。赋曰：

悲哉秋气，摇落变衰。魂兮远矣，何去何依。望思无望，归来不归。未达东门之意，空惧西河之讥。在昔金陵，天下丧乱，五室板荡，生民涂炭。兄弟则五郡分张，父子则三州离散。地鼎沸于袁曹，人豺狼于楚汉。或有拥树罹灾，藏衣遭难，未设桑弧，先空柘馆。人惟一丘，亭遂千秋，边韶永恨，孙楚长愁。张壮武之心疾，羊南城之泪流。痛斯继体，寻兹世载。天道斯慈，人伦此爱。膝下龙摧，掌中珠碎。芝在室而先枯，兰生庭而蚤刈。命之修短，哀哉已满。鹤声孤绝，猿吟肠断。嬴博之间，路似新安。藤缄？彗椟？卉掩虞棺。不封不树，惟棘惟栾。天惨惨而无色，云苍苍而正寒。

况乃流寓秦川，飘摇播迁，从宦非宦，归田不田。对玉关而羁旅，坐长河而暮年。已触目于万恨，更伤心于九泉。至如三虎二龙，三珠两凤，并有山泽之灵，各入熊罴之梦。望陇首而不归，出都门而长送，对宝碗而痛心，抚《玄经》而流恸。石华空服，犀角虚篸。风无少女，草不宜男。乌毛徒覆，兽乳空含。《震》为长男之宫，《巽》为长女之位。在我生年，先凋此地。人生几何，百忧俱至。二王奉佛，二郗奉道。必至有期，何能相保？凄其零露，疯焉秋草。去矣黎民，哀哉仲仁。冀羊祜之前识，期张衡之後身。一朝风烛，万古埃尘。丘陵兮何忍，能留兮几人。

何时旦（点绛唇）

五夜光寒，照来积雪平于栈。

西风何限，自起披衣看。

对此茫茫，不觉成长叹。

何时旦，晓星欲散，飞起平沙雁。

——纳兰容若《点绛唇·黄花城早望》

黄花城。很好听的一个地名。也是在京城内，方位大约是位于而今的北京怀柔。倒是听说过黄花城有一处“水长城”旅游区。说是风光奇秀殊绝，却一直未有时间去观赏一回。

明人蒋一葵在他所撰著的《长安客话》中这样记到：“黄花镇正为京师北门。东则山海，西则居庸，其北切邻四海冶，有索振阿罗豆儿诸夷住牧，极为紧要之区。……黄花镇天寿山之后，为黄陵之玄武山。二百年来，松秋茂密，足为番蔽。”明代人都称黄花镇“拥护山陵，势若肩背”。可见其地势之奇要。

亦有一说，称黄花城在今山西省山阴县北黄花岭后。有学者据容若生平考证，容若曾于清康熙二十二年（公元 1683 年）的二月和九月前后两次扈从康熙帝巡行五台山，途经山西。因此推断这一阕词是这一年容若途经黄花城夜宿而作，所写“黄花城”是在山西境内。

其实，这阕词，容若是作于京城抑或是山西，并不重要，亦都不是妨碍。词之妙趣在于，语词当中那股“星垂平野阔，月涌大江流”的宽旷之气。虽这宽旷当中有寂寞。

这首《点绛唇》词写得极是流畅，全词皆是白描。质朴中饶含韵致。词的上阕写月照积雪，下阕写雁起平沙。“五夜光寒，照来积雪平于栈。”“五夜”，即是指五更。旧时夜间计时，将一夜分为甲乙丙丁戊五段，所以称之为五夜。《文选》李善注引《汉旧仪》：“五夜，甲夜、乙夜、丙夜、丁夜、戊夜也。”

古人定前半夜 11 时至 1 时为子时，午夜 1 时至 3 时为丑时，后半夜 3 时至 5 时为寅时，早上 5 时到 7 时为卯时，上午 7 时到 9 时为辰时，9 时到 11 时为巳时，11 时到下午 1 时为午时，中午 1 时到 3 时为未时，下午 3 时到 5 时为申时，下午 5 时到晚上 7 时为酉时，晚上 7 时到 9 时戌时，9 时到 11 时为亥时。

戌时为一更，亥时为二更，子时为三更，丑时为四更，寅时为五更。五更即后半夜的 3 时至 5 时。五更是夜晚最后一更，五更之后，天就渐亮。是昼夜交替的时段。

五更天的月光，极是幽深，又极是寒凉。落在这北方大地之上，照亮了这高山绝地栈道之上的白雪茫茫。“西风何限，自起披衣看。”似见那年那夜容若起身披衣出门，立在无人旷野之上，观望北方大雪的苍茫景象。西风独自凉。

他说：“对此茫茫，不觉成长叹。”面对北方茫茫雪景，他不禁觉得心中空旷。似这北方原野，北方山崖，北方的绝地。“何时旦，晓星欲散，飞起平沙雁。”不知天晓何时，只见星欲散，月将暗。远处是，白雪平沙，大雁离飞。

似只一瞬，天地一片空茫。一如他旷廖的内心。人生便是如此，寿终之时，犹似一场大雪落下。所有的苦怨哀愁皆被埋葬，只剩下最初的贞洁。《道德经》曰：“知其雄，守其雌，为天下溪。为天下溪，常德不离，复归于婴儿。”如是。

空酬酢（点绛唇）

小院新凉，晚来顿觉罗衫薄。
不成孤酌，形影空酬酢。
萧寺怜君，别绪应萧索。
西风恶，夕阳吹角，一阵槐花落。

——纳兰容若《点绛唇》

这首词是纳兰容若写给友人姜宸英的。姜宸英，字西溟，号湛园，又号苇间，浙江慈溪人。清初，他与朱彝尊、严绳孙并称“江南三布衣”。是当时享有盛名的书法家、史学家。亦是容若的挚友之一。

清康熙十七年（公元 1678），朝廷为网罗人才，特开博学鸿词科。所谓“博学鸿词科”，虽是科举考试制科的一种，但它是有别于乡试和会试的特殊科制。史记载，凡学行兼优，文词卓越者，由京官三品以上，各省督抚布按官员推荐。无论是否中过举，均可参试。

彼时，姜宸英得到了内阁大学士、刑部尚书徐乾学和翰林学士叶方蔼的赏识，受到举荐，参加了博学鸿词科。却可惜最后依旧未能以此入仕。此前，姜宸英受徐乾学青睐，成为修编明史的人员之一，于是便常出入尚书府第。因容若是尚书徐乾学的门生，于是在徐乾学的引见之下，姜宸英与容若结识。

姜宸英在《通议大夫一等侍卫进士纳腊君墓表》中记载说:“君年十八九，联举礼部，当康熙之癸丑岁。未几也，予与相见于其座主东海阁学分邸。”

姜宸英虽年长容若二十七岁，相隔一个辈分，但因容若为人谦逊有礼，待人总是真心相对，对姜宸英的学识、才情甚至孤傲的性情都十分敬重。因此，一来二去，两人便成了忘年之交。

容若对汉文化的痴迷程度，非常人可比。加上过人天资，留下芳泽百世的《纳兰词》便也是极自然的事。更难得的是，有包括姜宸英在内众多享有盛誉的汉族文人，与之倾心相待，常常宴聚，饮酒作诗，更使容若词力精进。

总是向往古人友情。那是可以真正做到肝胆相照的年代。曲水流觞，达旦共饮。容若便是这样的男子，诚心待人，对身边亲友，尽心尽力去呵护，让事事周全。就是这样一个极致男子。包括姜宸英在内的诸多汉族名士，都曾在生活困窘落魄之时受到过容若的资助。

姜宸英便曾一度受过容若的恩惠。他在容若去世之后写予容若的祭文当中便有“于午未间（康熙十七、十八年），我蹶而穷，百忧萃止。是时归兄，馆我萧寺”的话。在他参试“博学鸿词科”之时，容若为他提供方便，姜宸英得以暂居萧寺。是这样情意深厚的两个人。

“萧寺”是指佛寺。唐代李肇在《唐国史补》中记到：“梁武帝造寺，令萧子云飞白大书‘萧’字，至今一‘萧’字存焉。”后来，便因此称佛寺为萧寺。

容若作这阕《点绛唇》时，姜宸英未在身旁。是为男子，总是有那样几段时间，需要有一个知心的人在旁，心无挂碍，一起饮酒，作诗，赏月，诉说心中难掩秘事。却可惜，而今这一夜，他是“不成孤酌，形影空酬酢”。

西风恶。

夕阳绰。

槐花落。

附：

姜宸英（清）/ 诗选

宜亭

不知秋远近，水色涨平芜。
晒岸多渔网，浮舟半竹庐。
桥攲眠折苇，槛倒坐间凫。
落日宜亭上，寥寥吾辈俱。

夜合花

窗前故摇曳，况复晓风吹。
得地为交让，生庭即采芝。
分阴上阶薄，交翠拂帘迟。
良会欢今日，无烦蠲忿为。

惜花

一春强半是春愁，浅白长红付乱流。
剩有垂杨吹不断，丝丝绾恨上高楼。

哭魏叔子

苦节谁云不可贞，翠微山共首山清。
更无安道能求死，只有韩康解避名。
远愧文章当缟纻，不教官爵累铭旌。
临风一恸江天豁，未觉前贤愧后生。

徐健庵编修筵上观洗象

长安六月三伏始，主人门对御河水。
御河流水声潺潺，玉泉奔赴城西湾。
是日都人看洗象，立马万骑车千两。
曼延蹴踘罗岸帝，吹角鸣钲沸川上。
满堂宾客何从容，棋局未了酒不空。
日中报道象奴出，至尊朝罢明光宫。
魋形诡貌三十六，一一骑就深潭浴。
云起乍疑龙蛇蜒，湍回更与人翻覆。
须臾小吏前推排，将军拔营群象回。
就中一象行踯躅，齿毛脱落颜摧颓。

长者谓余岂解事，此物经今不知岁。
闻说先朝万历初，贡车远自扶南至。
中更四帝时太平，一朝闯贼残神京。
忍死不食三品料，俯首泪下声哀鸣。
沧桑变换忽尘梦，勉强逐队留残生。
茫茫旧事君莫说，劝君且饮杯中物。

词话四

当时只道是寻常

好时光（浣溪沙）

泪浥红笺第几行，
唤人娇鸟怕开窗。
那能闲过好时光。
屏障厌看金碧画，
罗衣不奈水沉香。
遍翻眉谱只寻常。

——纳兰容若《浣溪沙》

有女子如是。

伏在案上给他写信。字字皆是她心。越写越伤感，越写越断肠。直至，她心溃败，泪流满面，湿透红笺。也不知已写到第几行，就是觉得难过，觉得悲伤。便失控地独自在房中哭泣。“泪浥红笺第几行”，是这样地思念到深处，深蚀她心。

忽闻窗外传来鸟鸣。鸣声似人语，声声都揪人心肠。她于是便不敢开窗，不忍细听。许是群鸟在与人低诉。诉说这美好时光，理应不能虚度。谁说不是。她又何尝不想，把这时光换浪漫。

身旁是繁复艳丽之屏风道道。本是绘有金碧山水、画工精细的屏风上品，此刻，那锦绣屏风落在她眼中，却未能让她觉得有半分的赏心悦目，只觉厌倦。“屏障厌看金碧画，”日日相对这物什，却日日不可见他。让她哪里还有心思去欣赏这屏风的画中妙意。

“金碧画”，中国山水画之一种。以泥金、石青和石绿三种颜料作为主色，后人称之为“金碧山水”。唐代画家李思训、李昭道是此画风的杰出代表人物。有《江帆楼阁图》和《明皇幸蜀图》等作品传世。

目穷千里笔不到，
自是余生坐太凡。
一日兴来何可遏，
开窗写出碧岩岩。

这是南宋画家钱选的诗作《题金碧山水卷》。这首诗，虽不能算作极好的作品，但一如诗题，倒是颇有几分画意。太虚幻境，人世凡心，也算诗意开阔。与容若的这阕词并无关联，单单只因提笔写道“屏障厌看金碧画”，便引来小议。

再有，“罗衣不奈水沉香”之句。他说，就连女子所着罗衣之香气，也令她倦怠。更不提独自画眉之事了。那必也是不能令她有半分愉悦的。“遍翻眉谱只寻常。”摊开眉谱，也就只是觉得当中式样了无生趣。

女子画眉一事，始于战国时期。自汉以后，画眉式样剧增，并日渐风行。明代杨慎的《丹铅续录·十眉图》记到：

> 唐明皇令画工画十眉图。一曰鸳鸯眉，又名八字眉；二曰小山眉，又名远山眉；三曰五岳眉；四曰三峰眉；五曰垂珠眉；六曰月稜眉，又名却月眉；七曰分梢眉；八曰还烟眉，又名涵烟眉；九曰横云眉，又名横烟眉；十曰倒晕眉。

容若另一首《齐天乐·洗妆台怀古》词当中也有“冷艳金消，苍苔玉匣，翻书十眉遗谱”的句子。画眉是女子装扮必需的事。亦是最基本的一道工序。但而今，但此刻，她一心在他城，已无余情画蛾眉。容若字字句句写的皆是女之思念，不提自己。

稍用心思，便知这阕《浣溪沙》词，虽然是写妻子思念夫君，但分明也是容若在倾诉他对妻子的深挚怀念。就像宋词人李之仪写的“只愿君心似我心，定不负相思意”就是这个道理。相思，是爱人心口之上的繁复绣纹。

忧伤，又绵邈。

深邃，又美丽。

问多情（浣溪沙）

伏雨朝寒愁不胜，
那能还傍杏花行?
去年高摘斗轻盈。
漫惹炉烟双袖紫，
空将酒晕一衫青。
人间何处问多情。

——纳兰容若《浣溪沙》

思怀旧人，总是伤心。

而今，已是伏雨绵绵天。阑风伏雨秋纷纷。天渐渐变冷，他心中愁意也是越来越深。心随天变，也是人之常情。秋风秋夜碧云天里，人心总是柔软至极的。一个闪念，就不得不坠入相思之中。怀念旧人，怀念旧事。怀念那些执手相依、满心欢喜的好时光。

那时候，你与她携手走在杏花林里。路边是草、是树，是粉白杏花。你和她兴致忽来，竟要上树摘花，比个利落，比个轻盈。真是一对无忧无虑的璧人。彼此眼中尽是对方，已无他物。只知一起欢喜，一起荡游，好不快活。

杏花是轻愁淡喜之花。苏轼《蝶恋花》词有“杏子梢头香蕾破，淡红褪白胭脂涴”之妙句。将杏花之美写到极致。也许是因了这恰似胭脂所染的美，你们这一双人才一时兴起，没有忍住，要去树梢攀折。

都曾有过这样曼妙的单纯年代。爱是极纯粹、极无邪、极令人着迷的，亦总是终生难忘的。在青葱的年岁当中，遇见一个清新如风的人，与之相识、相知、相依、相恋，许诺一生，不管生之蹉跎和艰辛，一起经历一段羡煞众人的光阴。

古时文人爱杏花。与之相关的诗词十分之多。刘禹锡、白居易、李商隐、苏轼、辛弃疾、陆游等大诗人皆有名篇传世。不过，最得我心的，却是唐代诗人戴叔伦的那一首《苏溪亭》。情词哀婉，别有风致。诗的神韵与容若这阕《浣溪沙》词颇有几分相似。

苏溪亭上草漫漫，
谁倚东风十二阑。
燕子不归春事晚，
一汀烟雨杏花寒。

也是怀人之作。写暮春时节苏溪亭边的人，苏溪亭的景，以及他心中无限绵邈的怨别之情。是时，春草碧碧。远处，不知谁人斜倚阑干。看过去，好生寂寞。燕子未归，春光却已所剩无几。但见烟雨迷蒙，笼罩一片沙洲。又有春风料峭，杏花凄楚。景是寂寥景，人是孤单人。伊人一去经年，没有归期。

一如容若这首《浣溪沙》。词之上阕，写的是往事，是曾经，是追忆和怀念。至下阕，容若才笔落当下，写出此时此地的心之哀苦。词节奏因之转变，词意也因之跌宕。尤其当中的“漫惹炉烟双袖紫，空将酒晕一衫青”二句最显容若词力。

这两句词对偶。“漫惹”对“空将”，“炉烟”对“酒晕”，“双袖”对“一衫”，“紫”对“青”，将当下那种寂寞倦怠的无力之感写得极是生动。任随那衣裳，染了青，沾了紫，也似无关他事。但真正点睛之笔，不在此，而在“人间何处问多情”。

容若另有一阕《浣溪沙》：

酒醒香销愁不胜，
如何更向落花行？
去年高摘斗轻盈。
夜雨几番销瘦了，
繁华如梦总无凭。
人间何处问多情。

学者冯统在编《饮水词》(广东人民出版社，1984年)时说:“汪刻本题下双行小字‘此阕与前“伏雨朝寒”字句略同。顾刻本“西郊”二阅接录，故因之。’”但顾刻本而今已散佚。纵观这两阕词，不单单是字句略同，且词意也是相似至极。极有可能是一词两作，因此可并读。

人间何处问多情。多情到而今，便是：伊人不在，一去不返。便是：你孤自一人，空惝恍，也迷茫。便是：回不到过去，回不到当初。便是：追悔莫及，心无皈依。所有的错过都无从弥补，所有的失去都不能重来。

是寻常（浣溪沙）

谁念西风独自凉，
萧萧黄叶闭疏窗，
沉思往事立残阳。
被酒莫惊春睡重，
赌书消得泼茶香。
当时只道是寻常。

——纳兰容若《浣溪沙》

谁念西风独自凉。

孤独是深入骨髓的一句话。“孤独”二字，笔画不多，写起来容易，念起来简洁，却实在深邃，是极具重感的一个词语。但纳兰容若，以情阕为注脚，将之刻进生命当中，理解得亦深刻于常人。要经历人生当中怎样的暴动和巨恸方才能够将“孤独”二字的真意领悟呢。

是爱之死。

是情之灭。

是生之永劫。

妻子卢氏难产致病离世的那一年，他二十三岁。风华正茂，当好的年华，却痛失至爱。是这样一种近乎惨烈的人生历练，在他的生命里以无可违逆、没有余地的方式刻下了痕迹。以至于，在这之后，他词风大变，所作之词总有悲音，轻灵不胜从前，却极是哀感、顽艳。

这阕《浣溪沙》亦不例外，且是容若极佳的悼亡词之一。自一句“谁念西风独自凉”始，他便循序回环，陷入沉痛思忆当中。桩桩往事，渐渐浮现心头。又是一年秋，西风劲劲，哀凉入骨。他不知，她去之后，还有谁人，会在这萧索如伤的时日将他怀念。

窗外是黄叶萧萧坠落，满目荒芜。哀静的节令最是恼人。“萧萧黄叶闭疏窗，”他紧闭疏窗，不听不看，以为如此便能略微心安，但是无法。残阳夕照时分，他依然无端陷入沉思，霎时似与一切外物皆无关系。他是在思念她。

词之下阕极富层次。抚今追昔，以过往欢景衬当下哀情。写曾经“被酒莫惊春睡重，赌书消得泼茶香”。当年，他与她也曾是诗书清茶皆尽欢的一双人。读书、写字、饮茶、倾谈。且亦深谙闺趣，常做“赌书”游戏。“赌书”一句是引用了李清照与赵明诚的典故。

李清照在《〈金石录〉后序》当中记到："余性偶强记，每饭罢，坐归来堂烹茶，指堆积书史，言某事在某书某卷第几页第几行，以中否角胜负，为饮茶先后。中即举杯大笑，至茶倾覆怀中，反不得饮而起。甘心老是乡矣！故虽处忧患困穷，而志不屈。"

爱情的形态各不相同。但李清照与赵明诚之间的你来我往，一定是爱情最好的样子之一。这是两个段位相近的人在一起生活。志趣相同，品位一致，知道彼此心中所缺所念。一切煮茶，赌书。输也欢喜，赢也欢喜。只是这些欢悦两相心痴的过往，当时竟不觉金贵，只道寻常。

清人况周颐在《蕙风词话》当中所说："黄东甫……《眼儿媚》云：'当时不道春无价，幽梦费重寻。'此等语非深於词不能道，所谓词心也。……纳兰容若浣溪沙云：'被酒莫惊春睡重，赌书消得泼茶香。当时只道是寻常。'即东甫眼儿媚句意。酒中茶半，前事伶俜，皆梦痕耳。"

旖旎往事，令人低徊不尽。虽深藏暗处，却并不沉默。人总是如此。得到时，再多欢喜愉悦亦觉寻常，不知其珍。总到失却之后，方知前事伶俜，是再也不能回去的美和再也得不到的好。

信如潮（浣溪沙）

莲漏三声烛半条，
杏花微雨湿轻绡。
那将红豆寄无聊。
春色已看浓似酒，
归期安得信如潮。
离魂入夜倩谁招。

——纳兰容若《浣溪沙》

深夜时分思念故人，是时常会发生的事情。夜阑人静之时，一个人独坐窗边，闲坐翻书，一不留神，就会被一词一句提醒，然后思念起陈旧的光阴，以及那些年光里，执手偕行的爱人。

头顶是寂静的辰星，一颗心，却在无边无际的黑暗中，慢慢下沉。每一次怀念都是一趟险峻的旅程。需要经历伤感，甚至哀痛。需要经历失落，甚至绝望。彼时，作下这首《浣溪沙》词之时，容若想必也是这样的心情。

也是杏花时节。“莲漏三声烛半条，杏花微雨湿轻绡。”“莲漏”，是古代计时的器具。用铜叶制成，形状如莲花。上置盆水，底部钻有小孔，漏水计时。盆水漏一半时为“一沉”。每昼夜是十二沉。昏默烛光映照，夜半莲漏声绕。

伊人已去三四年。窗外是杏花盛开，夜雨微扬。他呢？却是心里盈满寂寞。这种深夜思怀旧人的孤苦心境，每一个曾失爱过的人都定然懂得。是遗憾与悔恨交织，是断魂无据，是相思无极。

接下来容若一句“那将红豆寄无聊”从暗夜微雨的荒芜夜景当中挑明了情思和词意。“红豆”是这阕《浣溪沙》词的词眼，一语道破心意。自古红豆谓相思。是男女情定信物，是久别难逢的相思之物。

王维那首《相思》成了后世男女之间不可或缺的爱之箴言。总被情痴的人誊抄入羞赧告白的几纸情书。亦是后人作文时常常引用以渲染文章曼妙意境的佳句。

红豆生南国，春来发几枝？
愿君多采撷，此物最相思。

红豆，也叫相思豆，或是相思子。红豆产于南国，晶莹如珊瑚，是南方人常佩戴之物。相传，古代有女子，因丈夫从军未归，死于边地，便怀君成疾，相思至死。女子死后，滴下的泪便化作红豆，生根发芽，长成大树。红豆是伤心之物，但总有美好寓意。

民间有习俗说，婚嫁之时，若新娘在手腕或颈上佩戴相思红豆所串制的手环或项链，可保一双人白头偕老。夫妻婚后，若在枕下各放六颗许过愿的相思红豆，亦可保夫妻同心，百年好合。真是一件极浪漫、极深情之物。

容若写“那将红豆寄无聊”。愁极之时，取出那枚红豆，了慰一心孤楚，寄那无望之相思。除此之外，他也不知还有何事可做，可愿意做。情爱这件事，世人皆知它残忍本相，却有人总是因了那绵邈的欢愉前赴后继地投身其中，甚至不留退路。是这样的不悔与执迷。

眼见“春色已看浓似酒”，那人却是“归期安得信如潮”。春色渐深渐浓，如酒酣畅，却只能冷眼旁观辜负好时光。因他所思所恋慕的人，未有归期。“信如潮”是说如定期到来的潮水一般准确无差。“安得”便是明知不得。“早知潮有信，嫁与弄潮儿。”在容若这一处，怕是也失了用场。

又是离情，又是思心。“离魂入夜倩谁招，”又是梦里相遇不得。但容若在这阕词里，似是有意克制，那情那意，倒仍是清芬，没有过分。夜半时分读这首词，竟觉那哀苦当中有分静谧。

人寂寂（浣溪沙）

消息谁传到拒霜？
两行斜雁碧天长，
晚秋风景倍凄凉。
银蒜押帘人寂寂，
玉钗敲烛信茫茫。
黄花开也近重阳。

——纳兰容若《浣溪沙》

何为“拒霜”？其实，“拒霜”就是木芙蓉之别称，生于陆上，盛开于夏末时节，或紫，或粉，或胭红，亦有粉白相间、紫粉氲然的色调。一如牡丹，花朵硕大，花瓣厚润，有种富贵气。芙蓉生于水上，便称水芙蓉，即是荷花。

年少时，记得母亲说过有一种“醉芙蓉”，甚有妙趣。说这“醉芙蓉”清晨开白花，中午花色转桃红，傍晚时分又转深红。是难得一见的名贵花种。遗憾的是，我至今未曾有幸得见。后来翻查资料，才知这“醉芙蓉”，也是木芙蓉的一种。

唐诗人柳宗元有诗，题曰《木芙蓉》：

有美不自蔽，安能守孤根。
盈盈湘西岸，秋至风露繁。
丽影别寒水，秾芳委前轩。
芰荷谅难杂，反此生高原。

王维诗作《辛夷坞》诗，写的也是木芙蓉：

木末芙蓉花，山中发红萼。
涧户寂无人，纷纷开且落。

极爱王维的诗。苏东坡在《东坡题跋·书摩诘〈蓝关烟雨图〉》中说：“味摩诘之诗，诗中有画；观摩诘之画，画中有诗。”摩诘是王维的字。苏轼“诗中有画”之说洵非虚誉。王维的诗是唐诗当中一道迷离风景，不似李商隐艰涩，也不似李白的狂放至极。他的诗有一种简朴，有一种禅意。

好似这木芙蓉，开于深山中，开于陋室旁。寂寂无声的天与地之间，她兀自开，兀自落，不与百花争艳，只是与世无争地独享一种静寂。深山，涧户，孤花。这些意象之间，分明有一种难以捉摸、似明似暗但确实存在的禅意。意境深广，却又清朴可触。

容若常借女子口吻写词。此词也不例外。他写“消息谁传到拒霜”，是女子离情难耐。是谁说，到这木芙蓉花开的时节便会回来。可而今，只见这木芙蓉，已是花开满树。却不见你归来。唯有“两行斜雁碧天长，晚秋风景倍凄凉”。此二句写的是鸿雁长空，晚秋空寂之景。天高旷远之下，他独立秋风，人凄凉，景凄凉。

词之上阕写的是以女子之眼所见屋外之景，下阕写的是以女子之心所感室内之象。“银蒜押帘人寂寂，玉钗敲烛信茫茫。”虽是两个细节，两句描绘，却只是一种孤独，一种寂寞。“银蒜押帘”是指古代银制的一种蒜形押帘。

苏东坡的《哨遍·春词》中即有“睡起画堂，银蒜押帘，珠幕云垂地”的句子。女子“玉钗敲烛”的景况也易想见，看过去便知她心事难耐。那银蒜押帘内，她孤自一人，内心孤荒，似是流离飘零人。

只见百无聊赖时，似是女童一般摘下玉钗敲打红烛，借以度过漫漫长夜，似在等他茫茫无期的音信。好似迎合她心中期盼，转眼便到了思亲之节。再看窗外，便是“黄花开也近重阳”。这一刻，她忽然不知，是该喜，还是该忧。

忆从头（浣溪沙）

雨歇梧桐泪乍收，
遣怀翻自忆从头。
摘花销恨旧风流。
帘影碧桃人已去，
屧痕苍藓径空留。
两眉何处月如钩？

——纳兰容若《浣溪沙》

容若这阕《浣溪沙》词，立意如旧，写秋雨时节遣怀思人。先有温庭筠“梧桐树，三更雨，不道离情正苦”之句，后有李清照“梧桐更兼细雨，到黄昏，点点滴滴”之句，再见此处容若的“雨歇梧桐泪乍收”时，心中便盈满秋雨愁绪。

秋雨时节最是恼人。万物潮湿，令人烦腻。容若此处写雨歇之时，恰似梧桐泪收。将那雨比作秋日梧桐的泪，甚是哀绝。在这样一种低落的情意基调当中，他便情不自禁地跌进回忆当中，变得伤感。“遣怀翻自忆从头”。从最初的最初，开始怀念。

她尚与他在一起的那些年，多快乐。他可以轻易牵起她的手，穿过人群，穿过丛林，去往他们的游园地。在那里，头顶灿烂星辰，脚踏青葱莲藤。或是，看烟火流离，摘花销恨。那些旧日美好时光，如今他纵隔着千山万水去怀念，依旧妙不可言。

都说，萱草忘忧，桃花销恨。“销恨”，谓销恨花，即是桃花。五代王仁裕于《开元天宝遗事》记：“明皇于禁苑中，初，有千叶桃盛开，帝与贵妃日逐宴于树下。帝曰：‘不独萱草忘忧，此花亦能销恨。’”

容若入《浣溪沙》调之词有数首体例、格局相似之作。上阕思忆过往，抒发哀念，下阕转而写当下景，抒当下情。今昔呼应，将心中所思、所想、所怀念的人、情、事，写得饱满，甚至极致。这阙词亦是如此。

下阕，他写“帘影碧桃人已去，屧痕苍藓径空留”。这两句是极有意境的。碧桃花开夭艳艳，长满苍藓的小径之上，她的娇小鞋痕尚在，但美人却早已不知何处去。分开已经年。到了这样的一个情分上，不得不念起崔护那首《题都城南庄》，感念之。

去年今日此门中，
人面桃花相映红。
人面不知何处去，
桃花依旧笑春风。

去年今日，就在这长安南庄，就在这清朴木扉之后，犹见她胭红美至极处的脸，在桃花映照之下，似要将他心魂夺了去。却不料而今再来，竟是人去屋空，今昔两异。唯有那桃花滟滟盛放，依旧如昨。崔护这一处的诗心，想必作此《浣溪沙》词时的纳兰容若最是懂得。

又有袁枚那句“二月春归风雨天，碧桃花下感流年”让人又惊艳，又伤感。衔来放在此处一并吟诵，也是一件妙事。虽素有文人相轻一说，但这相轻的文人往往彼此是懂得的。恰似武侠小说里的天生劲敌，也总是互为依存。失了谁，都不再完整。

这份碧桃花下思怀旧人的心意，众人齐齐月下相知相惜，才是最美的风景。读容若，再读崔护，又读袁枚，便更觉词末这句“两眉何处月如钩”情致哀艳，思心深婉。梧桐，桃花，青苔，残月，所有的意象被容若编织于一处，幽寂如歌而美如画。

人去楼空，自忆从头。

自经年（浣溪沙）

西郊冯氏园看海棠，因忆《香严词》有感。

谁道飘零不可怜，

旧游时节好花天。

断肠人去自经年。

一片晕红才著雨，

几丝柔绿乍和烟。

倩魂销尽夕阳前。

——纳兰容若《浣溪沙》

何为《香严词》？《香严词》乃是明末清初诗人龚鼎孳的词作集。龚鼎孳，字孝升，号芝麓。安徽合肥人。此人洽闻博学，诗文并工，在文人中声望很高。时人把他与江南的钱谦益、吴伟业并称为“江左三大家”。著有《定山堂集》等。

关于龚鼎孳其人，虽后世褒贬不一，但其一生经历也是传奇。除了与容若交好，那个嚣艳女子——秦淮河畔的奇女子顾横波，便是他命中最大的奇迹。龚鼎孳在《香严词》里有《罗敷媚·朱右军司马招集西郊冯氏园看海棠》一词，写的便是在冯氏园中看海棠花一事。

今年又向花间醉，薄病探春，
火齐才匀，恰是盈盈十五身。
青苔过雨风帘定，天判芳晨，
莺燕未嗔，白首看花更几人。

虽然《罗敷媚》即是《采桑子》。但《罗敷媚》三个字较之平平的《采桑子》多了一份曲意深婉，风情乍现。只是龚鼎孳这阕词词意不似词牌那样媚，是蕴含一种老人才有的暮年之沧。些许哀凉，只是那哀凉清而不苦，淡淡浅浅，带着通达的人生领悟与略微的悲伤。

西郊冯氏园在今北京广安门外小屯，主人冯氏精通园艺。园内植有花树数千株，格局深美。冯氏此园在家族当中累世相传，声名在外。时有朝廷官员、豪门子弟会特地前来观赏。

最高官居礼部尚书的龚鼎孳与一等侍卫纳兰容若前往冯氏园林观赏也是顺理成章的事。只是，容若见海棠，与龚鼎孳眼中的，有差异。龚鼎孳写的是枝上海棠，沉醉芬芳。容若写的是海棠凋落，寂寂飘零。

清代徐釚撰《词苑丛谈》曰：“《侧帽词》，有西郊冯氏园看海棠《浣溪沙》云：‘谁道飘零不可怜。旧游时节好花天。断肠人去自经年。一片晕红疑著雨，晚风吹掠鬓云偏。倩魂消尽夕阳前。’盖忆香严词有感作也。王俨斋以为柔情一缕，能令九转肠回，虽山抹微云君，不能道也。”

盛赞此词意蕴婉媚空灵，惝恍迷离，旁人不可比拟。词的上阕思忆曾经，下阕实写花景。“谁道飘零不可怜，旧游时节好花天。断肠人去自经年。”他见海棠花落，便不禁想起旧时百花盛放他与她携手同游的好年光。只是他与她之间，情路已尽。而今，伊人一去，业已经年。

词之下阕，他借眼前烟雨之中晕红柔绿的迷离之景，表达内心叹红颜无常、青春易逝的颓伤心意。末句“倩魂销尽夕阳前”一句引用“离魂倩女”之典故，以“倩魂”指代他的亡妻卢氏。

你说，仿佛看见她的身影渐行渐远，消失于夕阳西下。卢氏之死，对容若来说，犹似天雷，是个几近致命的打击。曾经，他心因她而蓬勃，而今，他心亦因她要萎枯。此词笔意沉痛。

附：

龚鼎孳（清）/ 诗选

上巳将过金陵

倚槛春愁玉树飘，空江铁锁野烟消。
兴怀何限兰亭感，流水青山送六朝。

百嘉村见梅花

天涯疏影伴黄昏，玉笛高楼自掩门。
梦醒忽惊身是客，一船寒月到江村。

生辰曲

琉璃为簏贮冰霜，谏草琳琅粉泽香。
哭泣牛衣儿女态，独将慷慨对王章。

晓发万安口号

急流喷沫斗雷霆，险过江平响亦停。
任说波涛千万送，能移孤嶂插天青？

赠歌者南归

长恨飘零入雒身，相看憔悴掩罗巾。

后庭花落肠应断，也是陈宫失路人。

送李子静侍读使安南

拔香丹诏出龙墀，东观西清辍讲时。

蜀国雄文驱弩矢，汉关明月照旌旗。

儒臣久裕安边略，庙算全胜下濑师。

纶阁策勋应计日，九重前席问疮痍。

总无凭（浣溪沙）

酒醒香销愁不胜，
如何更向落花行？
去年高摘斗轻盈。
夜雨几番销瘦了，
繁华如梦总无凭。
人间何处问多情。

——纳兰容若《浣溪沙》

容若这首《浣溪沙》（酒醒香销愁不胜）与前文中《浣溪沙》（伏雨朝寒愁不胜）词意相近，有三句不同，分别是“酒醒香销愁不胜”“夜雨几番销瘦了”“繁华如梦总无凭”。疑为一词而作，因此“通本”纳兰词当中未见收录。

赵秀亭、冯统一《饮水词笺校》认为，“纳兰性德存世时，于其词每有改订。遂至一词而字句或有异同，并传于世”，因此沿用“通本”纳兰词也不曾收录。然两首词差异并非少量语词，乃有半阕之多，且语词迥异，因此，“榆园本”纳兰词两首俱存。

大诗人李白说：“抽刀断水水更流，举杯消愁愁更愁。”这话不错。这阕《浣溪沙》词里，容若对李白、对这两句感同身受。昨夜心意翻转，于是借酒消愁。无奈，酒醒香尽，所有原先想要逃避、假装忘却的暗恨情忧一并袭来，令你愁中更愁。

酒醒片刻，往事历历，竟比从前更加清晰。无论当年杏花时节的携手共游，还是登高摘花的欢悦无忧，你都记在心中，难以忘怀。只是，失去了的永不再回来，所有与之有关的一切，只剩回忆。很多时候，旧时欢愉便是今日之伤。

你常常梦回往日，仿佛时光停滞，岁月不前。梦里，一切如旧，安然无恙。令你有不知今夕何夕。然而，梦醒成空，所有的温柔都是错觉，一如借酒消愁，酒后更愁。其实，你也知道，梦是无法依靠，禁不住信赖的。“夜雨几番销瘦了，繁华如梦总无凭。”一夜春雨渐消，一夜梦醒寂寥。

词末“人间何处问多情”是词之灵魂，是而被疑为一词两作的两阕《浣溪沙》都不曾改动此句，想来当年的容若也深知词句之好。你不知自己为何如此多情，为何有如此之多念念不忘的曾经。情爱谜题，世人无解。你也一样，逡巡其中，难以逃遁。

唐诗人白居易《和友人洛中春感》诗曰：

莫悲金谷园中月，莫叹天津桥上春。
若学多情寻往事，人间何处不伤神。

这首诗正可当作容若此词末句“人间何处问多情”之注解。所有的劳思伤神，所有的忧伤沉郁，都因“多情寻往事”而起。其实，有时候做一个无情又无心的人，要比做一个有血、有肉、有情、有爱、有灵魂的人，活得轻松愉悦得多。哪怕这愉悦是茫然麻木的迷之表象。

生而为人，常常回首。一回首，云断归途；二回首，荆棘密布；三回首，背影远走；四回首，泪眼蒙胧。其实，可以有好的选择。不乱于心，不困于情；善宽以怀，善感以恩；勿感于时，勿伤于怀；无愧于天，无愧于地。如此，一生足矣。

瘦几分（浣溪沙）

欲问江梅瘦几分，
只看愁损翠罗裙。
麝篝衾冷惜余熏。
可奈暮寒长倚竹，
便教春好不开门。
枇杷花底校书人。

——纳兰容若《浣溪沙》

开篇一句“欲问江梅瘦几分”，愁绪入定。见那梅花清瘦，便怜花心起，不由得有几分轻微的伤感。他说，若是想知道这江边梅花在萧瑟冷风中又清瘦了几分，看那翠色罗裙下的女子腰身便可知道。这一处，容若是将梅与人互喻。花便是人，人亦是花。

花清瘦，人愁损。宋词人程垓曾作词《摊破江城子》，当中即有“一夜无眠连晓角，人瘦也，比梅花，瘦几分”之句，容若此处的“欲问江梅瘦几分”即是化用程垓这句词而来。

在这样一种人花两相憔悴的情境之下，容若又写“麝篝衾冷惜余熏”。这一句的意思是，熏笼内燃烧的麝香将尽，在梅花将落的初春时节，拥衾亦冷，所以那麝香燃后的余热便要愈加珍惜。深有喟叹时光易逝的意味。

“麝篝”是古人燃烧麝香的熏笼。古人对麝香颇有情钟。也因麝香是良材。麝香，雄麝的肚脐和生殖器之间的腺囊的分泌物，干燥后呈颗粒状或块状，有特殊的香气。可以制成香料，亦可入药。其用途甚广。除了“麝篝”一物是专门燃烧麝香的器具，古人还有“麝枕”“麝帏”“麝衾”等与麝香关联紧密的用物。

容若这阕词写得含蓄，不同于其他的悼亡词情意浓烈。愁绪虽长，却也轻慢。缓缓道来，有条不紊。到词的下阕，便开始人心所想。通过“可奈暮寒长倚竹，便教春好不开门”两句描写，将那种忧愁倦怠的心理描写入微，以此渗泄心中哀愁。

彼时，大约是寒风凛冽的天气。暮色之下，更觉寒凉。哪能一如往常，倚门而立。纵是她知屋外已是春光乍泄，无奈料峭春寒，实在不愿开门受冻。唯能在那枇杷花下，关起门来，做一名寂寞读书人。

这“枇杷花底校书人”里的“校书人”便是薛涛。唐代王建曾为薛涛作一首诗。诗题便是《寄蜀中薛涛校书》。

万里桥边女校书，

枇杷花里闭门居。
扫眉才子知多少，
管领春风总不如。

当年，薛涛名冠京城，是首屈一指的绝色乐姬。薛涛虽年少受苦，但依然修得一心雅致。迷倒包括元稹、白居易、刘禹锡、杜牧等在内的当时众多才倾天下的男子。因薛涛才绝，当时朝廷重臣韦皋镇蜀之时甚至奏请授薛涛为校书郎。虽未果，但薛涛的“女校书”之名从此广为人知。

因着最后一句，便怎么也无法跳脱出思维，脑中时时萦绕的皆是“薛涛”二字。薛涛之才今人尚可以寻见，但薛涛之美，怕是永不再见了。容若这阕《浣溪沙》词，犹似专门致意薛涛，追悼这大唐才女的。如此来解，未尝不可。

却回头（浣溪沙）

一半残阳下小楼，
朱帘斜控软金钩。
倚阑无绪不能愁。
有个盈盈骑马过，
薄妆浅黛亦风流。
见人羞涩却回头。

——纳兰容若《浣溪沙》

每读纳兰词“有个盈盈骑马过”，心情便好。

纳兰词里，悼亡词最多，愁怨词不少。旷放的边塞词亦有，唯独意境欢快、如少年游戏一般、趣意无限的词作则只占少数。此阙《浣溪沙》词便是其中一首。虽有“一倚栏无绪不能愁”之句，但此“愁”不愁，只是俏悦。

学者张秉戍在评说此词道：“此词宜抒情，或直发胸臆，或假以兴象。叙事者少见。而本篇则恰是以叙事的手法填出，颇得出奇之妙。词中刻画了一个小的场景，描绘了一个细节，但却活灵活现地勾画出闺中女子怀春又羞怯的形象。刻画而不伤其情韵，清新别致，很有韦庄词的意味。”

是日黄昏，暮色四合，残阳乱照，一派萧索。他因心中寥落而登楼望远。看看人，看看景。朱帘垂挂金钩之上，温柔摇曳。“朱帘斜控软金钩”之“控”字，此处应解为锦帘垂挂的弯曲姿态，很有一种阑珊的意味。他身倚阑干，静静伫立，心中空荡，沉默无言。

容若内心敏感，细腻至极。独处一事对于他来讲，总是煎熬。会有孤寂之感，会无所适从，会生发渴望，与人相伴。似是稚弱的男童，有一颗脆弱的心时时需要爱之看顾。心之需索，最是伤人。今时亦是如此。只是，目见街市之喧嚣，此刻皆是与他无关。

直到她出现。

身骑白马，盈盈而过。

容若长居京城，与汉人交往。诗词文章之高妙，汉人亦不能比。因此，纳兰词当中几无满人之气。会给人一种身份错觉，以为他是汉人布衣，而非大清贵族。因此，有人论及纳兰词的民族特色之时，便硬以“有个盈盈骑马过”为论，说女子骑马是满族风俗。

其实并非如此，学者赵秀亭在《纳兰丛话》中所说："'吴姬十五细马驮'，见太白诗；'骑马佳人卷画衫'，见卢延让诗。妇人骑乘乃古来常事也，非必满族。又尤侗《女冠子·美人骑马》：'春芽拥翠会，香汗发红潮。辔儿跑不住，抱鞍桥。'焉可认尤侗具'满族特色'耶！"

"有个盈盈骑马过，薄妆浅黛亦风流。"忽有女子闯入他视野。是这样飒爽、俏丽。薄妆浅黛，依然美妙不可言。真正的美人原本便不应该是用脂粉堆叠出的女子。她便是如此。有一种北方女子独有的纯粹和天真。不施粉黛而美，才是真正的美人。

顾名思义，"盈盈"本意形容女子仪态之轻盈美好，此处则代指女子本身。乐府诗《古诗十九首》中亦有"青青河畔草，郁郁园中柳。盈盈楼上女，皎皎当窗牖"之句。虽诗意与容若此处的表达甚有差别。但"盈盈"一词用法一致。只是这里的女子人在楼上，心在远方。不似容若词中，他在楼中，伊在街上。

最后一句"见人羞涩却回头"最是风流。内敛，婉约，含蓄。是那种"犹抱琵琶半遮面"的叙述。中国人素来讲究意境，讲究含蓄，讲究那种不足为外人道的深蕴之美。这一句才是词中将女子之神韵写到极致的句子。

不能说他是爱她的。他与她只是萍水擦肩，并未相逢。他远在楼上看她，心生欢喜。她当下不知道，将来也不会知道。只是默默骑马，与他错过。谁不曾有过一两个瞬间，为擦肩而过的美人侧目。谈不上心动，只是有欢喜。她是他寂寞一刻遇见的陌上美景。

大约没有比这更美妙的“艳遇”了。

词话五

断肠声里忆平生

耐寻思（浣溪沙）

雨霏微（浣溪沙）

惆怅客（浣溪沙）

一生愁（浣溪沙）

那时情（浣溪沙）

裁锦字（浣溪沙）

别多时（浣溪沙）

若为情（浣溪沙）

在天涯（浣溪沙）

待春风（浣溪沙）

耐寻思（浣溪沙）

睡起惺忪强自支，
绿倾蝉鬓下帘时，
夜来愁损小腰肢。
远信不归空伫望，
幽期细数却参差。
更兼何事耐寻思。

——纳兰容若《浣溪沙》

而今的年代。念或不念一个人，距离皆不是障碍。但在容若的年代，两地相思，依然是苦不堪言的事。是果真需要掐指将日子来算，一日复一日，焚心等待的。所有的相思都只能寄托在短则数日、长达数月的鱼雁往返之上。

为了臻于极致地表达出情感的细腻纹路，纳兰词当中的爱情词多以女性视角来写。在这阕词当中，憔悴守望的女子，一如容若般情痴。心中时时想着、念着远方的离人。多少缠绵缱绻的情爱悲欢当中，痴恋的那个人总是这样以分秒当年日地在熬度。

清晨，日光朗照，女子起身。美人尚是睡眼惺忪，唯能强支身体起身梳妆。倦容当中是无可掩饰的疲惫。楚楚惹人怜。陷入爱之围城的女子便是如此。她虽是形容萎靡，但依旧可见她青丝柔顺披挂之美。“绿倾蝉鬓下帘时”一句，写得美而动人。

这个“绿”字，此处是形容女子秀发乌黑。一如“青丝”当中“青”字的用法。与之相关最出名的一句诗大约是大诗人李白《将进酒》诗里那句“君不见高堂明镜悲白发，朝如青丝暮成雪”。

而“蝉鬓”则是古代女子的一种发式。将鬓角处的头发，向外梳掠得极其扩张，形成薄薄一层，其形如同蝉翼。晋崔豹《古今注・杂注》记：“魏文帝宫人绝所爱者，有莫琼树、薛月来、田尚衣、段巧笑四人，日夕在侧。琼树乃制蝉鬓，缥缈如蝉，故曰蝉鬓。”盛唐时，最为流行。

一夜过去，她默默对镜梳妆，面无血色，似是大病一场。谁说不是呢。那爱，本便是重疾、顽疾，是不治之疾。彼时，她便是深受相思之苦的折磨，昼夜之间，便形容愁损。女子无依，可怜如是。

只是，这一切，那人并不能获知。她因恋慕而憔悴，因思念而疲惫。她时常会伫立窗边，或是倚门远望。心中片刻未曾停止期盼。盼心中男子可在某个暮色降临的黄昏，从遥远他方，缓步前来。一如她日思夜想，梦中所见。

却可惜，都是失望，都是颓丧。你说，“远信不归空伫望，幽期细数却参差”。“幽期”是指这一双约定相会的日子。她在心中细细数算过千万遍，日等夜等。此刻，她心中愁绪万千，再数幽期，次次出错，竟至无法细算清楚的地步。

此词“幽期细数却参差”一句之细节最是动人。那种沉堕于怀念心不在焉的情状被刻画得极为逼真。是真的会连最简单、最细微的事情也无法做到、做好的。“更兼何事耐寻思。”是连思念一个人，她也无法好好成全自己，哪里还能思寻别的事。

幽独如是。

孤凄如是。

哀艳如是。

雨霏微（浣溪沙）

五月江南麦已稀，
黄梅时节雨霏微，
闲看燕子教雏飞。
一水浓阴如罨画，
数峰无恙又晴晖。
湔裙谁独上渔矶。

——纳兰容若《浣溪沙》

烟水迷离。

百花艳艳。

风木流连。

江南，就是这样简单的两个字，迷倒不知多少文人墨客。旧时交通不便，出行不易，从北方去往南方，是真正的跋山涉水，千里之行。白居易那三阕《忆江南》是旧时文人“江南情结”表达的典范作品。

江南好，风景旧曾谙。
日出江花红胜火，春来江水绿如蓝。
能不忆江南？

江南忆，最忆是杭州。
山寺月中寻桂子，郡亭枕上看潮头。
何日更重游？

江南忆，其次忆吴宫。
吴酒一杯春竹叶，吴娃双舞醉芙蓉。
早晚复相逢？

这三阕词是白居易离开江南回到洛阳十二年之后作下的词。字字出自他心。“江南好”，一语道出心中不能掩饰的眷念。怡居江南的旧时光，在他心中从来深刻。好一句“日出江花红胜火，春来江水绿如蓝。”江南，就是这样诗情画意、美绝人心的一个好地方。

这三首词是白居易十二年前的记忆。而今，生活将他带领至此，他蓦然回首，才发现自己最珍爱的时光是在江南的那些年。

那些年时光轻柔、欢悦、纯真如少年。那些往事斑斓、灿烂又挚切如清流。一如容若此端写下这阕《浣溪沙》词的心意。

五月，最是江南好时节。麦田已稀，梅雨霏微。“五月江南麦已稀，黄梅时节雨霏微”，十分静美的画面。就好像，平凡生活里你与那人不经意的一次擦肩。邂逅在梅雨缠绵的江南水乡，成就一段唯有彼此心知的苍绿流年。

词中“霏微”，是蒙眬之意。很清秀的一个词。好似溪边浣纱的小家碧玉。一颦一笑似烟霭迷蒙。南唐后主李煜《采桑子》词中即有“细雨霏微，不放双眉时暂开”之句，宋词人黄庭坚《醉蓬莱》词中亦有“暮雨霏微，乱峰相倚”之语。霏微梅雨在落，他闲坐家中，看檐下雏燕学飞。闲淡如是。

梅雨渐息时分，云蒸霞蔚。远山如黛，连绵起伏，氤氲出美丽光照。山下是烟波流水，水澹澹兮生烟。山水静谧映照，美到极处。“一水浓阴如罨画，数峰无恙又晴晖”两句将江南风景，写得如同泼墨山水画一般，悠远缠绵，清雅有致。

还有那浣衣的女子，“湔裙谁独上渔矶”。轻悄悄缓步上前，赤脚踏上鱼矶石，捣衣声声，碎在容若寂静、深美的江南迷梦之中。山清水秀，江南春远，流水一梦。容若身如北方之骁勇，心如江南之玲珑。

容若这阕《浣溪沙》词品格清奇，空灵有致，如诗如画。读此这阕《浣溪沙》词，似见公子容若闲坐溪水亭畔，一卷诗经在手，烟雨缭绕于身。好像可以听见，江南巷陌之间的吴侬软语，还有在霏微梅雨中的婉转来去的油纸伞。

有时近看，农家麦穗，廊下燕子。

有时远望，如黛山峰，湔裙女子。

惆怅客（浣溪沙）

残雪凝辉冷画屏，
落梅横笛已三更，
更无人处月胧明。
我是人间惆怅客，
知君何事泪纵横，
断肠声里忆平生。

——纳兰容若《浣溪沙》

南宋名将岳飞有《小重山》词曰：

昨夜寒蛩不住鸣。惊回千里梦，已三更。
起来独自绕阶行。人悄悄，帘外月胧明。
白首为功名。旧山松竹老，阻归程。
欲将心事付瑶琴，知音少，弦断有谁听？

岳飞作此词时，心意低徊。壮志难酬，梦想在胸。需要的不过只是一份首肯和认同。他是骨子里的大丈夫，需要有一个属于他的战场，以抛洒热血，以卫国护家。无奈，他在小人横行的时局里，被排挤，被暗算，被折戟沉沙。救国安邦的志愿化为泡影。

午夜梦回，他心中沉痛。忆及那些年的刀光剑影，而今废于一旦，空付江山。恰如彼时的纳兰容若，也是满心孤凉。“欲将心事付瑶琴，知音少，弦断有谁听”的知悟容若最是懂得。

容若不是只会花前月下哀愁感伤的贵公子。他一身武艺，文才卓尔，肩有担当，是个心有大乾坤的男子。却可惜，贵胄之身给予他与生俱来的富贵与荣华，亦令康熙帝对他亲信之余，有所戒备。

父亲纳兰明珠是大清重臣，实力不容小觑，容若自己亦是难得一见的将才。康熙虽一心将之笼络在身，但也时时将这一家人置于眼皮之下，需要有完全的掌控。因此，容若知道自己前程有限，或许一等侍卫便是终身之位。不能横刀沙场，不能浴血杀敌，不能保家卫国。

关于这首《浣溪沙》，也有人解作爱情词。各家各言，原无法一致。私以为容若此词更近岳飞《小重山》词之意境。写的既是曾经有过的英雄理想，也是心志难酬的寂寞和孤凉。上阕写景，下阕抒情。饱含亢烈、深沉，令人惊动的伤与恨。

冬日雪光映照入室，落在屏风之上，泛出一种幽冷之气。令人心中哀凉。“残雪凝辉冷画屏，落梅横笛已三更。”他说，有笛声入耳，细听竟是《梅花落》，至为戚戚的一支曲子。无人寂静之夜，抬头是月光凉薄，低头是荒芜孤影。

人生几多惆怅。彼时，似都被容若一人占尽。容若所写“我是人间惆怅客”，有一种深入骨血、影响极为深刻的一种失意和惘然，也是他一生心意难平的写照。从最初的经世理想到后来的江湖夙愿，容若从来没能如愿以偿。

活，这件事，原本即是充满坎坷和险恶的，但也正是因了这坎坷和险恶才有所跌宕，才会生发意义，充满不可预料的动魄惊心和波澜壮阔。只是，他的人生前路，某种程度上，能被清晰预见。人生最怕的，就是能一眼看到老死。这种悲凉，容若体会得最为深彻。

好在凡事都有辩证的两面，无那伤心事，哪得如许词。也是因此，容若才能写出“知君何事泪纵横，断肠声里忆平生”这样极恸又惊艳的句子来。男子有泪不轻弹，痛到极处，才有泪水。在《梅花落》的哀凉乐音当中沉堕，跌进回忆当中，容若与往事形影相吊。

相门惆怅公子。

千古伤心词人。

容若如是。

一生愁（浣溪沙）

微晕娇花湿欲流，
簟纹灯影一生愁，
梦回疑在远山楼。
残月暗窥金屈戌，
软风徐荡玉帘钩，
待听邻女唤梳头。

——纳兰容若《浣溪沙·咏五更，和湘真韵》

读前人作品，生发感慨，作诗词致意，情理之中。此词便是容若致意明代词人陈子龙之作。陈子龙，初名介，字卧子、懋中、人中，号大樽、海士、轶符等。本是明末官员，后成为明末文社组织“几社”领袖，抗清事败被捕，投水殉国。

陈子龙，是明末极富盛名的文人。诗词成就皆很高。诗风或悲壮，或苍凉，或幽雅，或清丽。尤善七律、七绝。词风多婉约，为明末云间词派的代表人物，被后代众多著名词评家誉为“明代第一词人”。遗有一卷《湘真阁存稿》。

故在这阕《浣溪沙·咏五更，和湘真韵》词中，容若以湘真借代陈子龙。容若所和之韵即是陈子龙的那一首《浣溪沙·五更》。

半枕轻寒泪暗流，
愁时如梦梦时愁，
角声初到小红楼。
风动残灯摇绣幕，
花笼微月淡帘钩，
陡然旧恨上心头。

也是以女子视角来写。在午夜梦回之时，她枕泪而起，忆及梦中种种，心中顿时哀愁浓重。往事总是具备这样的力量，在深夜时分，让你猝然梦醒，抑或彻夜绝眠。一点一点看着自己从现实当中抽离，跌回记忆当中，与那些与爱有关的往事荣辱与共。再次欢喜，或是疼痛。

又听闻窗外角声如泣，窗外风过，残灯摇曳，夜光影影绰绰。“风动残灯摇绣幕，花笼微月淡帘钩，”颇有花间遗味。极是娇柔，又极是妙丽。真真将女子心中之哀、之愁，通过细节，通过那些琳琅精致，描摹得极为逼真和深刻。

往事生悲，恨上心头。

容若这阕和韵之词味道则清淡许多。陈廷焯在《词则闲情集》当中评说此词道：“调合意远，似此真不愧大雅矣。古今艳词亦不多见也。惜全篇平平。”此是清淡，却亦有滋味。

天色微明之时，隐约可见屋外盛开的花朵轮廓。此时，他惊觉目中含泪，隐隐欲出。“微晕娇花湿欲流，簟纹灯影一生愁，梦回疑在远山楼。”梦中，他又见她。伊人在远山，与他遥遥相望。令人感伤。

他说，也是残月微光的夜。夜光稀薄，寂寂落入室内，极是苍凉。“残月暗窥金屈戌”中的“金屈戌”一词，是指旧时门上用来锁门的环形搭扣，此处借代房间。风吹帘动，金钩作响，更显房中寂寥。这寂寥，亦是词人心境所显。

末句“待听邻女唤梳头”饶有趣致。暗夜逝去，拂晓来临。夜景朦胧，他忧愁暗生。却忽然听见邻家女子被唤的声音。那声音，也似是在唤他。将他从幽暗不明的寥落和伤感当中唤醒，唤回现实当中。而那女子则是要梳妆打扮，开始重新一天的生活。

明朝又是艳阳如新。

一切忧伤都会逝去。

附：

陈子龙（明）/ 诗词选

三洲歌

相送巴陵口，含泪上舟行。

不知三江水，何事亦分流？

春日早起（二首之一）

独起凭栏对晓风，满溪春水小桥东。

始知昨夜红楼梦，身在桃花万树中。

初夏绝句（十首之四）

青青庭草上人衣，柳絮随波更不飞。

绿野好风吹踯躅，红楼幽雨泣蔷薇。

云中边词（五首之五）

大同女儿颜如花，十五学得筝琵琶。

莫向中宵弹一曲，清霜明月尽思家。

望江梅（二首）

思往事，花月正朦胧。玉燕风斜云鬓上，金猊香烬画屏中，半醉倚轻红。

无限意，消息更悠悠。弱柳三眠春梦杳，远山一角晓眉愁，无计问东流。

诉衷情·春游

小桃枝下试罗裳，蝶粉斗遗香。玉轮碾平芳草，半面恼红妆。

风乍暖，日初长，袅垂杨。一双舞燕，万点飞花，满地斜阳。

谒金门·五月雨

莺啼处，摇荡一天疏雨。极目平芜人尽去，断红明碧树。

费得炉烟无数，只有轻寒难度。忽见西楼花影露，弄晴催薄暮。

江城子·病起春尽

一帘病枕五更钟，晓云空，卷残红。无情春色，去矣几时逢？添我千行清泪也，留不住，苦匆匆。

楚宫吴苑草茸茸，恋芳丛，绕游蜂，料得来年，相见画屏中。人自伤心花自笑，凭燕子，舞东风。

唐多令·寒食

碧草带芳林，寒塘涨水深。五更风雨断遥岑。雨下飞花花上泪，吹不去，两难禁。

双缕绣盘金，平沙油壁侵。宫人斜外柳阴阴。回首西陵松柏路，肠断也，结同心。

踏莎行·寄书

无限心苗，鸾笺半截，写成亲衬胸前折。临行检点泪痕多，重题小字三声咽。

两地魂销，一分难说，也须暗里思清切。归来认取断肠人，开缄应见红文灭。

长相思·西湖雨中

黛眉收，翠鬟流，厌损芳波一段愁，愁时梦未休。

山浮浮，水悠悠，欲问行云何处留？有人天际头。

那时情（浣溪沙）

五字诗中目乍成，
尽教残福折书生，
手挼裙带那时情。
别后心期和梦杳，
年来憔悴与愁并。
夕阳依旧小窗明。

——纳兰容若《浣溪沙》

那是一个纯真年代。男女之间的爱之传递、情之表达都很含蓄，极是婉约、曼妙。譬如，容若词中所写。那一年，两人初见。他写给她一首五言诗。寥寥数语，击溃她心，令她沉醉。她抬眼见他时，他便似少年一般，立在不远处，沉默不语，安稳看她。沉静，俊好。

词之首句“五字诗中目乍成”当中所说的“五字诗”是五言诗之意。此句是直接引自明代诗人王彦泓的诗《有赠》中“矜严时已逗风情，五字诗中目乍成”之句。提及王彦泓，倒是有话可说。容若对王彦泓极是推崇。

据统计，纳兰词当中化用王彦泓诗句的情形多达七十余次，其诗句无疑是容若所化用次数最多的对象。除此一句“五字诗中目乍成”是直引王彦泓的诗句，那一句哀美至极的“一片幽情冷处浓”亦是源自王彦泓的诗。

词中“尽教残福折书生”亦是化用王彦泓的诗句。王彦泓在《梦游二十四首》的第四首当中即有“相对只消香共鸣，半宵残福折书生”之句。“残福”可理解为福薄之意。

容若这阕词的写作对象有所设定。许是因常年与汉族失意文人交往，深知寻常书生一生情缘波折难定。势必想着考取功名光耀门楣，要进京赴考，要万里离家。路途遥遥，更是流离无居。所遇之女子，多是情深，亦都缘浅。路在前方，相遇，相爱，然后离开。有情人总难成眷属。

这阕词当中，亦是如此。是注定折损人心的一段情。而今，当她再回想，那年路遇赠诗予己的男子，竟“手挼裙带”，心中依旧春潮翻涌。女子娇羞的细节，容若写得生动到位。似果真可见那日，她羞红脸容，绞着手倚在窗边，轻揉裙带的可人模样。

如今虽已相别多年。当她再次想起这些旧日往事，心中情动竟未减当年。这露水情缘，不经意间，竟在这女子心上刻下如此之深的印痕，纵时岁更迭，也不能退减，变淡。当日一别，心思绵邈，度日如梦。只是，一切心之憔悴、愁苦与哀凉，她都是甘愿。

许多人心中都藏着一份擦肩而过的心动与欢喜。没有开始，没有结束。有的只是，夕阳西照时，余晖穿过树叶，披洒在身之时，记忆当中氤氲出的那一抹暧昧的桃红。如画，如诗，令人终生难忘。足够温柔，亦足够用一生去默诵。

其实，这样也好。

所有的得到与失去，都历经千山万水，都尝尽千愁万难。哪怕天时地利，也未必能够情始情终，海誓山盟。远不如，人海里相逢，相视一笑，擦肩错过。起码，年岁沧桑的时候，回忆当中，只有惋惜，没有剧痛。如果没有拥有，也就没有失去。如果没有相守，也就没有分离。

不是所有的爱，都要攥在手中。

裁锦字（浣溪沙）

记绾长条欲别难，
盈盈自此隔银湾，
便无风雪也摧残。
青雀几时裁锦字，
玉虫连夜剪春旛。
不禁辛苦况相关。

——纳兰容若《浣溪沙》

纳兰容若心意温柔，难向别离。纳兰词中，容若一再作下离别之词，以叹息，以纪念。这阕《浣溪沙》词写得就是“欲别难”。与心许的人告别，那一种难舍与心痛，爱过的人都极易懂得。就是那样一种生生要割肉送君的艰辛。

那日，她送他离去。在渡口岸边，她折柳相赠。“记绾长条欲别难。”长条即是柳枝。“记绾长条”即是将长长柳条打成结扣。然后赠予身边的离人。心中万千不舍与感伤，都化作无言。她知道，他这一去，便是“盈盈自此隔银湾”。难再见。

别离之后，自此天各一方，音容杳然。这凄凉结局谁也不愿，谁也不想。却是注定的生之颠簸，爱之罹难。谁都没有办法。无法阻止，无法改变，唯能任时光催逼，终要渐行渐远。

这离别时节，纵无风，纵无雪，她也是惆怅难耐，心意惘然。她这一份零落心意，凄婉动人。他也一定懂的。“青雀几时裁锦字”一句容若连用典实，极具分量。当中所言“青雀”即是青鸟，是传说的一种神鸟。神职便是西王母的信使。《山海经·西山经》：“又西二百二十里，曰三危之山，三青鸟居之。”

又有《艺文类聚》卷九一引汉班固《汉武故事》记：“七月七日，上（汉武帝）于承华殿斋，正中，忽有一青鸟从西方来，集殿前。上问东方朔，朔曰：‘此西王母欲来也。’有顷，王母至，有两青鸟如乌，侠侍王母旁。”因此，后人便常以“青鸟”代称信使。

东晋才女苏蕙曾织璇玑织锦诗挽回丈夫。《晋书·窦涛妻苏氏传》载：“滔，苻坚时为秦州刺史，被徙流沙，苏氏思之，织锦为回文旋图诗文以赠滔，婉转循环以读之，词甚凄婉，凡八百四十字。”“锦字”一词语出此典。后来，“锦字”常被用来指代书信。

词中“玉虫”一语，则是比喻灯火。陆游《燕堂东偏一室夜读书其间戏作》诗中便有“油减玉虫暗，灰深红兽低”之句。“春幡”，即是春旗。立春日，或挂春旗于树梢，或剪缯绢成小幡，佩戴在头上。这是旧时的迎春习俗。辛弃疾《汉宫春·立春日》词亦写：“春已归来，看美人头上，袅袅春幡。”

此二句“青雀几时裁锦字，玉虫连夜剪春旛”，容若写女子心中苦涩，未曾等来他的只语片言。当日一别，事隔经年。她离开时，春柳修长。春去秋来，一年未见，如今又到立春时候。她就这样在这周而复始的孤绝与失落当中，不留余地地爱着他。

容若写女子离情，语词清丽典雅而不失深致。上阕写当年离景，下阕写而今的渴念之心。是，再悲凉，再无望，她依旧孜孜期许，未曾相弃。情痴女子如她。信她所愿信的，守她甘心守的。万般辛苦亦不能成为阻碍。

纳兰词总是这般，情致绵长。

别多时（浣溪沙）

杨柳千条送马蹄，
北来征雁旧南飞，
客中谁与换春衣？
终古闲情归落照，
一春幽梦逐游丝。
信回刚道别多时。

——纳兰容若《浣溪沙·古北口》

容若有诗《古北口》曰：

乱山入戟拥孤城，一线人争鸟道行。
地险东西分障塞，云开南北望神京。
新图已入三关志，往事休论十路兵。
都护近来长不调，年年烽火报生平。

乱山，孤城，人豪迈。容若的这首诗较之于《浣溪沙·古北口》词，更显宽阔，更显豪气，更显深刻。古北口，是长城的重要关口，是山海关、居庸关两关之间的长城要塞。为辽东平原和内蒙古通往中原地区的咽喉，地势极为险要，是历来兵家必争之地。

所以，容若写“地险东西分障塞，云开南北望神京”。写古北口之“险”之“要”。这样一个见证过朝代更迭历史行程之地，在容若心中却是另有一番意味的。诸般心绪，容若都融凝在这一首《浣溪沙·古北口》词当中。

这阕词，大约作于康熙二十一年（公元 1682 年）春，容若扈驾巡视盛京、乌喇等地的途中。容若曾多次经过古北口，康熙十六年（公元 1677 年），扈驾赴汤泉；康熙二十一年（公元 1682 年），扈驾巡视盛京、乌喇等地；康熙二十二年（公元 1683 年），奉太皇太后出古北口避暑；康熙二十三年（公元 1684 年），出古北口避暑。

词之上阕写北行经历。春柳绦绦之时，容若扈从北上。虽不是万马之苍茫，却也有一种千军之孤荡。飞去南方过冬的大雁已开始阵阵北归。容若在组诗《记征人语》的第十一首当中便曾有“衡阳十月南来雁，不待征人尽北归”之句。语意落寞。

北行，之于大雁，是归程，而他今时，却是离人。一趟北行，更是长达数月。容若到底是贵胄公子。王公贵族，高门大户，必是有仆人丫鬟伺候换衣。“客中谁与换春衣？”容若这一问，醉翁之意不在酒。不过是因客途他方，心中念家罢了。

词之下阕写孤单心路。“终古闲情归落照，一春幽梦逐游丝。”每至日落时分，他便心中情动，思乡意切。当中的情绪恰似如夜梦，缱绻不息，又似那春日屡屡游丝，交错盘旋。剪不断，理还乱。

所言之“游丝”，指飘动的蛛丝，亦可指蛛网。杜甫的《牵牛织女》诗有“蛛丝小人态，曲缀瓜果中”之句，王安石的《寄慎伯筠》诗有“世网挂士如蛛丝，大不及取小缀之”之句，晏殊的《蝶恋花》词亦有“满眼游丝兼落絮，红杏开时，一霎清明雨”之语。

词之末句“信回刚道别多时”点明心意。家书一封，方知久别多时。他被远方家人思念，一如此时他心中的深情挂牵。漫长客途，他心中婉曲惆怅，是从何时开始，他看透官场仕途里的尔虞我诈，厌倦了逼仄、漫长的扈从生涯。

他是如此怀念，光阴深处，那个胸怀兼济天下，一脸纯真却渐行渐远的少年。终有一日，他会发现，面对生命中未知之恸，就连而今的伤感，也不过只是一段过眼云烟般的客途秋恨，不足挂齿。前路难料，还有更多的蹉跎与挫折，等着他。

若为情（浣溪沙）

身向云山那畔行，
北风吹断马嘶声，
深秋远塞若为情！
一抹晚烟荒戍垒，
半竿斜日旧关城。
古今幽恨几时平！

——纳兰容若《浣溪沙》

清康熙二十一年（公元1682年）八月，纳兰容若奉命赴觇梭龙打虎山侦察。这阕词便是作于容若梭龙之行途中。词意深远，写得深沉又壮阔，与此同时，仍难掩骨子里的一分温柔。因那温柔，连心中幽恨与惆怅也变得极美。

夕阳西落，荒山古道，狼烟尘沙，争鸣鼓角。历史在这北方荒芜的土地之上，一帧一帧穿梭而过。最后被容若一一编织进他的这阕《浣溪沙》词里。景色疏阔豪放，容若的心细腻敏感。

读这阕词，似能听到马蹄声声，回荡在遥远的山谷，亦似可见当年的战场硝烟，滚滚弥漫。容若写“身向云山那畔行，北风吹断马嘶声”。北方的天有一种辽阔，北方的路有一种坦荡，北方的风声似啸，淹没万马嘶鸣。

越是广袤，越是壮烈，便越是无依。是这样的一种激荡无涯，却又总难免让人心生惊惧。若是葬于这北国风沙，怕是亦不为人所知。“深秋远塞若为情，”容若心生慨叹，深秋远塞，面对北方荒芜天地，不知如何表述心中情怀。

17 世纪的边塞，大约果真就是人烟荒芜，天地无依。无边无际的天空，漫无尽头的大地。就像王维说的“大漠孤烟直，长河落日圆”。谁人面对这般苍茫景象，心中或许都会有那种辽阔之后的凄迷。人之渺弱，在浩瀚天地之中，不堪一击。日暮之景，最是哀凉。

夕阳晚照。军士驻扎的营垒荒凉、萧瑟。江山易主未逾百年，豺狼虎豹依旧对大清虎视眈眈，他有一腔热血，赤诚肝胆。若是换作少年时，他定是那一往无前、无所顾忌的英烈男子。驰骋在北方土地上，金戈铁马，挥血祭沙。

如今，在皇帝身边，安顿多年，那一份豪烈之情却被日渐削减。而今，面对这漫漫边关，心中竟只徒剩荒芜。是那种少年不得志，失了心气的无力。不过而立之年，却是心已成沧。似耄耋老者，步履蹒跚，在这行军路上跌跌撞撞。

夕阳如锈，照在营垒竖起的旗杆之上，落下暗淡、狭长的影子。他一步一思，走在人间烟火淡灭的凄清路上。在这北方以北的地方，容若思忆过往，再看而今，昔日的飒爽少年，已是倦者无力。空留一心报国志在扈从皇帝多年的路上日渐萎靡。如此，他不免心中幽恨四起，不能平复。

于是，他作下了这阕心意惆怅的《浣溪沙》词，抚今追昔。容若所见之景甚是苍茫，因心之彷徨，边塞空寂之景，落在眼中，也是迷惘。不似唐代边塞诗人的诗作那般豪烈壮阔、慷慨激昂。一如王昌龄那两句“黄沙百战穿金甲，不破楼兰终不还”。

唐世人笔下的边关纵是萧瑟，依然硬朗，不似容若笔下这般哀婉、薄凉。倒是岑参那两句“琵琶一曲肠堪断，风萧萧兮夜漫漫”最合纳兰此词之意。如果生逢乱世，我坚信，纳兰容若必定会在刀光剑影之中浴血杀敌，一往无前。

在天涯（浣溪沙）

万里阴山万里沙，
谁将绿鬓斗霜华？
年来强半在天涯。
魂梦不离金屈戍，
画图亲展玉鸭叉。
生怜瘦减一分花。

——纳兰容若《浣溪沙》

这阕词本题于容若出塞归来请人所绘《楞伽出塞图》之上。此图所绘，便是容若远赴梭龙一事。容若有不少友人擅长绘画，此图作者便有容若好友经纶（岩叔）一说。除了这首《浣溪沙》，容若另有《太常引・自题小照》一词，应当也是题于此图之作。

容若好友姜宸英有《题容若出塞图》诗二首。其一曰：“一行白雁促归程，千里山河感慨生。半辨吟鞭望天末，白沙空碛少人行。”其二曰：“奉使曾经葱岭回，节毛暗落白龙堆。新词烂漫谁收得，更与辛勤渡海来。”

此词虽与上一首同为边塞词，但不同的是，这一首立意私人情感生活，语词深婉，回归了纳兰词一贯的爱恨低吟。因此，从某种意义上来说，格局不如上一首词意开阔。阴山是今河套以北，大漠以南诸山的统称。《史记·秦始皇本纪》：“自榆中并河以东，属之阴山。”

秦时明月汉时关，
万里长征人未还。
但使龙城飞将在，
不教胡马度阴山。

提及“阴山”，不能不提王昌龄这一首《出塞》诗。行于万里阴山，容若心中挂碍甚多。难能有王昌龄之豪迈气魄。语词之间尽是哀伤，是一个成年男子对无定的生涯与逼仄的旧路发出的叹息。是遗憾，也有伤感。最重要的是，与妻分离，容若心中酸楚。

走在沙尘弥漫的阴山脚下，他心中万千感慨，对世事、私情皆有喟叹。“万里阴山万里沙，谁将绿鬓斗霜华？”他不禁自问，是谁令自己曾经黑郁的头发变得苍白。有一种男子，深情是骨子里的事情。一转身，一迈步，皆有一种风流在。

情深之人往往心思细腻如尘。知道世情纹理，一点一滴的细节都能入眼、入心。容若如是。所谓“年来强半在天涯”，是他感慨自己一年之中大半时间都是随军流离在外，空度天涯。似是失所无居的流浪之人。而今见《楞伽出塞图》，更是愁情暗涌，不能自已。

容若这首词像是一篇抒情散文，情感层层递进。上阕说自己常年出行在外，下阕写自己边塞思归之心。词中“金屈戌”指门窗之上的环钮、搭扣。明初陶宗仪《南村辍耕录》记：“今人家窗户设铰具，或铁或铜，名曰环纽，即古金铺之遗意。北方谓之屈戌，其称甚古。”

另外，“玉鸦叉”指悬挂或取下画作的长柄玉制画叉。与“金屈戌”两相映照，以家中物什指代故园，以诉思乡之意。宋郭若虚《图画见闻志》记：“张文懿性喜书画，今古图轴，襞积繁夥，铨量必当，爱护尤勤。每张画，必先施帘幕，画叉以白玉为之，其画可知也。”

最后一句“生怜瘦减一分花”，可以理解为容若看到《楞伽出塞图》上友人画的自己清癯消瘦，顾影自怜。感叹行塞辛劳，光阴蹉跎。也可以理解为容若用虚设之笔，写身在塞外时候，离魂还家，见妻子憔悴瘦损，心中感伤。

待春风（浣溪沙）

收取闲心冷处浓，
舞裙犹忆拓枝红，
谁家刻烛待春风？
竹叶樽空翻采燕，
九枝灯灺颤金虫。
风流端合倚天公。

——纳兰容若《浣溪沙·庚申除夜》

康熙十九年（公元1680年），除夕夜。容若被除夕热闹的景象所感染，心中对旧日时光深隐之怀念缓缓浮动。是以作此《浣溪沙·庚申除夜》词以诉心意。这首词旨意虽不在悼亡发妻，但依旧有一种说不清、道不明的清愁在其中。

开篇一语“冷处浓”，仍是惊艳。他爱极了王彦泓的那一句“一片幽香冷处浓”，再三直引、化用。除夕夜，外面的热闹仿佛都在提醒他当下的孤清。往年，卢氏在，一切都圆满。今年，她与自己已是阴阳两重天，相隔永不见。越想冷静下来，收起闲心，对旧日时光之思念便越深。心中伤念蚀骨。

词之上阕，是容若追忆往昔除夕家中之团栾与欢愉。那时候，一家人除夕刻烛计时，欢闹守岁，还有婀娜美妙的艳丽舞姬跳着一支又一支的拓枝舞，令他印象极深。而今的除夕，世间繁华与欢喜皆与他无关。唯凭回忆聊以自慰。

“柘枝舞”是由从西域的石国传入中原。因石国又名柘枝，所以它便被称为“柘枝舞”。柘枝舞，本是为女子独舞，在中原广泛流传后，出现了专门表演此舞的“柘枝伎”，并渐次由独舞发展成双人舞。宋时，开始发展成为多人舞，经常在贵族的酒宴中由伎人表演，供宾主欣赏。

跳柘枝舞时，舞姬会身着华服，头戴胡帽，足穿锦靴。帽上有金铃，腰系银腰带。舞姿变化之丰富令人惊讶。时而刚健明快，时而婀娜俏丽。且跳柘枝舞时，舞姬双目富于表情，十分注重与观者之间眉目传情与互动。观感极为美妙。

平铺一合锦筵开，连击三声画鼓催。
红蜡烛移桃叶起，紫罗衫动柘枝来。
带垂钿胯花腰重，帽转金铃雪面回。
看即曲终留不住，云飘雨送向阳台。

是为唐诗人白居易《柘枝妓》诗。写得轻盈、曼妙。柘枝舞的妖娆与艳好尽在诗间。柘枝舞，属于健舞的一种。健舞，即是唐代广泛流行于宫廷、贵族士大夫家宴及民间的小型表演性舞蹈，其特点便是节奏明快、矫捷雄健。

词之下阕，是容若描述词题所言之庚申除夕的场景。所言“采燕”与“金虫”，都是古代头饰。除夕欢夜，人人兴致都好，头饰彩燕或金虫，载歌载舞，饮酒作诗。容若是相门公子，纳兰府是豪门大户，除夕又是一年当中最重要的节日。当年纳兰府上张灯结彩、夜不闭户之情形可以想见。

最后，容若说，“风流端合倚天公”。似是宿命之论，认为一切欢愉都是天公所赠，是命中注定、水到渠成的。该快乐时必会快乐，若是不得，亦不能强求。过去的终究已经过去，失去的永远无法复得，但愿容若当日所想，能忘却旧年伤心事，笑迎来年欢喜时。

如此，最是珍贵。

词话六

相看好处却无言

短亭秋（浣溪沙）

无恙年年汴水流，
一声水调短亭秋，
旧时明月照扬州。
惆怅绛河何处去？
绿杨清瘦绾离愁。
至今鼓吹竹西楼。

——纳兰容若《浣溪沙·红桥怀古，和王阮亭韵》

关于扬州红桥，清代词人吴绮在《扬州鼓吹词序》当中记到：“红桥在城西北二里。崇祯间形家设以锁水口者，朱栏数丈，远通两岸。而荷香柳色，雕楹曲槛，鳞次环绕，绵亘十余里。春夏之交，繁弦急管，金勒画船，掩映出没于其间，诚一郡之丽观也。”

可见，红桥当时在扬州已然是一个热闹的文人墨客聚集地。顺治十七年（公元1660年），王阮亭赴任扬州。王阮亭即是清代诗人王士祯，阮亭是他的号，又号渔洋山人，因此亦有人称他王渔洋。

王士祯本名王士禛，字子禛。崇祯年间生，康熙年间卒。死后避雍正（胤禛）讳，追改“士正”。到乾隆时，乾隆认为“正”与“禛”二字音、意皆相去甚远，恐流传生误致使后人不知士正谁人。于是，乾隆便诏改“士正”为“士祯”，补谥“文简”。

其人为官清正，作文清雅，是当时首屈一指的大诗人。他一生勤于著书，作品有《带经堂集》《渔洋诗集》等数十种，其诗论“神韵说”更是造诣精深，影响甚广，被后人尊为“一代诗宗”，德高望重。

居扬州期间，王士祯常与当地名士往来游宴于红桥。自然，也在红桥留下不少文字，包括有《红桥游记》《浣溪沙》组词等。在《浣溪沙》组词前便题有“红桥同籜庵、茶村、伯玑、其年、秋崖赋”的词序。籜庵即是袁于令。容若所和之词，便是当年王士祯写下的《浣溪沙》组词三首中第一首。

词曰：

北郭青溪一带流，
红桥风物眼中秋，
绿杨城郭是扬州。
西望雷塘何处是？
香魂零落使人愁，
淡烟芳草旧迷楼。

康熙二十三年（1684 年）十月，容若扈驾巡行江南，抵达扬州之时，路经红桥，有感而作，和词一首。其实，对于和词创作，容若本身并不推崇，在其所著《渌水亭杂识》当中，有明确表达说如果文人不戒除步韵和诗的创作，必然难有佳作出现。只是，和词本身便有文人之间逞才较技的意思，即便是容若，偶尔也不能免俗。

也是因为容若和词之作鲜见，所以存世的这阕《浣溪沙・红桥怀古，和王阮亭韵》在纳兰词中显得弥足珍贵。和词有步韵（又称为“次韵”，即用其原韵原字，且先后次序都须相同）、依韵（亦称同韵，和诗与被和诗同属一韵，但不必用其原字）、从韵（用原诗韵的字而不必依其次序）等形式。容若这一首词属于难度较高的步韵词。

虽然这阕词题中明言“怀古”，但是容若怀古而不评史，这也是他一贯的创作理念。在《渌水亭杂识》当中，容若也讲到咏诗诗词不宜论事，有了议论和评断，诗词便不纯粹，反倒近似于史评，失了诗词本真。词中，容若所追怀之事，是隋炀帝凿水通渠、大兴土木的历史。

词之上阕所言之“汴水”，便是隋炀帝时期开凿而成。绿水长流，日日年年，永无止休。他在汴水旁走，恰似于旧时光中漫游。又有扬州水调，婉转婀娜，仿佛是一种追怀往事最好的伴奏。抬头可见皎月漫漫，就像大诗人李白说的一般，“今人不见古时月，今月曾经照古人”。明月依然是那明月，岁月却从不重叠。

不光是汴水，还有那长堤。当年，隋炀帝开凿通济渠，渠旁修有御道，路上终有杨柳。如今，长堤仍在，绿柳依然，可是那些在运河当中被隋炀帝征去为龙舟拉纤的少女们早已化成生花白骨，埋葬在那处叫作“玉钩斜”的地方。于是，他说，见水、见堤、见柳，皆是见忧愁。

短短一首词，容若讲了四件事。最后一件，就是“玉钩斜路近迷楼”当中所说距离“玉钩斜”不远的“迷楼”。迷楼旧址如今在扬州西北。关于迷楼，宋时《迷楼记》讲述得十分清楚。隋炀帝为建迷楼，征夫数万，经岁而成，费用金玉，帑库为之一虚。此楼格局巧妙，千门万户，互相连属，回环四合，曲屋自通，隋炀帝谓之“迷楼”。

扬州是曼妙之地。关于扬州，写得最深、最好的，当属唐诗人杜牧。除了被容若化用入这首词的一句“谁家唱水调，明月满扬州”，更有“二十四桥明月夜，玉人何处教吹箫”这样的传世名句。杜牧与容若，在扬州城里，算的上是隔世知音。扬州之美，对于他们二人而言，更具深意。

是美中有凄惘。

是美中有哀愁。

附：

王士祯（清）/ 诗词文选

题秋江独钓图

一蓑一笠一扁舟，一丈丝纶一寸钩。
一曲高歌一樽酒，一人独钓一江秋。

真州绝句（六首选一）

江干多是钓人居，柳陌菱塘一带疏；
好是日斜风定后，半江红树卖鲈鱼。

初春济南作

山郡逢春复乍晴，陂塘分出几泉清？
郭边万户皆临水，雪后千峰半入城。

秋柳（四首选一）

秋来何处最销魂？残照西风白下门。
他日差池春燕影，只今憔悴晚烟痕。

愁生陌上黄聪曲，梦远江南乌夜村。

莫听临风三弄笛，玉关哀怨总难论。

高邮雨泊

寒雨秦邮夜泊船，南湖新涨水连天。

风流不见秦淮海，寂寞人间五百年。

江上

吴头楚尾路如何？烟雨秋深暗自波。

晚趁寒潮渡江去，满林黄叶雁声多。

蝶恋花・和漱玉词

凉夜沉沉花漏冻，欹枕无眠，渐觉荒鸡动。此际闲愁郎不共，月移窗罅春寒重。

忆共锦衾无半缝，郎似桐花，妾似桐花凤。往事迢迢徒入梦，银筝断续连珠弄。

浣溪沙（三首）

北郭青溪一带流，红桥风物眼中秋，绿杨城郭是扬州。

西望雷塘何处是？香魂零落使人愁，淡烟芳草旧迷楼。

白鸟朱荷引画桡，垂杨影里见红桥，欲寻往事已魂消。

遥指平山山外路，断鸿无数水迢迢，新愁分付广陵潮。

绿树横塘第几家？曲栏干外卓金车，渠侬独浣越溪纱。

浦口雨来虹断续，桥边人醉月横斜，棹歌声里采菱花。

红桥游记

出镇淮门，循小秦淮折而北，陂岸起伏多态，竹木蓊郁，清流映带。人家多因水为园，亭榭溪塘，幽窈而明瑟，颇尽四时之美。拏小舟，循河西北行，林木尽处，有桥，宛然如垂虹下饮于涧，又如丽人靓妆袨服，流照明镜中，所谓红桥也。

游人登平山堂，率至法海寺，舍舟而陆，径必出红桥下。桥四面皆人家荷塘，六七月间，菡萏作花，香闻数里，青帘白舫，络绎如织，良谓胜游矣。予数往来北郭，必过红桥，顾而乐之。登桥四望，忽复裴回感叹。当哀乐之交乘于中，往往不能自喻其故。王谢冶城之语，景晏牛山之悲，今之视昔，亦有然耶？壬寅季夏之望，与萚庵、茶村、伯玑诸子偶然漾舟，酒阑兴极，援笔成小词二章，诸子倚而和之。萚庵继成一章，予亦属和。

嗟乎！丝竹陶写，何必中年？山水清音，自成佳话。予与诸子聚散不恒，良会未易遘，而红桥之名，或反因诸子而得传于后世，增怀古凭吊者之裴回感叹，如予今日，未可知也。

送倾城（浣溪沙）

凤髻抛残秋草生，
高梧湿月冷无声，
当时七夕记深盟。
信得羽衣传钿合，
悔教罗袜送倾城。
人间空唱雨淋铃！

——纳兰容若《浣溪沙》

这世间，唯有爱，可以跨越生死。

杨玉环之死，之于唐玄宗，是灵魂塌垮，心意永灭。一如卢氏之死之于纳兰容若，亦是山水枯竭，万劫不复。这样的两双人，本是爱至骨髓，理应生死相依、永不分离的，却违逆不过那朝夕万变、流离多舛之运命。

容若这阕《浣溪沙》词是至为深痛的一首悼亡词。他借杨玉环与唐玄宗的千古情事来告慰亡妻，纪念曾经。要有多勇敢，方才敢对她念念不忘。他不知。是午夜梦回时，他忽然思念她至心口剧痛，不能卧，不能眠，不能不起身提笔，写下这首词。

首二句“凤髻抛残秋草生，高梧湿月冷无声”，写得极是伤心。爱妻离世，犹如凤髻抛残。而今，人已不在，只剩一座孤冢荒茔。窗外月光如洗，湿润凉冷。高大梧桐立在远方，树叶窸窣作响，是风吟，也似夜莺。却，并不动听。树下，是秋草丛生。

他尚记得那年七夕，彼此月下盟誓，愿生死不离。却不想，眨眼便雨覆云翻。“当时七夕记深盟”一句在容若这阕词里起着承前启后之作用，由这一句追忆起当年杨玉环与唐玄宗之间那一曲千秋峥嵘的《长恨歌》。

唐小说家陈鸿在《长恨歌传》当中写道：天宝十年，唐玄宗与杨玉环在骊山避暑之时，恰逢七夕，杨玉环与唐玄宗二人因感牛郎织女情动天地，也密相约誓，要生死不离，世世为夫妻。但后来，天宝乱起。唐玄宗携杨玉环逃亡蜀地时，发生“马嵬驿兵变”，随行将士处死宰相杨国忠，并逼迫杨玉环自尽。

杨玉环死后，唐玄宗日不能思、不能食，夜不能寝、不能寐。因唐玄宗信道，于是曾派道人方外求仙，寻找爱妻香魂所居的下落。在小说里，说道士果真访得杨玉环居住之地。说她“指碧衣取金钿合，各折其半，授使者（指道士）。曰：‘为谢太上皇，谨献是物，寻旧好也。’”

彼时彼刻，容若是信了它的。所以，他才写“信得羽衣传钿合，悔教罗袜送倾城”。许是果真有仙人住在方外，可传亡妻信物，跨越阴阳阻隔。于是，他便怨恨自己，那年那月，应将衣物与她一起送葬。而今，终落得，一腔幽情，无法共叙。

又说杨玉环死后，唐玄宗心思涣散，日夜未闲却半刻不去思念她。一天深夜，唐玄宗于栈道听闻雨中铃声，淅漓有致。于是，他突发思情，作下一曲《雨霖铃》以寄心中思念之哀凉。

唐代郑处海撰著的《唐明皇杂录补遗》记：“明皇既幸蜀，西南行初入斜谷，属霖雨涉旬，于栈道雨中闻铃，音与山相应。上既悼念贵妃，采其声为雨霖铃曲，以寄恨焉。”

容若写“人间空唱雨淋铃”，也是一语双关。是祭奠亡妻，慨叹而今的自己，独自向月，空惆怅。而今才道，当时寻常。彼时的容若心中念及亡妻，定是深痛至极的。

明日，他会去妻的坟上看看吧。

去未还（浣溪沙）

肠断斑骓去未还，
绣屏深锁凤箫寒，
一春幽梦有无间。
逗雨疏花浓淡改，
关心芳草浅深难。
不成风月转摧残？

——纳兰容若《浣溪沙》

人生这件事始终充满奇遇。茫然无措之获得，抑或是不可预知之分离。所有的事，无论得失，还是聚散，一旦与爱建立了关联，便总要多出一种哀愁，一种怅然，一种憔悴，一种无可奈何。恰如五代词人韦庄所说，“一生风月供惆怅，到处烟花恨别离”。

容若是敏锐易感的男子，总是看穿人情之细微。纳兰词里亦是爱情词居多，一如爱情词离愁别恨者居多。也是因为他有出塞边关之历练，因此，写这阕闺人思夫之词，便要多出一份常人不及的感同身受。

他善写女子，此词写女子思君，其实也是写出塞在外时自己对家中爱妻的挂念。征夫在外，女子独守空闺，内心寥落哀伤之苦不足为外人道。容若却能抽丝剥茧，展现得淋漓尽致。情词恳切，亦很伤感。

学者张秉戌评说此词道：“这首词是以闺中女子的口吻写离愁别恨的，丈夫远行在外，闺中寂寂无聊，索寞伤怀。相思的苦情搅扰得她如梦如幻。春色纵然美好，但也无聊无绪。反倒使她伤心无奈了。词凄婉缠绵，语虽淡而情浓。”

首句当中“斑骓”一词意为“离群之马”。此处容若借指离家出征的男子，一如彼时出塞在外的容若。“凤箫”，即是排箫。东汉《风俗通·音声篇》记：“箫，谨案《尚书》，舜作。‘《箫韶》九成，凤凰来仪’，其形参差，像凤之翼。”于是，后人也称排箫为凤箫。

开篇两句词是说，丈夫远行在外，犹似离群之马，迟迟未归，令她相思断肠。自他一去，闺房异常冷凉。绣屏紧锁，凤箫闲置。她寂守空闺，神情涣散，独与青灯作陪，孤独，又寥落。

一春幽梦，似有还无。梦中与你相见，依偎缠绵。梦醒一切成空，泪水涟涟。日夜如斯，令她心神俱损。时常会迷蒙之中看见你，仿佛你还在身边，从未离开。最深的思念，是哪怕你不在，她也依然能看见你晨起夜眠，白衣翩翩。

屋外是春花摇曳，春雨绵绵。“逗雨疏花浓淡改，关心芳草浅深难。”春雨落在稀疏的花上，氤氲出迷蒙的雨光。于是，那花朵颜色也似变了浓淡，朦朦胧胧里别有一番韵致。以及，那碧色芳草，也是成片成片地，泛出烟霭，浅深难辨。

这一番场景，写的既是花与草，也是她心中孤岛。是，而今她犹似住在荒海孤岛之上，举目可见天苍碧海一片茫茫，没有边，没有岸，没有尽头。她孤寂到仿佛都已忘了曾经与他枕边耳语的风月光阴。这命运，真是“不成风月转摧残”。

摧残了光阴。

摧残了风月。

摧残了记忆。

摧残了她心。

写洛神（浣溪沙）

旋拂轻容写洛神，
须知浅笑是深颦，
十分天与可怜春。
掩抑薄寒施软障，
抱持纤影藉芳茵。
未能无意下香尘。

——纳兰容若《浣溪沙》

纳兰词多哀艳。久读，心中便会在不经意间凝结一种淡恨清愁，久久不散，令人沉郁。如这阕《浣溪沙》词般的开怀之作并不多见。于是，此刻读它，便觉心意豁然明亮。仿佛见到一束温柔日光，普照于身，温暖内心。

这阕词饱含赞美与爱意，大约是容若爱妻卢氏在世之时，容若写给卢氏的。怎么读，都觉得词中有一丝缱绻的温柔在。他是那样远近相宜地爱着她。爱，从来不是互相迁就。爱，应该就是彼此欣赏。卢氏的美与好，点滴毕现于容若之眼。

是日，他于窗前为她作画。屋外是晴光朗朗，轻轻透过窗纱，铺在他的身上，铺在案前，铺在纸间，铺在笔端。面前女子如花，让他似醉似醒。眼中尽是春光，心里尽是浪漫。她也是痴痴将他凝望。是这样一种两心相对又相映的美好。

他写“旋拂轻容写洛神”，情致甚深。似见容若心中无限欢喜地时而抬头定定看她，时而低眉拂拭绢纸，嘴角都流连笑意地落下一笔一画。说是画洛神，自是在赞美她。洛神之美，世人倾之。而当下，他眼中的她，一如洛神，是美得倾了他的城、他的国。

“洛神”，传说中的洛水女神，名宓妃。北魏郦道元在《水经注·洛水》记到：“昔王子晋好吹凤笙，招延道士，与浮丘同游伊洛之浦，含始又受玉鸡之瑞于此水，亦洛神宓妃之所在也。”

曹植亦在《洛神赋》中如此描绘她“翩若惊鸿，婉若游龙。荣曜秋菊，华茂春松。仿佛兮若轻云之蔽月，飘飖兮若流风之回雪。远而望之，皎若太阳升朝霞；迫而察之，灼若芙蓉出渌波。”当真是美到极处的女子。

容若又写“须知浅笑是深颦，十分天与可怜春”。一句“须知浅笑是深颦”道破容若心中对妻子之爱、之喜。连她不悦皱眉的模样，落在他眼中，也似微笑。真真应了那句“情人眼里出西施”。所有微细的嗔怒怨憎，在他心中，都成了欢喜晓燕，是娇，是美，是倾城。

下阕“掩抑薄寒施软障，抱持纤影藉芳茵”二句写得用心良苦。而今，她被他绘于画中。于是，他转眼再去看自己所作的这幅美人画，也是不禁要为伊动容。甚至，他会生怕这画中人也因天寒衣薄而受了冻。

因此，他便又纸笔蘸墨。为她“施软障”，加了屏障一道，替她御寒。为她“藉芳茵”，添了一块褥垫，给她温暖。容若这几笔写得甚是情深，却又清新飒爽，自由洒脱。是一气呵成的爱赞，不是呕心沥血、小心翼翼的欢喜。

末句“未能无意下香尘”将词意收束，写她恍如仙女，是不经意间落入凡尘。彼时，容若的一颗心，是毫无顾忌地要化融在对妻子的深爱里。哪怕，日后她要远离，去往另外的世界。光阴也不能磨灭，这一年，这一月，这一日，他为她欢喜作画，花前结发。

两分心（浣溪沙）

十二红帘窣地深，
才移刬袜又沉吟，
晚晴天气惜轻阴。
珠衱佩囊三合字，
宝钗拢髻两分心。
定缘何事湿兰襟。

——纳兰容若《浣溪沙》

容若这阕词里开篇所写“十二红帘”，是指绣织有十二红的红色帘幕。至于所绣之物是鸟，还是金鱼，难能定论。明人杨基《十二红图》的诗，写得极为明确，“何处飞来十二红，万年枝上立东风。”顾名思义，十二红指的是一种鸟。

也有一种金鱼，名为“十二红”，是一种极为珍贵的品种。通体银白，身上有十二处红色。四条尾鳍上各一。下鳍上各一。背鳍、头顶有红，却长有一双金红鱼目。形容极美，数量极少。

因这类鱼基因不稳，纯种之后也未必会继承十二红之体征。因此，更显珍贵。

容若此词写闺怨。女子如花，到了盛放的年岁，理应需要有一个有力的男子来护佑，需要一双有担当的肩膀来佐助。少女到了及笈年纪，会变得忧心忡忡，敏感，多虑，不安定。这种不安定的情状，便是因为爱之缺失造成的。

他说，“十二红帘窣地深”，绣有十二红的帘幕低低垂落在地，仅是这一句，便已然忧伤外露。“才移刬袜又沉吟”一句亦是哀愁。她时而在闺中裸足徘徊，时而面色凝重，沉思低吟。真真是，我见犹怜。

当中“刬袜”一语是说女子穿袜着地。词帝李煜《菩萨蛮》词当中便有“刬袜步香阶，手提金缕鞋”之句，亦是写“少女刬袜”的美妙情状。女子穿袜着地，烟视媚行，画面甚美。

上阕最后一句“晚晴天气惜轻阴”把女子待字闺中时易感之况写得淋漓生动。尤其是“惜轻阴”三个字，将少女细腻敏感、处处生怜的情状写得最是到位。至词之下阕，容若一笔荡开，从闺中物什转至少女佩饰。

旧时人们常在两个香囊上绣上三个“半字”，一对香囊相合，方才可见完成字样。情侣二人各佩其一，以示同心相爱。所谓“三字合”如是。“珠衱佩囊”是说缀有珠玉的裙带上佩戴着香囊。正是少女所戴之香囊，三字未能合。而少女头上所戴之宝钗将发髻拢起，看过去，又恰似将心字一分为二。

而“珠袚佩囊三合字，宝钗拢髻两分心”两句也颇有寓意。少女对于爱情之渴慕的意思跃然纸间。只是，这世间的缘，早已注定。如有前生，必有来世。前生在佛前许下的愿，总有一日会成其圆满。不是不能遇到，只是时机未到。

必有一人，候在远方。

待你途经，一起盛放。

倍怜卿（浣溪沙）

容易浓香近画屏，
繁枝影着半窗横，
风波狭路倍怜卿。
未接语言犹怅望，
才通商略已瞢腾。
只嫌今夜月偏明。

——纳兰容若《浣溪沙》

那年那月，你我初见。

后来再见，已隔经年。

此词写的是恋人久别相逢的场面，像是初相见，也似再重逢。疑为初恋而作。世人皆知，那些最好的时光，容若曾与她有过一段虽已开花但未结果的恋事。纯真，浪漫，生生不忘。许是因了那不得，那失落，当容若回忆旧人、旧事之时，才更添一份哀愁。

初见多惊喜，重逢多追忆。

将此词当作二人久别重逢来解，更近词意。那一头，女子在闺中。屋里是熏香浓郁。她穿香而过，越过画屏，来到窗边。“容易浓香近画屏，繁枝影着半窗横。”窗外是树影婆娑，枝叶密匝，甚是繁茂。她轻轻将小窗推开，一道日光落进来，碎在她的眸子里。她犹似惊梦，迟迟不能信，竟再次看见他。

是，他是闻讯而来，知道她回来了。这样的一场相逢，是谁也未曾预料的。他手执一壶醇酒，一边豪饮，一边歌唱。穿过府中幽深小径，踉跄而来。他的一切，她都懂的。她知道，他心中定然是剧痛的，是不可遏制的，时时要将他吞噬的。

而后容若一句“风波狭路倍怜卿”写得极是令人心痛。这一句词是容若化用王彦泓《代所思别后》诗当中“风波狭路惊团扇”一句而来。此处言风波，意含人世忧患。

虽已是近在咫尺的距离，不过十步远的窄仄小径，但他却走得十分漫长。历历往事在心中，得失不过瞬间，一步一光年。仿佛在悲伤往事当中穿越而过。越是靠近，心中越是荒凉。因那结局早已落定尘埃，没有退路，不能更改。

词至下阕，情意方才稍显平缓。“未接语言犹怅望”也是化用王彦泓的诗句。王彦泓《和端己韵》诗中有“未接语言当面笑，暂同行坐夙缘生”的句子。是尚未开口，心中便是情意成波澜。

彼此就那样，隔着花，隔着树，隔着影。他站在距离她的窗几步之遥的地方，看着她。一别经年的她。目中情深皆怅惘。其实，他心中早已无怨。而今，不过只是真再见着她时，不禁失了语言。

再下一句“才通商略已曹腾”依旧化用王彦泓的诗。王彦泓的《赋得别梦依依到谢家》诗里有“今日眼波微动处，半通商略半矜持”之句。他说，终于落定心意，与她开口说话，却猛然发现自己已醉意醺醺。仿佛跌进一个不得救赎的永恒梦境。

容若此词，整篇皆笼罩着一种欲说还休的惆怅。唯独最后一句“只嫌今夜月偏明”得了明光，有了温情。可是，难得今夜月明，却又如此不合时宜。令他无法与她走得更近。至此，一场无形干戈化玉帛。一切的艰辛与翻江倒海，都是他独自完成于内心。不与她知。

也罢。真正爱一个人，便是隐忍悲苦，予她喜乐。

却无言（浣溪沙）

十八年来堕世间，
吹花嚼蕊弄冰弦。
多情情寄阿谁边。
紫玉钗斜灯影背，
红绵粉冷枕函偏。
相看好处却无言。

——纳兰容若《浣溪沙》

那一年，是康熙十三年（公元1674年）。那一年，他十九岁，她十七岁。最好的时光里，他们遇到了最好的彼此。是几生几世修来的缘，而今方才能够喜结连理，成为结发夫妻。

纳兰容若的爱情词大多都感伤，又凄凉。甚少有词作，是满心欢喜，悦然道来的。但这一首词却是容若的爱情词里甚是耀眼的一首。因它如沐朝阳，充满两情相悦的喜乐，很是温暖。

词之首句“十八年来堕世间”，直引李商隐的诗句。李商隐的《曼倩辞》诗当中有“十八年来堕世间，瑶池归梦碧桃闲”之句。那年卢氏十七岁，虚十八。十八年，也恰是卢氏嫁与容若的年岁。且“十八年”一语亦有典故。

唐《仙吏传·东方朔传》记：“朔未死时，谓同舍郎曰：‘天下人无能知朔，知朔者唯太王公耳。’朔卒后，武帝得此语，即召太王公问之曰：‘尔知东方朔乎？’公对曰：‘不知。’‘公何所能？’曰：‘颇善星历。’帝问‘诸星皆具在否？’曰：‘诸星具，独不见岁星十八年，今复见耳。’帝仰天叹曰：‘东方朔生在朕旁十八年，而不知是岁星哉。’惨然不乐。”

东方朔在汉武帝身旁十八年，汉武帝却不知东方朔乃是岁星仙人所化。容若此处写“十八年来堕世间”是要借东方朔之典实来赞叹爱妻是惊为天人的绝世女子。

又有“吹花嚼蕊”一词，引自李商隐的《柳枝诗》序。序曰：“柳枝，洛中里娘也……生十七年，涂妆绾髻未尝竟。已复起去，吹花嚼蕊，调丝擫管，作天海风涛之曲，幽忆怨断之音。”此处是通文墨、善歌舞之意，比喻女子极有才华。“冰弦”本意指乐器“筝”，亦可延伸为形容女子才情高妙。

十八年的好辰光。她欢悦而度。时而舞文，时而饮歌，时而舞蹈。是至为优雅的好女子。正是这惊世的女子，将满心满意的爱，盛递给了容若。也因此，他更是喜从心来。故作疑问，“多情情寄阿谁边”，分明有一种少年似炫耀的意味在，饶是有趣。

词之上片，容若赞爱妻才情。下片容若着重写爱妻妆扮、仪态，赞爱妻形容、气韵，也是极尽妙语来描绘。他写她玉钗松斜，欹枕而卧，把爱妻美人慵懒的可人情态刻画得生动。似见当年她初嫁纳兰府上的模样。支身侧卧，轻慢慢将容若唤至床边，软绵绵要他来拥。

末句“相看好处却无言”最是惊艳。这分明是要写进情书里的话。一如汤显祖在《牡丹亭·惊梦》里的写得一般：“是那处曾相见，相看俨然，早难道这好处相逢无一言。”是情到深处，默契无言。一个眼神，便情定乾坤。

最好的相恋，便是一个眼神，胜过言语万千。

太从容（浣溪沙）

藕荡桥边理钓筩，
苎萝西去五湖东，
笔床茶灶太从容。
况有短墙银杏雨，
更兼高阁玉兰风。
画眉闲了画芙蓉。

——纳兰容若《浣溪沙·寄严荪友》

严荪友，即是严绳孙。字荪友，又字冬荪，号秋水，自称勾吴严四，复号藕荡渔人。康熙年间曾以布衣举鸿博授检讨，为四布衣之一。亦是当时知名的书画家。善隶、楷书。所绘山水画深得董其昌恬静闲逸之趣。尤善画凤。卒年八十。有《秋水集》留世。

严绳孙本是江苏无锡人，后长居京城。当中他曾有两次南归故里。虽年长容若三十二岁，但与容若彼此赏识，成为至交，感情极是深厚。容若至交当中，多有严绳孙一般之布衣文人、江湖狂生。

容若这阕《浣溪沙・寄严荪友》词作于清康熙十六年（公元1677年）的夏天，严绳孙第一次离京之时。容若最大的好便是真。待人待事，总是用尽心力，让人事周全。他对待友人知己，一如对待心中所恋慕之人，情深意重。

因此，严绳孙离京之后，容若心中甚是思念。此词便是在这样思怀至交的心境之下写出的。全词内容皆是虚写。是以严绳孙之视角来写，虽一字不着怀念，但又分明让人觉得字里行间有一种莫可名状的深刻情意在。

开篇“藕荡桥边理钓筩，苎萝西去五湖东”二句是写容若想象之中严绳孙的生活景况。或桥边垂钓，或泛舟五湖。过一种隐逸高致，自在陶然的生活。如斯景象，大约亦是容若之向往。他也期冀有一日，自己亦能撇下红尘琐事，点一盏莲灯，悠悠然走去江南。抛一根鱼竿，然后立在岸旁，化入烟雨风光。

“藕荡桥”，是严绳孙家乡无锡西洋溪宅第附近的一座桥。顾贞观《离亭燕・藕荡莲》自注云：“地近杨湖，暑月香甚，其旁为埽荡营，盖元明间水战处也。荪友往来湖上，因号藕荡渔人。”因严绳孙常泛舟湖上，于是便自号藕荡渔人。

又或是，严绳孙会在家中烹一壶清茶，煮一壶淡酒。读书、写字、作画。所谓“笔床茶灶太从容”描绘的大约就是这样一番自乐又从容的景象。与《新唐书・隐逸传・陆龟蒙》当中所撰“不乘马，升舟设篷席，斋束书、茶灶、笔床、钓具往来”之隐士生活别无二致。

上阕写荪友日常之清淡、闲逸。下阕写荪友居室之幽雅、谧丽。两相呼应，荪友之隐逸、高致的形象便跃然纸上。“况有短墙银杏雨，更兼高阁玉兰风，”短墙银杏，高阁玉兰，可见其居所之风雅动人。最宜人的生活，也不过就是，莳花种草，夜读《离骚》。

末句“画眉闲了画芙蓉”最是曼妙。说荪友总是给爱妻画完眉黛，才去案前铺纸，开始写字作画。画那屋外青碧的荷池里清清滟滟之芙蓉花。虽词中事事皆是容若思幻之意念，但若现实果真如此，那这世事之好，也算是让严绳孙占有得周到。

实在美妙。

附：

严绳孙（清）/ 词选

浣溪沙

瘦损腰肢不奈愁，扇欹灯背晚庭幽。不如眠去梦温柔。

昨夜凉风生玉砌，旧时明月在兰舟。一生真得几回眸。

浣溪沙

腻粉无端退蝶翎，赤憎偷眼是蜻蜓。春光先过短长亭。

安得手持修月斧，愿将身作护花铃。不堪风雨涴丹青。

望江南

江南好，一片石头城。细雨飞来矶燕小，暖风扶上纸鸢轻。依约是清明。

虞美人

征帆只是悠悠去。去也知何处。泪痕休渍别时衣。弹与烟鸿犹得向南飞。

月华几夕清如洗。料得卿归矣。暗愁如雾又黄昏。有个盈盈相并说游人。

小重山·桂花

一夜檀心怨广寒。西风吹不尽、小窗闲。汉宫黄额画来难。珠帘卷，惆怅夕阳山。

可记晓妆残。有人亲插与、鬓云弯。露华依旧湿阑干。何曾是，寂寞泪珠弹。

一剪梅

款抱多情诉断肠，生向愁乡，死向柔乡。鸳鸯魂梦几时双，月满横塘，风满瞿塘。

红浪翻衾絮语长，赢得商量，怕得思量。可堪银汉是红墙，心上檀郎，陌上萧郎。

碧云天（浣溪沙）

欲寄愁心朔雁边，
西风浊酒惨离筵，
黄花时节碧云天。
古戍烽烟迷斥堠，
夕阳村落解鞍鞯。
不知征战几人还。

——纳兰容若《浣溪沙》

这首《浣溪沙》词最见纳兰词之凉、之荒。那些年，他常出塞在外。与荒野为伍，和空空大漠做伴。面对战争、死亡，面对辗转不休的颠沛和流离。如是多年，纳兰容若也日渐在这萧瑟时光里变成一个心有天地江海的铮铮男子汉。

只是，即便是如此，他与生俱来的忧郁气质，始终不改。他依然会在独自聆听风吟之时生发感慨。一颗心因之变得寂静、幽深。作这阕词时，已是容若出塞结束、离筵畅饮之时。

颠沛流离之后，各自归家。自此一别，便散落天涯。并肩远行的险遇与潇洒，自此将变成往事，悬挂在记忆当中。成为过去，成为当年。而这当中，是一种男人与男人之间，战士与战士之间，不能言的深情和伤憾。

容若写，“欲寄愁心朔雁边，西风浊酒惨离筵”。天上是群飞而过的北方大雁。他不时抬头安静凝望，平静面容之下，心中是一腔不可言说的离愁。他亦是离家甚久，日日期望可以归去。却不料，这日到来，身赴离筵，饮那离散酒时，西风猎猎，灌进衣袍，竟觉难过。

是，他心中不舍。“黄花时节碧云天”容若是化用元代王实甫《西厢记》第四本第三折里“碧云天，黄花地，西风紧，北雁南飞”几句，得其精髓。将那一种离愁写得极是深婉，又极是深刻。

词之下阕容若由今思古，写历代边关征战之景况。将士们是那样凌厉地活在生死边缘，却依然始终不知畏、不知惧。而那刀光剑影的当下，视死如归的勇气，许只是来自同仇敌忾、并肩奋战的战友，来自血染沙场时彼此遥遥相视的一个深邃眼神。

他依旧记得极险的戎马生涯。“古戍烽烟迷斥堠，夕阳村落解鞍鞯。”杀气浓浓的边关，狼烟弥漫的哨所，生死不定的战时日子，令人惊战。一日下来，可见之物便是疲惫不堪的战马，可见之人只有黄沙遮面的他和他。

旧世不太平，且不论改朝换代之时，即便是盛世，依旧时时有被征调边关以御外敌之险。也是因为这注定的无常，旧时男子相比而今，便天生多出一份担当。

末句“不知征战几人还”最是悲悯。这一句是化用王翰那首著名的边塞诗《凉州词》当中的“古来征战几人回”。语词有变，情意亦改。由古至今，征赴战场之人，终了之时，能有几个平安归来。王翰以之为壮烈，容若以之为哀伤。

这就是容若性情当中与旁人殊异之处所在。他以温柔之心，盼安稳度日，恋平和安宁，厌战乱征伐，恨生死离别。他不慕江山社稷，不爱利禄功名。终生所追求的，亦不过只是，大风吹过，身心俱静，岁月安然，流年无恙。

佛前灯（浣溪沙）

败叶填溪水已冰，
夕阳犹照短长亭，
行来废寺失题名。
驻马客临碑上字，
斗鸡人拨佛前灯。
劳劳尘世几时醒？

——纳兰容若《浣溪沙》

旅途总是充满寓意。所遇的人、物、事、情，皆有一种不可言说的意义。一朵残花，一面断壁，一帧旧画，或者一座废弃寺庙，都会有意无意地被刻进记忆当中。也许会尘封一世，至死亦不会想起。又或是，当下触目的刹那，便令你惊动。

这阕《浣溪沙》词便是他旅途之中遇见古庙废寺有感而作。全词层次分明，上阕写寺内之景，荒疏冷寂，下阕写寺外之景，破落孤清。词之寓意哀婉深沉。虽是容若一贯的词风，但多有一份沧桑和荒凉。

那年萧瑟之秋，容若随同康熙出巡。路途之中，他遇见了它。一座破败陈旧的废寺。从生的野草当中遍布破碎砖瓦，历经风霜雨雪的模样。苍老，又凄凉。容若见此场景，不免会自想，当年，它是否门庭若市，香客满堂。如此一想，他便心下恻然，生发慨叹。

这是“败叶填溪水已冰”的季节。枯叶飘零，覆满冰凉的潺潺清溪。他在“夕阳犹照”的时间里，踏过荒草、尘埃，来到这座寺庙前。身旁是长亭依旧，而离人早已不在。一如面前这座荒寺，亦是香火泯灭，寂无人烟。

悲欢离合总无情。“行来废寺失题名，”遍见断壁和残垣，连横匾之上所题寺名业已消失难辨。如斯场景，令他惊动。于是，容若便想，而今，来往于寺庙里的人，大约不会再有虔心拜佛的人了。“驻马客临碑上字，斗鸡人拨佛前灯”写得最是明白不过。

相传唐玄宗好斗鸡，于是在民间设立斗鸡坊。一日，玄宗遇到七岁小童，名曰贾昌。贾昌天资奇异，通晓鸟语，可训练鸡雀。于是，玄宗便任命他为“五百小儿长”。后赐金帛，其父离世之后，又赐葬器，对贾昌极是恩宠。

直到安史之乱爆发，唐玄宗离京之后，贾昌忽然销声匿迹，下落不明。但后来，有人常在寺庙旁见到疑似贾昌的斗鸡之人。容若此处用“斗鸡人”一语，一如上句当中的“倚马客”。都不过只是想说，而今到寺中之人已非昔日的善男信女，而是短暂停留或是纨绔游闲的过客。

学者黄天骥评说此词道:“词的情调比较消沉。在凄凉的荒郊，天气阴冷，夕阳斜照。诗人面对荒废了的寺院，不禁黯然神伤，其中‘斗鸡人拨佛前灯’一句很值得注意，生长在富贵之家的人，拨弄着佛像前那朵幽冷的灯火，情调很不协调。而作者正是要通过这不协调的意境，表达自己特定的心境。”

“劳劳尘世几时醒？”他知道，岁月淡凉，转眼成沧桑。日月更替，一切都会过去。纵是浊世难巡，但他可做的依旧只是闭眼盲行。因为，这便是岁月，这便是人生。

词话七

一声弹指浑无语

西风瘦（霜天晓角）

一霎风（菩萨蛮）

自双归（菩萨蛮）

别伊时（菩萨蛮）

四月天（菩萨蛮）

当时月（菩萨蛮）

异当时（菩萨蛮）

忆旧家（菩萨蛮）

娇如倦（菩萨蛮）

桃花月（菩萨蛮）

西风瘦（霜天晓角）

重来对酒，析尽风前柳。

若问看花情绪，似当日、怎能够。

休为西风瘦，痛饮频搔首。

自古青绳白璧，天已早安排就。

——纳兰容若《霜天晓角》

唐代诗人贾岛说：“十年磨一剑，霜刃未曾试。今日把示君，谁有不平事？”此诗几乎诠释了容若的交友之道。这首《霜天晓角》词便是容若写给好友吴兆骞的，写得浓愁重恨，极是深沉。语词再深婉，亦难掩他心中愤愤不平之音。

吴兆骞是清初诗人。字汉槎，号季子，吴江松陵镇（今属江苏苏州）人，是个极具天才感的文人。少时已才名远播。当年，他与华亭的彭师度、宜兴的陈维崧被人赞誉为“江左三凤凰”。只是，吴兆骞命途波折，一生跌宕。

顺治十四年（公元1657年），因南闱科场案，吴兆骞遭奸人陷害，无辜受连，被遣戍宁古塔长达二十三年。后经友人顾贞观恳求于纳兰容若，得到容若父亲纳兰明珠出手相救，方得以赎还。只可惜，归后三年便猝然离世。

大清《清实录》记："（顺治十四年）十一月，南闱科场案起。……（顺治十五年）十一月二十八日，南闱科场案定案，兆骞与方章钺等八人遭除名，责四十板，家产籍没，并父母兄弟妻子流徙宁古塔（今黑龙江宁安）。"

吴兆骞有《秋笳集》存世。被遣在外的那些年，虽是艰辛，但亦是吴兆骞的创作丰收时期。流放在外二十三年间，他写出了无数极是慷慨、极是悲凉的动人边塞诗作，成为当时至为重要的"边塞诗人"。譬如，这首《出关》。

边楼回首削嶙峋，笳筑喧喧驿骑尘。
敢望余生还故国，独怜多难累衰亲。
云阴不散黄龙雪，柳色初开紫塞春。
姜女石前频驻马，傍关犹是汉家人。

诗意哀感沉痛。"敢望余生还故国，独怜多难累衰亲"一句更是令人泫然。虽然个人遭难累及家人是吴兆骞心中最大的疾痛，但是在这深浊的世道，他也是全然无法，只能迎，无力拒。尝尽了人生伤离、惨淡和炎凉。

容若写作这阕《霜天晓角》大约于吴兆骞获救与容若相见之后再分别时。他犹记得，顾贞观将吴兆骞之屈、之冤细细诉于自己之时心中的惊动。是这样一个绝才的男子，竟被光阴辜负了二十三年。生生将他打进地狱，让他受苦。

彼时，当容若听闻顾贞观一席话之后心中霎时恻然难平，于是，他便去恳求父亲相助，要将这素未相识却已成知音的人营救出苦海。而今，当吴兆骞被救归来与自己月下浊酒细话往事时，容若似方确信，一切波涛都过去。

容若写“重来对酒，折尽风前柳”两句词，写的不单是对酒，更是一种对浪卷过后，海静风平的慨叹。只是，相别时分，人总易感。“若问看花情绪，似当日、怎能够”三句则将容若心中对友人的不舍之意写得婉转深挚。

到词的下阕，容若回溯往事，不禁又发出对人生与世情之慨叹。“自古青绳白璧，天已早安排就”一句是词意根本所在。他说，平生所遇之舛亦皆是命中注定。自古便世有不公、不正、不平之屈。但既已活在世上，一切险困都不能成为生之阻碍。

生当排除万难，一往无前。不为西风瘦，不为落花愁。“休为西风瘦，痛饮频搔首”二句，既是容若对吴兆骞的宽慰，也是容若对自己的惊醒。要活下去，且好好活。只是今次，他与他，将所有的爱恨情愁、前世今生融入酒中，一壶酒尽，便是相别。

我自倾杯，君且随意。

附：

吴兆骞（清）/ 诗词选

长白山

长白雄东北，嵯峨俯塞州。
迴临泛海曙，独峙大荒秋。
白雪横千嶂，青天泻二流。
登封如可作，应待翠华游。

出关

边楼回首削嶙峋，筚篥喧喧驿骑尘。
敢望余生还故国，独怜多难累衰亲。
云阴不散黄龙雪，柳色初开紫塞春。
姜女石前频驻马，傍关犹是汉家人。

帐夜

穹帐连山落月斜，梦回孤客尚天涯。

雁飞白草年年雪，人老黄榆夜夜笳。
驿路几通南国使，风云不断北庭沙。
春衣少妇空相寄，五月边城未著花。

夜行

惊沙莽莽飒风飙，赤烧连天夜气遥。
雪岭三更人尚猎，冰河四月冻初消。
客同属国思传雁，地是阴山学射雕。
忽忆吴趋歌吹地，杨花楼阁玉骢骄。

念奴娇·家信至有感

牧羝沙碛。待风鬟，唤作雨工行雨。不是垂虹亭子上，休盼绿杨烟缕。白苇烧残，黄榆吹落，也算相思树。空题裂帛，迢迢南北无路。

消受水驿山程，灯昏被冷，梦里偏叨絮。儿女心肠英雄泪，抵死偏萦离绪。锦字闺中，琼枝海上，辛苦随穷戍。柴车冰雪，七香金犊何处？

一翦风（菩萨蛮）

雾窗寒对遥天暮，暮天遥对寒窗雾。
花落正啼鸦，鸦啼正落花。
袖罗垂影瘦，瘦影垂罗袖。
风翦一丝红，红丝一翦风。

——纳兰容若《菩萨蛮·回文》

回文，也写作“回纹”或者“回环”。它是汉语特有的一种使用词序回环往复的修辞方法，文体上称之为“回文体”。所谓“回文词”，就是按一定法则将字词排列成文，回环往复都能诵读的词。这种词的形式多变，读法各异。

回文修辞手法的起源，后世说法不一。一说是源于南朝梁刘勰。其《文心雕龙·明诗》中云：“回文所兴，则道原为始。联句共韵，则柏梁馀制。”但道原之作已佚。另一说是自前秦窦滔之妻苏蕙的《璇玑图》诗开始。迄今仍有争议，难能定论。

回文词的创作是十分有难度的，因为词多是长短句，不整齐，规律也不定。回文诗大约始于宋朝，看起来像是文字游戏，但正是这种奇妙的结构散发出了汉语独有的一种魅力。

在众多词牌里，《菩萨蛮》的回文是一句一回，也就是同句反复，相对其他词牌填起来会容易些许。所以《菩萨蛮》是回文词里数量比较多的一种词牌。而苏轼的《菩萨蛮》回文词七首更是当中翘楚。

柳庭风静人眠昼，昼眠人静风庭柳。
香汗薄衫凉，凉衫薄汗香。
手红冰碗藕，藕碗冰红手。
郎笑藕丝长，长丝藕笑郎。

这是苏轼《菩萨蛮》回文词七首里的第五首。题为《菩萨蛮·回文夏闺怨》。也是我个人认为最好的一首回文词。不同的词牌有不同的回文作法，包括写法和读法上都极有讲究。甚至倒念时会因平仄韵脚的改变，致使词牌也发生变化，奇巧至极。比如，清代董以宁所作的《卜算子·雪江晴月》词，顺读时词牌为《卜算子》，倒读时，则成了《巫山一段云》。

顺读云：

明月淡飞琼，阴云薄中酒。
收尽盈盈舞絮飘，点点轻鸥咒。
晴浦晚风寒，青山玉骨瘦。
回看亭亭雪映窗，淡淡烟垂岫。

倒读曰：

岫垂烟淡淡，窗映雪亭亭。
看回瘦骨玉山青，寒风晚浦晴。
咒鸥轻点点，飘絮舞盈盈。
尽收酒中薄云阴，琼飞淡月明。

作回文词实在是一件妙趣横生的事情。既考验文字功力，又极是风雅。自然，除了词可回文，诗亦可以。宋人李禺那一对《两相思》诗最是情致动人。独自一人分饰两角，又寂寞，又美丽。

顺读时为思妻诗：

枯眼望遥山隔水，往来曾见几心知？
壶空怕酌一杯酒，笔下难成和韵诗。

途路阳人离别久，讯音无雁寄回迟。
孤灯夜守长寥寂，夫忆妻兮父忆儿。

倒念时是思夫诗：

儿忆父兮妻忆夫，寂寥长守夜灯孤。
迟回寄雁无音讯，久别离人阳路途。
诗韵和成难下笔，酒杯一酌怕空壶。
知心几见曾往来，水隔山遥望眼枯。

容若的这一阕《菩萨蛮》回文词，深得东坡回文词精髓。全无故作文字游戏、因词害义之弊病。写得妙丽、婀娜，别有风致。清新流畅、运笔自如，品格清奇。“袖罗垂影瘦，瘦影垂罗袖。风翦一丝红，红丝一翦风。”将女子之孤伶写得清隽如风。

自双归（菩萨蛮）

隔花才歇帘纤雨，一声弹指浑无语。
梁燕自双归，长条脉脉垂。
小屏山色远，妆薄铅华浅。
独自立瑶阶，透寒金缕鞋。

——纳兰容若《菩萨蛮》

窗外是细雨初歇。隔花远望，别有一番韵致。在这样寂静的时辰里，她却心似深海，波澜四起。也是没有办法，自他离去之后，她便日日惊惶，日日不安。总觉，那人去后，身体里也被抽去了什么。爱是深海，她是浮萍。

彼时，她与他把臂同游，是外人眼中一对耀眼璧人。而今，他因事远离，久久不归。独居不是她所愿，却已只能如此。道是“一声弹指浑无语”，弹指一算已是离别日久。屋外春光漫漫，而今，却只能独自欣赏，生生将这好时光辜负。

忽见，梁下燕子低飞，双双归巢，看过去极是温馨。又有柳丝轻盈，风中摇曳，好不缥缈。而她，却是孤寂难言，沉默哀伤。容若此词是以女子视角来写，抒彼之思意，亦是在写己之想情。颇有温庭筠花间词韵。“梁燕自双归，长条脉脉垂”两句也是像极了温庭筠《菩萨蛮》词中“杨柳色依依，燕归君不归”之语。

词曰：

满宫明月梨花白，故人万里关山隔。
金雁一双飞，泪痕沾绣衣。
小园芳草绿，家住越溪曲。
杨柳色依依，燕归君不归。

孤月高悬，梨花如雪。那人却在万里关山之外。每每见到金雁双飞，她心中便止不住哀伤，会忍不住落泪。是真真可惜了眼前芳草萋萋的碧色春光。再美的景致，彼时她亦是无心欣赏。但见依依杨柳，双双归燕，唯是思君不见君。

一如容若词中女子。身心寂寞。就连闺中屏风，落在眼中也是分外寥落。只见屏风之上，山色渺远，虽近在咫尺，亦似是与她隔绝了千里万水，万里千山。“小屏山色远，妆薄铅华浅。”这样的时候，她自是妆容浅淡，无心妆扮。

女子心伤之时便是如此慵懒，憔悴模样总是楚楚可怜。似是要化作水，消失在这暗淡的天地之间。再见她时，她已独立瑶阶，沉默不言。灵动的眸中尚有泪光。“独自立瑶阶，透寒金缕鞋。”且任那寒气侵袭，冰透她脚底金丝绣花的鞋。

南唐后主李煜《菩萨蛮》词中“刬袜步香阶，手提金缕鞋”二句亦有“金缕鞋”之语。只是李煜《菩萨蛮》词写的是男女幽会之时的欢悦情状。香阶还是那香阶，鞋亦是那鞋。但在容若的《菩萨蛮》里，彼时的香艳之物，是褪尽了欢情，只剩怨伤离意。

许多时候，纳兰词多发伤感之语，令人读之疲倦。只是，这一种疲倦是来自于共鸣。容若词中所有的情绪都是娓娓传递，令人心无戒备，一不留神，便跌入纳兰词中无尽之哀绵。一百首词，便是要人体尝了一百次的伤心和狂痴。

自然，这正是容若的笔下功力。

别伊时（菩萨蛮）

新寒中酒敲窗雨，残香细学秋情绪。
才道莫伤神，青衫有泪痕。
相思不似醉，闷拥孤衾睡。
记得别伊时，桃花柳万丝。

——纳兰容若《菩萨蛮》

纳兰容若之情深，世人皆晓。是那样一个仿佛注定要在情里来往，爱中幻灭的男子。是爱必深爱的人。于是，这一回，他作下这首《菩萨蛮》以诉与她别后之相思。

深情如他，相思成醉。正是寒秋节令，秋雨微凉。烛光摇曳，残香袅袅，伊人不在。他看着窗外满帘纤雨，心里不禁生出一些哀伤。倒不是刻意要去迎合旧时文人的悲秋情绪，只是他面前一壶清酒，饮着饮着，一颗心不禁便柔软了下来。

本也只是想借煮一壶清酒来暖身。却不想，这一喝，忍不住就喝至微醺，更至深醉。醉酒，本也不是大事。只是他这一醉，心里郁积已久的悲与伤便一齐迸发，将他覆没。他大概也没有料到自己会因心中思念，在这枯秋时节，泪落青衫。

所谓“青衫”，本指古代学子或官位卑微者所穿的衣服，具有明确的性别指向。唐代诗人白居易的《琵琶行》当中有“座中泣下谁最多，江州司马青衫湿”之句。后来一再被文人翻用，以“青山有泪”表现男子极痛的情状，在文人心中别具意义。

金庸的《天龙八部》当中亦有“青衫”诗句：

青衫磊落险峰行，玉璧月华明。
马疾香幽，崖高人远，微步縠纹生。
谁家子弟谁家院，无计悔多情。
虎啸龙吟，换巢鸾凤，剑气碧烟横。

与容若不同，金庸这几笔写得硬朗威武却又潇洒妙丽。将“青衫”一词写得铁骨铮铮，有侠士之风。猛然便觉，“青衫”与“磊落”方才是最为相衬的两个词语。金庸也算将“青衫”一词用到了极致。要比包括容若在内的旧时文人，所赋予词语的意涵宽阔得多。

这是题外话。虽容若词作也是多婉约逼仄，但他从不去刻意谋求词作深度，写的便是一种酣畅淋漓的爱与情，自然又流畅。

这阕词，容若写相思。上阕写的是自己醉酒落泪的相思之苦状。下阕则渐渐由现实转至回忆，以当日别离作结。小词翻转跳宕，屈曲有致，其相思之苦表现得至为深细。

酒尽夜深之后，他是越相思越清醒。“相思不似醉，闷拥孤衾睡。”他说，相思不像醉酒，饮至酣畅，便能蒙头大睡。他也想拥衾而睡，却无眠独卧。深爱如斯，满目满心就只有那一个人。人不在，万事皆失了意义。这两句词“通本”作“无聊成独卧，弹指韶光过”。

他依旧记得清晰。那年相别时，杨柳如烟，丝丝弄碧，人面桃花两相映。执子之手，与子分离。就此，时光便横亘在他与她之间，隔绝了千山万水，阻断了夏花冬雪。不知，在这秋意浓浓的深夜，她是否也在千万里外，如他思念她这般，挂记着他。

相伴之时，夜短似弹指。

相思之时，日长如小年。

四月天（菩萨蛮）

淡花瘦玉轻妆束，粉融轻汗红绵扑。
妆罢只思眠，江南四月天。
绿阴帘半揭，此景清幽绝。
行度竹林风，单衫杏子红。

——纳兰容若《菩萨蛮》

少女与初夏。这五个字，落笔便觉有清风拂过，幽凉美妙。一如容若这阕词，吟在口中，犹似凉风夏日，会让心情变得极好。容若这阕词写的是少女初夏之闲情。极是清幽，极是美妙。

开篇“淡花瘦玉”四字，极是清新，且有书卷气。这样的少女，定然是多静默自处，且可怡然心悦的人。略略扑些粉，再稍稍佩些饰品，既不掩天生丽质，又可锦上添花。知道拿捏分寸，将自己描画到最好。转眼便又到江南四月天，是将热未热的初夏。

这阕词，容若写得早。大约是作于少年时。词中少女，真是美好。容若到底也曾是心意单纯的少年人。他既已将她用心来写，势必心中有所恋慕。会恋慕邻家那个似玉的温柔小女子。恋她贞静，恋她淑惠，恋她知书，恋她达理，恋她也作得一手好诗文。

这令我想起唐代诗人杜牧的那首《赠别》。

娉娉袅袅十三余，
豆蔻梢头二月初。
春风十里扬州路，
卷上珠帘总不如。

容若笔下的少女清敛冷寂，气如林风，是淡静女子。而杜牧诗中的少女恰如二月含苞的豆蔻花，是蓬勃怒放的女子。较之容若词中的少女，多了一份朝气和热烈。一如杜牧所写，“春风十里扬州路，卷上珠帘总不如”。扬州城十里长街，没有人能美得过她。

古典诗词当中的女性形象十分丰富。而少女，更是文人极爱摹写的意象。或贞静轻灵，或活泼热烈。从《诗经》《楚辞》到乐府民歌，再到唐诗宋词，以至明清小说，总是有极美丽、极动人的少女形象。

如《诗经·卫风·硕人》写少女庄姜：“手如柔荑，肤如凝脂，领如蝤蛴，齿如瓠犀，螓首蛾眉。巧笑倩兮，美目盼兮。”诗仙李白亦有《越女词》写妙龄采莲女：“耶溪采莲女，见客棹歌回，笑入荷花去，佯羞不出来。”最为人称道的，还是李清照的那一首《点绛唇》。

词曰：

蹴罢秋千，起来慵整纤纤手。
露浓花瘦，薄汗轻衣透。
见有人来，袜刬金钗溜。
和羞走，倚门回首，却把青梅嗅。

李清照这阕词似一幅自画像。写的是自己少女时期渴慕爱情的情态。与杜牧《赠别》诗里的少女，有几分相似。杜牧的《赠别》诗是写与扬州城里的一名歌姬。虽落笔隐忍，但也不难读出当中所蕴含的缱绻情意。好比，容若此处一笔“此景清幽绝”，也是写尽了心中恋慕。

他这笔“清幽之景”绝不单单是指“绿阴帘半揭”，更是叹念那犹如林下之风，身着单衫的小女子。“单衫杏子红”一句语出乐府民歌《西洲曲》：“忆梅下西洲，折梅寄江北。单衫杏子红，双鬓鸦雏色。”他是这样恋慕她，一如，他恋慕这温柔的初夏时光。

人间四月天。

初见情钟。

杏花正红。

当时月（菩萨蛮）

梦回酒醒三通鼓，断肠啼鴂花飞处。
新恨隔红窗，罗衫泪几行。
相思何处说，空对当时月。
月也异当时，团栾照鬓丝。

——纳兰容若《菩萨蛮》

午夜寂静时分，常会毫无预兆地被夜梦惊醒。只因梦中人的一个侧身，一道淡影，一句似近犹远的告别。于是，便辗转反侧，再不能眠。心底怆然。那些与之有关的曾经和思念，便如洪水一般袭来，将自己淹没水底，再无法泅潜上岸。

也曾在月夜独自静坐，想起一些人，一些事。一如，在一种四下无人的无垠荒野之中，以思念为食，是极孤独、极伤感的。因此，容若方才写到杜鹃啼鸣。“梦回酒醒三通鼓，断肠啼鸩花飞处。”杜鹃鸣声，入耳声声便是声声断肠。

是整夜无眠，是梦回酒醒。

是月下鸩啼，是飞花过眼。

相传，杜鹃鸟是蜀主望帝魂化，春末夏初，众芳纷谢时啼叫，其声惹人生悲。说蜀主望帝相思于大臣鳖灵的妻子，望帝以其功高，禅位于鳖灵。之后，望帝修道，处西山而隐，化为杜鹃鸟，至春因相思则啼，啼至滴血，所啼之血落地便幻化成杜鹃花。“杜鹃啼血”的意象常出现在古代文人诗词文章当中。

比如，唐代诗人李白的《宣城见杜鹃花》诗:“蜀国曾闻子规鸟，宣城又见杜鹃花。”比如，唐代诗人李商隐的《锦瑟》诗：“庄生晓梦迷蝴蝶，望帝春心托杜鹃。”比如，宋代词人赵崇嶓的《清平乐》词：“相思夜夜情悰，青衫泪满啼红。”

容若此词开篇即写杜鹃啼血，语意悲伤明确，也奠定了此词哀婉之基调。容若这首词写的是月夜怀人。极凄婉，极缠绵。夜半三更依旧未眠，可见相思之深。又闻杜鹃啼鸣，鸣声哀伤，更是令他离愁倍添，伤情益增。于是，一时间，便情不自禁泪湿罗衫。

韦庄写“暗相思，无处说，惆怅夜来烟月”。恰似容若此处“相思何处说，空对当时月”的心迹。是寂月照孤人，月是团栾，人却离散。“月也异当时，团栾照鬓丝。”句句不离月，说的便是这个意思。以月写人，所诉之思情，也更是伤人。令人怆然。

古典诗词当中，“月”也是常用意象，一如“杜鹃”“桃花”“梅花”“柳树”等意象。月之皎洁，月之清幽，月之圆缺，对历代文人而言，都是一种灵感来源和诗词素材。《诗经》是中国古典诗词之源，当中已有《国风·陈风·月出》这样以月入诗的名篇。

自然，这与中国根基深厚的月文化密切关联。从中国三大节日（春节、端午、中秋）里的中秋赏月之习俗，到“嫦娥奔月”“吴刚伐桂”“玉兔捣药”等民间传说，无疑不在显示着中国人对月的亲厚，与月在中国人心中与众不同的地位。

自古文人对月之情结由来已久。伤欢悲喜皆离不开月。李白思乡，写《静夜思》：“床前明月光，疑是地上霜。举头望明月，低头思故乡。”张九龄怀人，写《望月怀远》：“海上生明月，天涯共此时。情人怨遥夜，竟夕起相思。”更有，张若虚的那一首《春江花月夜》惊艳无数世人。

容若写月，只为伊人，只为情意相投。

附：

张若虚（唐）/春江花月夜

春江潮水连海平，海上明月共潮生。
滟滟随波千万里，何处春江无月明。
江流宛转绕芳甸，月照花林皆似霰。
空里流霜不觉飞，汀上白沙看不见。
江天一色无纤尘，皎皎空中孤月轮。
江畔何人初见月？江月何年初照人？
人生代代无穷已，江月年年望相似。
不知江月待何人，但见长江送流水。
白云一片去悠悠，青枫浦上不胜愁。
谁家今夜扁舟子？何处相思明月楼？
可怜楼上月徘徊，应照离人妆镜台。
玉户帘中卷不去，捣衣砧上拂还来。
此时相望不相闻，愿逐月华流照君。
鸿雁长飞光不度，鱼龙潜跃水成文。
昨夜闲潭梦落花，可怜春半不还家。

江水流春去欲尽，江潭落月复西斜。

斜月沉沉藏海雾，碣石潇湘无限路。

不知乘月几人归，落月摇情满江树。

异当时（菩萨蛮）

催花未歇花奴鼓，酒醒已见残红舞。
不忍覆馀觞，临风泪数行。
粉香看又别，空剩当时月。
月也异当时，凄清照鬓丝。

——纳兰容若《菩萨蛮》

唐玄宗时，汝阳王李琎小字“花奴”。李琎“姿质明莹，肌发光细”，是个容貌绝美的男子，又精通音律，尤善羯鼓。羯鼓，两面蒙皮，腰部细，用公羊皮做鼓皮。源自羯族，故称羯鼓。因唐玄宗自己也善击羯鼓。于是对李琎极是爱赞，极是恩宠。

相传，某年二月初一清晨时分，唐玄宗见宫中景色明丽，柳杏将吐，百花放，春光漫漫待现，一时心悦，便命高力士取羯鼓一只，临轩纵击一曲《春光好》。曲终，恰值百花发坼。于是，唐玄宗便畅怀大笑，说道：“此一事不唤我作天公可乎？”颇有当年武则天武后以诗催花的帝王风范。

容若写“催花未歇花奴鼓，酒醒已见残红舞”，意谓是在离宴之上。彼时，催花之举未歇，花奴鼓声尚在。待一壶酒尽，醉意阑珊复又渐醒之时，春花便已零落。借羯鼓催花之典实，暗语好景不常。“不忍覆余觞，临风泪数行。”他是心中有千万不舍，不忍与她相别。却无奈，冷风吹过，席筵将散。

这阕词有可能是容若临行出塞之时所作。与爱妻对酒望月来相别，本身便已是伤感入骨。于是，作下的这首《菩萨蛮》词是语意疼痛、凄清、悲凉。下阕“粉香看又别，空剩当时月”，将离人心中的寂寥写得淋漓尽致。就是这样一种与君相别、人月两缺的心意。

只是在这离别夜，月也异当时。不似别人团栾，不似别日圆满。就连照在身的月光，也是凉薄萧瑟，暗然凄切。容若总是离别，方知爱之深切。纳兰词多婉约灵动，且不离情。因此，但凡纳兰诗词，总是情思如缕，萦回不绝。

容若的词奇妙之处便在于，纵是词意窄仄，却依然婉曲有致，用极平凡的意象来抒发极深切的情意，令人耽溺，如身临其中，极易感同身受，产生共鸣。正因“共鸣”二字，纳兰词方才流传在世逾三百年。拥趸无数。

上一首《菩萨蛮》（梦回酒醒三通鼓）词，与这阕词无论是立意构思还是遣词用句，都极为相似。所以，许多学者便认为这两阕词可能一词两作。一是初稿，一是改稿。但因改易处甚多，所以后人结集时又并存两首。

似是两处闲愁。

实是一种相思。

忆旧家（菩萨蛮）

晓寒瘦著西南月，丁丁漏箭馀香咽。
春已十分宜，东风无是非。
蜀魂羞顾影，玉照斜红冷。
谁唱后庭花，新年忆旧家。

——纳兰容若《菩萨蛮·早春》

早春时节，他在异乡。身在异乡时，人惯常都是保持着一个清醒并冷漠的状态，以此护慰根植在内心深处对故乡的眷恋。人，越是离家遥远，越是需要有一个坚强姿态，站立，奔走。

只是诸多伪装，在一些寂静的瞬间，都会被一一撕裂。犹如对镜，势必裸裎相对。会将内心最细微、最隐秘、最易大动干戈的情动释放出来。或是怀人，或是思乡。而容若，这一夜，恰似流离的少年，心头温热，想念起旧家来。

容若这首《菩萨蛮·早春》写的既是伤春，也是思乡。虽不及容若自己那首《长相思》词“山一程，水一程，身向榆关那畔行，夜深千帐灯。风一更，雪一更，聒碎乡心梦不成，故园无此声”语意直接，却也是用情极深的。

“晓寒”二词写的是身外物。春夜将晓的时分最是天寒。他因心中有念，便一夜未眠。抬头看天，只有西南的天边斜挂一轮凄凉弯月。看过去，极是寂寥。正好比当下的自己，内心盈满温柔感伤。

天上有寒月，身边有漏壶。月影是残缺孤凉，漏壶是叮咚作响。以及，那熏香燃尽的余烟在屋里缭绕弥漫。“瘦著”一词是瘦削之意。言月之瘦，意指这月是一轮弯月或残月。“咽”在此处则是充塞弥漫之意。汉刘向《新序·杂事》中便有“云霞充咽，则夺日月之明”之句。

虽是春光相宜的好时候，却也是无意观赏。“春已十分宜，东风无是非。”平淡语调当中无端会渗出一种凉意。上阕几句好比是一种情绪积淀，将心中隐秘的念想，一点一点，抽丝剥茧，牵引而出。

“蜀魂”，指杜鹃鸟。此处是以蜀魂自指。托意幽婉，韵致良多。李商隐在《燕台诗·春》诗里也写“蜀魂寂寞有伴未？几夜瘴花开木棉”。“蜀魂羞顾影，玉照斜红冷”二句是说，自己不愿去看那玉照上的形影，那形影是令人备觉伤心凄冷的。

一切心意曲折，只因思家。

末两句最是情深。容若写“谁唱后庭花，新年忆旧家”。是谁在唱《玉树后庭花》的曲子。幽凉之音传来，令他终忍不及，怀念起故乡旧家，以及他日夜牵挂的知心人。烟尘往事，恍如童话。而今，一点一滴，浮上心头，好不温柔。

“后庭花”，指的是南北朝时期南朝陈国皇帝陈后主所作的一首《玉树后庭花》曲。曲旨是为赞美后主张贵妃、孔贵嫔的美色。后作为靡靡之音或亡国之音的象征。

陈后主的贵妃名叫张丽华。本是歌伎出身，她发长七尺，光可鉴人。陈后主对她一见情深。甚至传说，在朝堂之上，陈后主也让张丽华坐在自己的膝上与大臣共商国是。于是，也就上演了一出爱美人不爱江山的戏码。

最难忘的，大约便是杜牧那一首举世闻名的《泊秦淮》诗。“烟笼寒水月笼沙，夜泊秦淮近酒家。商女不知亡国恨，隔江犹唱后庭花。”虽然都语涉“后庭花”，但杜牧写的是国，容若写的是家。

作此文时，春日已过，正值农历五月盛夏。在南方以南的城市里。念及“忆旧家”三个字时，不禁心有微澜。

想要回家。

娇如倦（菩萨蛮）

窗间桃蕊娇如倦，东风泪洗胭脂面。
人在小红楼，离情唱石州。
夜来双燕宿，灯背屏腰绿。
香尽雨阑珊，薄衾寒不寒？

——纳兰容若《菩萨蛮》

纳兰填词，字字如诗。

仿佛，溪水潺湲，山峦连绵。是描白，却描得别有韵致。虚虚实实之间，沉潜于他心的情与意一点一点就渗了出来。读容若的词，似是饮一口味道极是佳美的汤。饮完，是口有余香，流连忘返。那种妙意，不能决断。

饮水词，词意多孤清哀婉，此阕亦如是。是以一女子视角来写。将“孤独”一味，以女子之口道来，抒发之时也因此要婉转温柔得多。那孤独之极痛也就仿佛因此变得薄淡了些，亦令容若的心要好受些。

文人墨客总是擅长掩饰。掩饰爱，掩饰伤，掩饰对未来之憧憬或者怀念的那些往事。那些细碎情绪表达之时，也总是用婉转又婉转的笔触来标示。孤与独，是最难自剖示人的。仿佛所有的寂寞，都带着不言而喻的羞耻。

容若写得那个女子，也真是寂寞。

本是花红柳绿之躁动春日，落在她眼里，却只剩倦怠无尽。词的上阕前两句语带双关，亦人亦景。“窗前桃蕊娇如倦”，说那窗前乍现的桃花，她看过去，娇艳花影之下亦不过只是无限倦意。东风夜露落在那花蕊之上，仿佛也只是泪氲脸颊。“东风泪洗胭脂面”，大约便是她的心境写照了。

所言之“石州”，指乐府七调之一的商调曲名《石州》。商调之音凄怆、哀怨，多表达忧清、伤感之情愫。北宋《乐府诗集》卷七十九《石州》曰：“自从君去远巡边，终日罗帏独自眠。看花情转切，揽镜泪如泉。一自离君后，啼多双脸穿。何时狂虏灭，免得更留连。”

总有一首歌能让你想起那个人。想起，那些甜蜜柔婉之过往，忧伤无望之将来，铭心刻骨之片段。想起他来。因去思人，又因人而情不自禁哼唱起那首歌来。“人在小红楼，离情唱石州”两句，语词哀婉，很是伤人。

也常有这样的深夜，思念淹没流年，逆袭而来。带着绵绵不绝的伤感和忧痛。唐诗人李商隐《代赠》诗中也有“东南日出照高楼，楼上离人唱石州”之诗句。《石州》一曲，真是一首离人之歌。彼时，她不能不想念，不能不吟唱，不能不满怀着伤。

夜来又有双宿之燕，恩爱不休。有了思怀之念，再有这应景的燕，便有了写下“夜来双宿燕”之句的由头。人不如燕。微燕尚能被爱成全，她却不能。房内，灯烛背对屏风，一回首，可见只是昏暗不明之光影。令人困倦。真真是，物物皆应景，令人难过。

香燃尽，雨将停。“香尽雨阑珊，薄衾寒不寒。”而远方的人，唯有一床薄被覆体，她却不能够知道，彼时，他是暖，还是寒？末了是一句设问，答案亦是不言自明。而这一双人之冷暖，却又是只能自知，不能共尝。小词凄婉深细，幽约怨悱，写得妙极。

三两句阑珊。

一整夜惆怅。

是为，孤独。

是为，思念。

桃花月（菩萨蛮）

朔风吹散三更雪，倩魂犹恋桃花月。
梦好莫催醒，由他好处行。
无端听画角，枕畔红冰薄。
塞马一声嘶，残星拂大旗。

——纳兰容若《菩萨蛮》

不同的人读同一首诗、同一阕词，读出来的感悟各有参差，领会到的情意也不尽相同。有人认为，容若这阕小词是征人思妇之作，亦有人以为是闺人念夫之词。无论是丈夫思念妻子，还是妻子思念丈夫，都是：一双人，两分离，未相伴。

容若身为康熙贴身侍卫，时有扈从巡幸之行，与发妻卢氏聚少离多。是以，纳兰词中边塞思归之作不少。在容若的生命中，情爱之重，无可比拟，笔下词作，多涉男女情思。其人心思婉转细密，其词可谓“字字有情，句句入心”。这一阕《菩萨蛮》写两地情思，亦是入骨入血，情深难却。

在这首词中，容若写的既是一种想见不能相见的怅惘，也是一种思念不如不念的哀伤。他远赴沙场，未卜生死。她孤守空闺，寂寞如斯。这一日，她辗转难免，心如凌迟。而远方那人的生与死，她却分毫不可知。今日今时，他与她两地相隔，相思不可寄。

词之上阕写梦，下阕写实。开篇一句“朔风吹散三更雪”道明了时令。时至寒冬，北风凛冽，大雪弥漫，喧嚣难静。所谓“日有所思，夜有所梦”。因思念之重，她便做了一个极是美妙的温柔之梦。梦里，他在，家在，裙钗在，诗书在，温柔也在。

宋代《太平广记》中辑有一篇唐人小说里，名曰《离魂记》。说衡州张镒之女倩娘与张镒外甥王宙相恋，后因张镒将女儿另许旁人，以致倩娘抑郁成疾。王宙亦恚恨，便请调京城。倩娘情痴，魂灵出窍，随王宙而行，同去京上。五年之后，二人归家，房中卧病之倩娘出，与魂归之倩娘合一。得其圆满。

词中“倩娘”一语便是用此典实，指代词中女子。“桃花月”即二月，桃花盛开之时。梦似二月桃花，太过美好。梦里缠绵与温柔令她着迷、沉醉，不忍醒来。她说，“由他好处行”，最好能让自己一梦不醒，在梦里与他不离不弃。

然而，是梦终会醒。梦醒便是一夜无眠。此时，她又仿佛听到遥远的北方传来画角声声，连绵不绝于耳，令她心中所有假装的坚强霎时溃塌。角音本雄浑，在她听来，却是凄迷又苍凉。她终是抵挡不住心头惆怅，眼角潸然不止。寒冬深夜，泪结成冰，其状之怜，如目所见。

容若擅用典实，“红冰”一词语出五代王仁裕《开元天宝遗事》：“杨贵妃初承恩召，与父母相别，泣涕登车。时天寒，泪结为红冰。”是为“红冰”一说。此情，此心，此景，恰如苏东坡《菩萨蛮》词里写的“枕泪梦魂中，觉来眉晕重”。

末二句“塞马一声嘶，残星拂大旗”最是气魄，一掀所有哀愁，于小情爱里见大悲壮。学者盛冬铃评此词道：“这类题材的作品容易流于纤弱，但容若此作，用‘塞马一声嘶，残星拂大旗’这样刚劲的句子作结，出人意想，自有其独到之处。”恍惚之间，她仿佛可见，远疆边塞之景，还有他，匹夫萧瑟之音容。

人世间，总有一些人，遇得见，爱得了，却不能相依相守，相伴到老。容若与卢氏情深缘浅，携手不过三年。三年当中，每一次分离，都似诀别，有剜心之痛。“问君何事轻离别，一年能几团圆月？”人生一直在告别。只愿还有来生，你们朝夕相伴，永不分离。

爱情那么短，遗忘那么长……

［**注**］

本书参考书目有:《通志堂集》(上海古籍出版社)、《纳兰词笺注》(上海古籍出版社)、《纳兰词集》(上海古籍出版社)、《饮水词笺校》(中华书局)等近20种。部分资料来源于网络。其余参考文献、书目,限于体例、篇幅未能一一列举注明。由于本人能力限囿,书中舛误之处在所难免。不当之处,还望方家指正。